실비아 플라스의
신화시 연구

지은이 **강문애**

한국외국어대학교 영어과를 졸업하고 동대학원에서 미국시를 전공하여 석사와 박사학위를 받았다.
상지대학교, 한국산업기술대학교, 한국외국어대학교에서 영어, 영문학, 미국시 등을 가르쳤으며 현재
한국외국어대학교에서 영미문학과 영미시를 강의하고 있다. 시와 치유, 여성과 문학, 신화, 비평과
문화 등에 관심과 열정이 강하고 대중과 소통하는 문학을 추구하고 있다.
주요 연구 업적으로는『그녀들은 자유로운 영혼을 사랑했다』(공저, 2012 대한출판문화협회 선정
올해의 청소년 도서)와 논문「실비아 플라스 시에 나타난 신화 해체의 양상들」,「디킨슨과 자연시」
등이 있다.

실비아 플라스의 신화시 연구
전통 신화 비틀기와 새로운 신화 구축하기

초판 1쇄 발행일 2017년 5월 30일
강문애 지음

발행인 이성모
발행처 도서출판 동인
주 소 서울시 종로구 혜화로3길 5, 118호
등 록 제1-1599호
TEL (02) 765-7145 / FAX (02) 765-7165
E-mail dongin60@chol.com
I S B N 978-89-5506-759-0
정 가 20,000원

실비아 플라스의 신화시 연구

전통 신화 비틀기와 새로운 신화 구축하기

강문애 지음

도서출판 | 동인

실비아 플라스(Sylvia Plath, 1932-1963)는 1950년대 이후, 즉 소위 전성기 모더니즘 시대에 대표적인 미국 여성 시인이다. 플라스는 아직 가부장적 체제가 완고했던 시대에 여성의 삶과 내면을 깊숙이 들여다보았다. 그리고 억압적인 사회 속에서 갖지 못했던 자신의 목소리를 찾고 시인 및 여성으로서의 정체성을 확고하게 정립했다. 플라스의 명징하고 예리한 시들은 미국 여성주의 운동을 부흥시키는 시발점이 되었으며 다양한 독자층을 구축했을 뿐만 아니라 소설, 연극, 영화, 음악 등의 많은 문화 영역에 영감을 주었다. 21세기에 접어든 현재에 그 어느 때보다도 더욱 플라스의 시와 생애를 모티브로 한 예술 활동이 활발히 진행되고 있다.

플라스 시는 초기 시에서 말기 시에 이르기까지 아우르는 총체적인 신화적 구조를 확립하고 있으며 이 구조는 변화와 성장을 거듭하며 완성을 이룬다. 그래서 그동안 비평가들은 플라스 작품에 나타난 신화의 중요성에 주목해왔다. 플라스는 보편적이고 영속적인 신화들을 근간으로 해서 시를 썼지만 기존 신화를 그대로 차용한 것이 아니라 그 의미와 틀을 비틀어 해체하고 새로운 자신만의 신화를 구축했다. 플라스는 이렇게 재창조된 신화를 통해 강렬한, 하지만 때로는 치부와도 같은 자신의 고통스러운 이야기를 심도 있게 담아냈다.

이 책은 신화를 근간으로 한 플라스의 시들에 주목하고 기존 전통 신화를 어떻게 차용하며, 그 의미를 비틀고 해체시켜 자신만의 독특한 신화로 구축했는지를 연구한 것이다. 플라스는 신화와 자신의 자전적 상황을 절묘하게 엮어 새로운 신화를 창출했다. 플라스는 기존의 오레스테스의 시각에서만 제시되었던 아트레우스의 신화에 등장하는 딸 엘렉트라에 주목했다. 자신의 마음속에 신과 같은 존재로 각인된 죽은 아버지를 끊임없이 애도하는 여사제로서의 딸 엘렉트라를 새롭게 제시한다. 또한 엘렉트라의 시선으로 어머니 클리타임네스트라를 바라보며 기존의 자애로운 대지의 여신으로서의 전통적 어머니 신화를 전복시키고, 억압과 고통을 주는 존재로서의 어머니 신화를 창조했다. 이는 신진 사고를 지닌 현대 여성이 전통적 관습에 체화되어있는 구 여성적 사고에 맞서는 혁명의 과정이라 할 수 있다.

플라스는 전통 신화 속에서 어두운 주술을 쓰는 마녀나 살인자의 표징으로 묘사되는 메데이아, 클리타임네스트라를 새로운 시각으로 제시했다. 이는 딸 엘렉트라를 넘어서서 아내이자 어머니로서의 삶, 그리고 클리타임네스트라이며 메데이아로서의 자신의 삶을 노래한 것이다. 플라스는 후기 시에 이르러 자신의 아이들을 비정하게 살해했다고 비난받아온 메데이아 신화를 차용해 변화된 여성관을 보여준다. 플라스는 결혼생활 내내 문인으로서의 자아와 여성으로서의 자아가 상충하는 딜레마에 빠져 있었다. 이는 전통적인 여성의 역할을 완벽히 해내려는 욕망과 본인의 예술적 잠재력을 실현하지 못하도록 가로막는 사회적 구조에 대한 분노 사이에서의 동요이다. 플라스의 메데이아/클리타임네스트라는 여성이자 시인인 그녀의 자아를 억눌러온 대상을 똑바로 직시하고 그에 맞서는 존재이다. 곧 전통적 메데이아를 뒤집은 현대의 메데이아이며 이를 통해 플라스의 분노의 시학은 완성된다.

플라스의 또 다른 오랜 주제는 죽음과 재생이었다. 그녀는 평생 죽음을 깊이 사유했고 이에서 더 나아가 죽음 너머의 또 다른 생의 가능성을 끊임없이 타진했다. 그녀는 시 속에서 죽음을 연습하고 거듭 재연함으로써 궁극적으로 그 죽음을 몰아내려고 했다. 이 시들은 살아남을 수 있는 가능성과 불가능성 사이의 좁고도 폭력적인 영역을 체계적으로 탐구한다. 그 결과 그녀는 전통적 의미의 나사로가 아니라 독특한 재생의 존재인 그녀만의 나사로를 제시하기에 이르는데, 불사조처럼 재에서 일어나 남자들을 먹어치우는 여성 나사로가 바로 그것이다. 나사로는 부활의 예시이면서 동시에 확증이라는 중요성을 지닌 성서 속 인물이며 플라스는 이를 새롭게 바꿔서 의사-신화적 존재인 여성 나사로를 만들어낸다.

플라스를 만나 그녀의 시에 매료되어 연구한 지 여러 해가 흘렀다. 그동안 힘든 일도 많았지만 가슴 벅찬 감동이 그 수배 많았음은 물론이다. 주변의 많은 분들이 이 과정을 독려해주셨다. 이 책이 나오기까지 옆에서 많은 조언과 용기를 주신 정은귀 교수님, 권오숙 교수님, 김문숙 교수님, 그 외 여러 선후배 동문께 감사드린다. 그리고 미흡한 글의 출판을 선뜻 맡아주신 도서출판 동인 이성모 사장님께 깊은 감사를 드린다.

끝으로 만학도인 아내 곁에서 여러 불편을 마다않고 묵묵히 도와준 남편과 늘 가장 든든한 응원군이었던 선일과 선아에게 사랑한다는 말을 전한다. 그리고 어머니 김명숙 권사님과 지금은 하늘에 계신 아버지 강순식 님께 이 책을 바친다. 마지막으로 여기까지 부족한 나를 이끄신 하나님 아버지께 기쁨의 찬양을 드린다.

2017년 5월

강문애

차례

프롤로그

실비아 플라스(Sylvia Plath, 1932-1963)는 1950년대 이후, 즉 소위 전성기 모더니즘(High Modernism)이라고 불리던 시대에 작품 활동을 했다. 플라스는 기존 남성 모더니즘 시인들의 뒤를 이어 보편적 전통을 수용하면서도 그 남성 시인들과는 다른 자신만의 독특한 시 세계를 완성했다. 플라스는 시의 틀로 신화를 적극 활용했으며 기존 남성 모더니스트들과는 다른 새로운 시각으로 신화를 분석한다. 플라스는 고착화된 전통 신화의 의미와 틀을 해체하고 나아가 신화와 신화를 엮어 그 의미망을 확장시킴으로써 자신만의 강하고 새로운 신화를 창조한다. 플라스는 특히 기존 신화에서 소외, 폄하되어있거나 남성 권력층의 편향적 시각으로 왜곡되게 제시된 여성 인물들에 주목하고 그 스테레오타입을 전복시키며, 새로운 인물로 재탄생시킨다. 그럼으로써 플라스는 보편적이고 영속적인 신화를 근간으로 자신만의 새로운 신화를 구축한다.

플라스는 작가로서 이루고 싶은 원대하고 강렬한 자신의 꿈을 일기에 담는다. 그녀는 자신의 꿈을 위해 이미 정전 작가의 반열에 있던 T. S. 엘리엇(T. S. Eliot)을 위시한 여러 모더니스트들의 작품과 문학 이론을 탐독하고 그들과 동등한 위치에 서고자 열망하면서 그들의 작품을 닮고 싶어 했다. 플라스가 초기 시부터 그들을 따라 다양한 신화 속 인물들과 이야기들을 차용해서 시의 틀로 삼고자 했던 것도 바로 이러한 연유에서였다. 그러나 플라스는 여기에서 한 걸음 더 나아가 다양한 문학적 탐구와 깊은 성찰을 통해 기존 남성 모더니스트들의 신화와는 다른 그녀만의 신화를 탄생시킨다.

1908년 낭만주의에 반기를 든 흄(T. E. Hulme)이 그 시대에 필요한 것은 다름 아닌 "감정이 억제되고, 엄격한, 고전적인 시"(dry, hard, classical verse)라고 천명하면서 시삭된 모더니즘은 이후 파운드(Ezra Pound)와 T. S. 엘리엇에 이르러 결실을 맺는다(133). 이 시대에는 남성적인 전통, 권위, 규범, 훈련 등이 중요한 가치로 인정되었고 이에 파운드와 엘리엇은 지성적인 주제에 대해 남성적인 언어로 글쓰기를 주도했다. 고전 신화와 전통 문학에서 지성적인 글쓰기의 원천을 모색했던 그들은 작품 전반에 걸쳐 신화 속 남성 영웅들의 일화, 신화를 반영한 주제, 그리고 고전 인유(allusion)를 적극 활용했다.

케레니(C. Kerényi)는 신화를 "신 혹은 신과 같은 인물들과 영웅적인 전투, 그리고 미지의 세계로의 여행에 관한 이야기에 포함된 태곳적부터 내려온 전통적인 총체"(an immemorial and traditional body of material contained in tales about gods and god-like beings, heroic battles and journeys to the Underworld)라고 정의한다. 그리고 그는 신화는 늘 시와 함께해왔

으며 바로 시 안에 존재해 왔다고 증언한다(2). 이렇듯 신화는 시인들에게 삶의 통찰을 위한 원천이었다. 위대한 시인들은 그들 작품에 구현된 인간 조건 및 그 극복 과정이 시간의 흐름에 매몰되지 않고 시대를 초월해서 영속할 수 있길 소망했고, 이런 목표를 달성하기 위해 모든 시대를 아우르는 이야기의 원형, 즉 신화를 그 도구로 이용했던 것이다. 이는 신화, 전설, 그리고 고전을 인유할 때 전달의 보편성이 획득될 뿐만 아니라 시대를 초월하는 예술의 영속성도 아울러 실현되기 때문이었다.

엘리엇과 파운드의 신화 차용은 19세기의 헬레니즘(Hellenism)적 전통이 아니라 프로퍼티우스(Propertius), 오비디우스(Ovid), 단테(Dante), 그리고 단(John Donne)을 따른 것이며, 그들이 지향하는 목표는 바로 "현대 의식의 합성"(a synthesis of the modern consciousness)(Bush 506)이었다. 이들은 호메로스(Homer)와 아이스킬로스(Aeschylos)적인 고전 전통을 정통으로 간주했고, 다른 계통의 고전 문학은 그들 남성 문학가들이 지지하는 고전주의와 배치된다고 생각했다.

이 새로운 고전주의 시대는 이렇듯 부계 중심의 영웅적인 문학으로의 회귀였으며, 그들의 문학의 근간을 이루었던 신화는 주인공 '신 혹은 신과 같은 남성 영웅'들이 행하는 지배적인 권력인 남성성을 획득하기 위한 전투 혹은 그 성취를 위한 여행 서사였다. 또한 이때 등장하는 신화 속 여성들은 알케스티스(Alcestis), 이피게네이아(Iphigenia), 그리고 필로멜라(Philomela)처럼 희생자 혹은 목소리를 잃은 존재이거나, 메두사(Medusa), 클리타임네스트라(Clytemnestra), 메데이아(Medea) 같은 괴물 또는 살인자, 아니면 판도라(Pandora)와 헬렌(Helen)처럼 아름다운 육체를 지녔으나 위험한 여인들이었다.[1]

하지만 이렇게 팽배한 남성 영웅 신화의 득세 속에서도 프레이저(James Frazer), 해리슨(Ellen Harrison), 에반스 경(Sir Arthur Evans) 등이 주도했던 고고학과 인류학이 어우러진 또 다른 모더니즘도 대두되었다. 앞선 남성 모더니스트들이 지지했던 것과는 다른 시각의 신화가 이들에 의해서 제시되었는데, 이는 "디오니소스적인 충동과 대지의 여신인 아이시스, 키벨레, 데메테르의 우월함"(Dionysian urges and the supremacy of an earth goddess Isis, Cybele, Demeter)[2]에 기초한 근원적이고 여성적인 순수한 힘을 지향하는 신화였다(House xx).

플라스는 이런 시대적 조류에 따라 남성 모더니스트들의 신화를 토대로 문화 인류학적 모더니스트들의 디오니소스적이며 신비로운 여성들의 강력하고 원초적인 힘을 보여주는 독특한 신화 세계를 완성하기에 이른다. 플라스는 이런 강력한 여성 신화를 틀로 삼아 그 시대의 시인이면서 여성인 "이중구속의 압박"(the strain of the double bind)(Juhasz 3) 속에서 가질 수 있는 다면적 감정에 집중한다. 그럼으로 현대 여성의 삶과 내면을 깊숙이 들여다봄으로써 가부장체제의 억압적인 사회 속에서 갖지 못했던 자신의 목소리를 찾고 시인 및 여성으로서의 정체성을 확고하게 정립했다.

신화는 원래 가부장적이거나 여성에게 적대적인 것이 아니었다. 하

---

1) 앞으로 언급되는 신화의 인명이나 지명의 한국어 표기는 피에르 그리말(Pierre Grimal) 저, 최애리 대표 역, 『그리스로마 신화 사전』(서울: 열린책들, 2003)을 토대로 한다.
2) 아이시스는 고대 이집트 신화에 등장하는 최고의 여신이다. 데메테르는 땅의 여신이며 농경과 수확의 여신이다. 키벨레 여신은 소아시아 지역의 모신(母神), 다산(多産)의 여신으로 치유와 신탁의 존재이며, 전시에 백성을 보호하는 힘을 지녔다. 디오니소스는 그리스 신화에 등장하는 술과 예술의 신이며 로마 신화에서는 바커스라 칭한다.

지만 신화는 역사와 문화의 변화에 따라 이야기 구조에 시대상을 반영하게 된다. 다시 말해 신화는 각 시대에 내포된 보편적 신념과 행동이 문학적 상상력으로 표현된 것이다. 여성 작가들이 신화를 차용할 때 남성 권력의 이념을 담고 있는 기존 신화의 틀에 갇히는 이유가 바로 이 때문이다. 기존 신화 속에서 여성은 주변으로 밀려나거나 남성적 시각에 의해 왜곡된다. 이를 극복하기 위해 여성 작가들이 표현하는 것은 '신화 수정'(mythic revision)을 시도하는 것이며, 이 신화 수정은 단순히 '다시 쓰는 것'(re-writing)에 그치는 것이 아니라 신화를 해체하고 다시 조립하는 소위 '문화적 변형'(cultural transformation)이라는 급진적인 작업을 하는 것이며, 이는 신화 근저에 숨겨져 드러나 있지 않던 기존의 잠재적이고 심리적인 전제들에 맞서는 것이다.

휴즈(Ted Hughes, 1930-1998)는 플라스의 시들이 "신화의 장들"(chapters in a mythology)과 같다고 했다(1971, 187). 그 신화의 장들인 시 속에서 플롯은 총체적이고 회고적인 모습을 띠면서 강하고 선명하게 드러난다. 여러 비평가들 역시 다양한 접근 방식을 동원하여 플라스 작품에 나타난 신화를 중요하게 평가해왔다. 특히 크롤(Judith Kroll)은 『실비아 플라스의 시: 신화의 장들』(Chapters in a Mythology: The Poetry of Sylvia Plath)에서 플라스가 자신의 일기에서 읽었다고 밝힌 그레이브즈(Robert Graves)의 『하얀 여신』(The White Goddess)을 토대로 플라스의 시에 나오는 달의 여신의 이미지와 다양한 신화적 모티브들을 분석한 바 있다. 크롤은 플라스의 시에는 모든 것을 통합하는 신화적 비전의 상징체계가 굳건하게 정립되어있다고 주장했다(5). 또한 로젠블랏(Jon Rosenblatt)은 플라스의 시에는 드라마적 구성이 갖춰져 있어서 신화에 접근하되 이를 단순하게 적용시키는 것이 아니라 신화와 개인적 경험이 서로 어우러져 "일련의 변형 과정"(a series of transformation)을 거치면서 일종의 "의사-신화"(quasi-mythology)가 형성되었다고 주장했다(25). 또 마키(Janice Markey)는 플라스가 D. H. 로렌스(D. H. Lawrence), 디킨슨(Emily Dickinson), T. S. 엘리엇, 예이츠(William Butler Yeats)의 영향을 받긴 했지만 다른 한편으로는 동시대 고백파 시인들과 맥을 함께한다고 평가한다. 하지만 "플라스가 억압적인 가부장적 맥락에서 개인적 관계의 신화를 해체하려 했던 것처럼, 종교와 사후의 삶을 다루는 글에서도 이런 거짓되고 위험한 이데올로기에 맞서 이를 전복시키려 했다"는 점에서 그들과 다르다고 주장한다(52).

이러한 사실들은 플라스의 시가 단순히 신화 속 사건들을 묘사하고 재현하는 것에 머물러있지 않다는 점을 반증한다. 그녀는 자신이 줄곧 부딪혀야 하는 현실을 통해 차츰 존재에 대한 인식을 키워나갔고 이런 일상의 사건들과 문제들을 신화와 대응관계에 놓고 치밀하게 살펴보았다. 이렇게 플라스는 신화를 기존과는 다른 새로운 시각으로 응시해서 자기만의 언어로 재탄생시킴으로써 자신의 사고와 정서를 또 다른 신화로 새롭게 구축하고자 했던 것이다.

플라스의 초기 시들은 신화에 등장하는 한 인물이나 사건에 국한하지 않고 신화 속 여러 인물들을 두루 다루고 있다. 그녀는 나무요정(Dryad), 시신(the Muses), 황금 왕 마이다스(Midas) 등 문학에 자주 등장하는 인물을 언급하거나, 페르세우스(Perseus)의 영웅적 승리를 자신의 고통스러운 승리에 빗대어보기도 하고, 바다의 신 포세이돈(Poseidon)의 탄생을 자신의 아버지와 동일시하여 묘사하는 등 신화적 영웅들의 일화를 다각도로 차용한다.

그러나 플라스는 1959년의 「벤딜로의 황소」("The Bull of Bendylaw")
를 시작으로 「눈 속의 조각」("The Eye-mote"), 「후유증」("Aftermath"), 「진
달래 길의 엘렉트라」("Electra on Azalea Path") 등에 이르러서는 자신만의
독특한 신화적 틀을 모색하고 발전시켜 나간다. 예를 들어 「거상」("The
Colossus")에서는 플라스 자신의 정신적 외상(trauma)과 신화의 결합이
더욱 공고해졌고, 1960년의 「달과 주목나무」("The Moon and the Yew
Tree")에서는 초기에 조짐을 보였던 신화 이미지와 상징의 묘사가 더욱
예리하고 정교해진다. 아울러 그녀는 결혼과 임신 그리고 출산을 경험
하면서 당대에 강요되었던 여성상과 시인으로서의 의식 사이에 엄청난
괴리감이 존재한다는 것을 절감했고 그 괴리감에서 비롯된 고뇌와 고
통은 이후 여러 시에 그대로 투사된다.

플라스가 자살했던 1963년 런던의 겨울은 100년 만에 찾아온 혹독
한 추위로 꽁꽁 얼어붙어 있었다. 고질적인 부비동염은 더욱 악화되었
고 최소의 생활비로 근근이 살아가면서 추위 때문에 감기에 걸린 두
어린아이들을 홀로 돌봐야 했던 악조건에서 플라스가 써내려간 시들은
믿기지 않을 정도로 찬란한 그녀의 시의 정수이다. 이 시들은 강력한
상상력과 열정으로 죽기 전 한 달이라는 짧은 시기에 써낸 것들이다.
로즈(Jacqueline Rose)는 플라스의 후기 시집 『에어리얼』(Ariel)이 없었다
면 이전의 시들은 결코 주목받지 못했을 것이라고 했고(73), 켄달(Tim
Kendal)에 따르면 『에어리얼』에서 눈부신 발전을 이룬 후 플라스 자신
도 『거상』의 시들이 지겨워졌노라고 고백했다고 한다(3).

「세 여인: 세 개의 목소리를 위한 시」("Three Women: a Poem for

Three Voices"), 「토끼 사냥꾼」("The Rabbit Catcher"), 「아빠」("Daddy"), 「메두사」("Medusa") 등의 후기 시에 드러나듯이 플라스의 독특한 신화 세계는 그녀를 특징짓는 복합적이고 면밀한 구조의 시를 통해 더욱 공고해진다. 이러한 플라스 고유의 신화 해체와 신화 수정은 사망 직전 그녀가 아주 짧은 기간에 완성한 여러 편의 작품 가운데 특히 「에어리얼」("Ariel"), 「베일」("Purdah"), 「나사로 부인」("Lady Lazarus"), 「안개 속의 양」("Sheep in Fog"), 「말」("Words"), 그리고 「가장자리」("Edge") 등의 시에서 더욱 선명하게 드러난다.

지금까지 많은 비평가들은 8살 때 겪은 아버지의 사망이 플라스에게 엄청난 영향을 주었다는 점을 줄곧 지적해왔다. 그들의 주장처럼 아버지의 상실은 플라스에게 중요한 심리적 트라우마였으며 초기 시에서 중기 시에 이르기까지 여러 '아버지-신 시'(father-god poetry)들의 근간이 되었다. 이에 여러 초기 비평가들은 특히 플라스의 아버지의 죽음에 대한 집착과 그녀의 자살에 집중하여 정신분석학적인 관점 혹은 병리학적 '사례 연구'(case study)로 접근함으로써 플라스를 자살 중독자 또는 극단주의자적 성향의 시인이라 일컬었다. 또 정신분석학적 비평가들은 플라스를 아버지의 죽음에서 비롯된 정신적 외상에서 벗어나지 못한 미성숙하고 유약한 유아론자 또는 나르시시스트(Narcissist)로 평가하기도 했다.[3] 대표적으로 호우(Irving Howe)는 플라스의 "화려한 죽음이 그

---

3) 정신분석학적 비평 및 병리학적인 비평에는 호우(I. Howe, "Sylvia Plath: a partial disagreement", *Harper's Magazine*, Vol. 244, No. 1460, Jan, 1972, 88-91), 홀브룩(D. Holbrook, *Sylvia Plath: Poetry and Existence*, London: Athlone Press, 1976), 버처(E. Butscher, *Sylvia Plath: Method and Madness*, Tucson: Schaffner Press, 2003)외 다수가 있다.

녀를 미국 문화의 연인으로 만들었다"(A glamour of fatality has made her a darling of our culture)고 지적하면서 플라스의 작품보다는 자살이 독자를 매혹시켰다고 폄하하였다. 그리고 플라스의 백미로 여겨지는 말기 시에 대해서도 "병리학과 예지력이 성공적으로 융합한 시"(her last months composing poems in which pathology and clairvoyance triumphantly fuse)라고 언급했다(88). 또한 플라스의 자살로 인한 "소란이 가라앉고 진정한 판단이 돌아오면, 플라스는 가슴 아픈 개인사를 지닌 흥미로운 이류 시인으로 여겨질 것"(After the noise abates and judgement returns, Sylvia Plath will be regarded as an interesting minor poet whose personal story was deeply poignant)이라고 예견하였다(91).

그러나 호우의 예견과 달리 반세기가 지난 지금도 플라스에 대한 연구는 식지 않고 더욱 맹렬히 진행되고 있다. 또한 시 비평뿐만 아니라 소설, 연극, 영화, 음악 등 다양한 문화 영역에서 플라스를 소재로 하거나 플라스의 시에서 영감을 받은 작품들이 활발히 생산되고 있다. 이렇듯 정신분석학적 비평가들이 초기에 다소 단편적이고 편향적인 면을 제시하기도 했지만 그럼에도 불구

기네스 펠트로(실비아 플라스 역), 다니엘 크레이그(테드 휴즈 역)가 열연한 영화 『실비아』(2003)

하고 현재까지 꾸준히 연구가 이어지며 발전하였고 다양한 비평의 토대를 이루었다.

또 다른 비평가들은 플라스를 로월(Robert Lowel)의 제자들 가운데 '여성 고백주의 시인 군'의 한 명으로 분류하고 그녀의 시를 다양한 자서전적 요소를 바탕으로 비평하였다. 로젠탈(M. L. Rosenthal)은 1959년 로월의 『인생 연구』(Life Studies)의 서문에서 '고백파 시인'이란 용어를 처음 사용하며 플라스를 고백파 시인 군으로 소개하였다. 그리고 그 후에도 로젠탈은 「실비아 플라스와 고백시」("Sylvia Plath and Confessional Poetry") 등 동일한 논지의 여러 연구 논문들을 집필한 바 있다. 그 외에도 많은 비평가들이 플라스를 고백파 시인으로 연구해왔다.

그러나 초기부터 플라스의 시를 단순히 '사적인 고백으로서의 시'로 인급하는 것에 불편함을 표시하는 비평이 있었고 점진적으로 플라스를 '고백파 시인'으로 분류하는 것에 대한 비판이 거세졌다. 대표적으로 케너(Hugh Kenner)는 1966년에 플라스의 시를 "불의 심장에서 바로 끄집어낸 비명"(unmediated shrieks from the heart of the fire)이라 말하는 것은 난센스라고 지적하면서 "플라스는 시행을 정확히 계산하고 자신의 수사적 기법을 통제하고 있음"(Plath was counting her lines and governing her rhetoric)에 주목하여야 한다고 주장했다(75).

1970년대 중후반 이후부터 플라스는 여러 여성주의 비평가들에게 큰 주목을 받게 된다. 그들은 이전과는 또 다른 시각으로 접근하여 당시 여성으로서 그리고 여성 작가로서 플라스가 겪었던 억압과 갈등에 초점을 맞추어 플라스가 가부장제 사회에서 권력층으로 올라서려는 욕구와 스스로 그런 틀을 깨고 창조성을 발휘하고자 했던 욕구 간의 갈등을 축으로 여성 문학의 전통을 형성했다고 평가한다.[4] 여성주의 비평가들은 플라스가 여성주의가 이제 막 태동하던 시대에 이미 선진적인 의식으로 사회 속의 여성을 사고하고 있다고 평한다.

플라스에게 있어서 아버지의 죽음과 홀로된 어머니의 구속과 집착은 중요 플롯이었으며 그녀의 시 세계의 출발점이 되었다. 플라스는 이런 자신의 상황에 걸 맞는 신화 속 여성 엘렉트라에 주목하고 이를 탐구한다. 엘렉트라는 오이디푸스와 함께 20세기 인문학 및 여러 문학 작품에 지속적으로 강력한 영향을 끼친 신화 속 인물이다. 오이디푸스는 아버지로부터 힘과 특권을 찬탈하려는 아들 영웅으로 분석되며, 곧 조상 전래의 가부장적 혈통을 계승하고 있는 남성성의 상징이다. 또한 프로이트(Sigmund Freud)는 "이 지구상에 새로 오는 모든 이들은 이런 오이디푸스 콤플렉스를 극복하는 일에 직면해있으며 이에 실패하는 이는 누구든지 신경증의 희생양이 된다"(every new arrival on this planet is faced by the task of mastering the Oedipus complex; anyone failing to do so falls victim to neurosis)고 주장했다(Scott 1에서 재인용).

---

4) 주헤즈(S. Juhasz, *Naked and Fiery Forms: Modern American Poetry by Women: A New Tradition*, New York: Harper Colophon, 1976), 로즈(Jacqueline Rose, *The Haunting Sylvia Plath*, Massachusettes: Harvard, 1991), 배스넷(Bassnet, Susan, *Sylvia Plath: an Introduction to the Poetry*, 2nd Ed. London: Macmillan, 2005) 등이 이 그룹에 속하며 그밖에 요즘 흥미로운 비평은 플라스 독자에 대한 비평으로 플라스의 시를 열렬히 추앙하는 독자를 20대 즈음의 젊은 여성으로 보고 영화나 TV 드라마 같은 영상 매체에서 사랑에 배신당한 희생의 아이콘, 혹은 분노에 차 있거나 폭력적인 여성을 등장시킬 때 플라스의 시집을 들고 있게 하는 등의 편견적 독자상을 만든다는 비평이 있다(Janet Badia, "The 'Priestess' and Her 'Cult': Plath's Confessional Poetics and the Mythology of Women Readers", *The Unraveling Archive: Essays on Sylvia Plath*, Ed. Anita Helle, Michigan: U of Michigan, 2007).

반면 오이디푸스 신화가 남성성의 쟁취의 표상이라면 아트레우스 (Atreus) 신화에 나타난 엘렉트라의 이야기는 이와는 다른 측면을 강력히 시사한다. 엘렉트라 신화는 필연적으로 살인, 복수, 폭력의 이야기이다. 오이디푸스 신화와 엘렉트라 신화가 다른 점은 전자의 이야기가 남성적 권력 쟁탈에 집착하여 가부장적 계통을 이어 받는 데 집중하고 있다면 후자는 유서 깊은 가문의 잔인한 살인 사건에서의 엘렉트라의 역할에 초점을 맞추고 있다. 그녀의 행동은 미케네의 질서정연한 세계에 대혼란을 가져왔고, 이로 인해 엄격한 계급 구조를 이루고 있었던 신화적 우주에 파장이 생긴다. 다시 말해 엘렉트라는 모더니즘의 문학적 상상력의 중심 수사구로서 견고한 위치에 있던 프로이트의 오이디푸스 모델의 우위성에 도전장을 내민 것이다.

엘렉트라 신화가 20세기의 드라마, 산문, 그리고 시에 널리 적용되었던 현상은 엘렉트라가 오이디푸스 모델의 우위권을 잠식했다는 사실을 반영한다. 그리고 나아가 중층적인 의미의 엘렉트라 텍스트는 아버지 왕의 죽음을 애도하는 엘렉트라가 "오이디푸스의 심리적 전제군주제에 대항한 서사적 반항"(a narrative revolt against the psychological autocracy of Oedipus)이다(Scott 2). 이에 플라스는 엘렉트라를 자신의 자아의 투사체로 상정하고 많은 시들에 '아버지-남성-신'의 상실의 아픔과 그에 대한 그리움을 딸이며 여사제인 엘렉트라로 표출한다.

그러나 플라스는 이에 멈추지 않고 성숙한 여성이자 시인으로서 성장하며 다양한 삶의 모습을 경험하게 되자 아버지 죽음의 트라우마를 더욱 복합적인 의미를 담은 플롯으로 발전시킨다. 플라스 자아의 투사체는 엘렉트라 딸로, 또 나아가 후기 시에서는 또 다른 신화의 다양한 여성상으로 그 성장 단계에 따라 변화되고 발전된다. 그리고 궁극적으로 이 여성 자아는 가부장적 남성성의 심리적 압제에 대한 강력한 저항과 비판 의식을 보여준다.

플라스는 초기 시에서 남성-신의 존재성을 제시하고 본인의 시 세계로 강력한 남성 뮤즈를 불러들이고자 한다. 그러나 초기 시에서는 지켜보는 자인 플라스의 시각만 확연하게 드러날 뿐 여기에 대응하는 그 어떤 움직임은 보이지 않는다.[5] 반면 후기로 진행될수록 남성-신에 대한 플라스의 시각은 변모하며 발전한다. 플라스 작품의 습작기와 초기 시를 벗어나는 큰 축으로 평가되는 시 「거상」("The Colossus" *CP* 129)에서는 '아버지-신-남성'을 상징하는 거대한 조각상이 다뤄지고 있는데, 플라스는 자신의 모습을 투영한 화자 '나'를 갈라지고 부서진 조각상을 온종일 접착제와 소독제를 들고 열심히 수리하는 노역을 행하는 작은 개미와 같은 존재로 등장시킨다. 그리고 그 노역에서 벗어나길 한없이 염원하지만 그럴 수 없는 화자인 작은 개미인 딸은 그 조각상의 거대한 귀 뒤에서 보이지 않게 숨어 쉴 뿐 '벗어남'을 획책할 아무런 시도도 하지 못한다. 하지만 남성적 신의 모습이 더욱 발전된 후기 시 「아빠」("Daddy" *CP* 222)에서는 아버지의 턱이 사투르누스(Saturn)의 발굽처럼 갈라져 있음을 강조하면서 여전히 신성을 간직한 아버지-남성을

---

5) 초기 시에서 남성 신의 출현을 보여주는 대표적 작품으로 「목신」("Faun" *CP* 35)이 있다. 이 시에서 플라스는 목신의 출현을 보여주고자 한다. 목신은 노란 눈들이 지켜보는 가운데 발굽은 딱딱해지고 염소의 뿔이 생성되면서 "신의 모습으로 일어나"(Marked how god rose) 숲 속으로 뛰어간다(*CP* 35). 이는 곧 새로운 신, 즉 남성성이 출현하는 모습이다. 그러나 이때 화자인 여성은 숨죽여 신의 출현을 관찰할 뿐 그 어떤 행동도 취하지 않는다.

제시한다. 그러나 그 신성에도 불구하고 그 남성은 죽은 아버지일 뿐만 아니라 플라스 본인의 7년간의 결혼생활 동안 자신을 핍박하고 억압한 남편이기도 한 사악한 흡혈귀의 존재이다. 그렇게 플라스는 후기 시에 이르러 아버지-신-남편의 중층적 의미가 함축된 존재를 완성하고 드디어 폭력적 남성상의 심장에 말뚝을 박고, 단호히 탈출함을 선언한다.

플라스는 '아버지-신-남편'의 관계를 보여주는 후기 시 「아빠」에 대해 BBC 라디오 방송에서 화자를 "엘렉트라 콤플렉스에 걸린 소녀"(a girl with an Electra complex)라고 소개함으로써 자신이 프로이트 정신분석학을 주지하고 있으며 신화 속 엘렉트라를 깊이 사유하였음을 드러낸다. 뿐만 아니라 플라스는 엘렉트라란 신화 속 여성 캐릭터를 활용할 뿐만 이니라 자신의 딜레마적 상황을 벗어나기 위해 "계속해서 변화하고 있는 자아의 신화를 창조하고 있는 것"(creates a mythology of the self in the process)이다(Scott 15). 이렇듯 플라스는 하나의 신화를 모티브로 삼고 극적인 상황을 연출하고 연기함으로써 그 닫힌 신화를 해체하려고 시도하며 그럼으로써 종국에는 나치와도 같은 곧 폭력과 권위적인 남성성에 의한 죽음과 같은 '마비'에서 벗어나는 '자아의 신화'를 창조하게 되는 것이다.

플라스는 자신의 주치의였던 보이셔(Ruth Beuscher)로부터 프로이트의 정신분석학 이론이 접목된 심리 치료를 받는다. 그리고 이후 보이셔의 조언에 따라 자신의 인지된 감성에 적용될 수 있는 신화로 엘렉트라 신화를 선택하고 자신의 병을 치유하기 위해 그것에 맞춰 글을 써보기로 한다. 그리고 엘렉트라로서 아버지를 바라보았듯이 한편으로 아버지와는 다른 양상으로 자신을 억누르고 괴롭혔던 어머니를 바라본다. 아버지의 죽음을 애도하는 여사제인 딸 엘렉트라는 "어두움의 어머니"(the Dark Mother, Mother of Shadows)에게 억압받으면서 어머니를 살해하고픈 욕망에 차 있는 딸이다(*J* 512)[6]. 플라스는 어머니 클리타임네스트라를 가부장적 체제의 시대성을 이미 깊이 체화해 물들어버린 기성세대인 '타자적 어머니들'로 제시한다. 이 '타자적 어머니들'은 또한 '모성애'라는 이름으로 딸에게 집착하여 기존의 이념에 대한 묵종과 자아의 희생을 강요하는 또 다른 압제자이다. 그러면서도 동시에 딸 엘렉트라는 아버지에게 살해된 언니 이피게네이아(Iphigenia)처럼 자신도 아버지의 '희생자 딸'이라는 위치를 자각하고 이와 동일시하기도 한다. 그러기에 어머니 클리타임네스트라를 향한 복수를 꿈꾸는 남동생 오레스테스(Orestes)의 열정에 공감하고, 함께 계획을 논의하고 지시도 내리기도 하지만 정작 직접 살인을 실행하지는 못하는 존재이다.

플라스는 자신의 시적 구조로 신화를 적극 차용했다. 플라스의 시적 구조로 쓰인 신화의 틀은 기존 전통 '신화의 해체'(de-mythologize) 혹

---

6) 플라스의 일기는 1982년에 휴즈에 의해 『실비아 플라스의 일기』(*The Journals of Sylvia Plath*. New York: The Dial Press. 1982)로 편집 출판되었다. 이 책의 서론에서 휴즈는 생존한 사람들을 위해 많은 부분을 생략했고 마지막 권인 죽기 직전의 일기는 자신의 손으로 직접 파기했는데 그는 그 이유를 "망각이 생존의 필수 전략이라고 생각하였기 때문"이라고 했다. 이런 그의 행위는 소중한 문학 자산을 파괴하고 왜곡하였다는 비난을 받았다. 2000년에 카렌 V. 쿠킬(Karen V. Kukil)이 플라스의 친필본들을 모두 모아 『실비아 플라스의 무삭제 일기』(*The Unabridged Journals of Sylvia Plath*. NY: Anchor Books)를 편찬, 출판하였다. 그러나 이 책 역시 생략된 지인들의 이름 정도만 밝혔을 뿐 후기 시들의 배경을 알 수 있는 단서들은 이미 휴즈에 의해 파기되어 추정이 불가한 상태였다. 앞으로 일기의 인용은 2000년 본에 의거하며 *J*와 페이지 수로 명기하기로 한다.

은 '신화 짓기'(mytho-poesis)라는 용어가 적합할 것이다. '신화 짓기' (mythopoesis)는 "이미 존재하고 있는 신화를 새로운 시각의 신화로 재창조하는 것"이며 이때 "신화 수정은 정치적 압제를 대면하여 날카롭게 사회를 비판하기 위한 우화적 포장의 역할을 한다"(Scott 17-18). 아울러 플라스는 자신의 초기 시 「나무요정 불러내기의 어려움에 대하여」("On the Difficulty of Conjuring Up a Dryad" *CP* 65-66)와 「신화 만들기의 죽음」 ("The Death of Myth-Making" *CP* 104)에서 시를 창작하는 것을 나무요정을 불러내는 것과 동일시하고, "신화 만들기"라는 용어를 사용함으로써 현대의 메마르고 물질적이고 권위적인 정서에서 하나의 시, 곧 신화 만들기의 작업은 죽었음을 이야기한다. 그러기에 플라스에게 시는 하나의 신화를 구축하는 것과 같으며 이때 플라스는 가부장적 사고와 문화를 토대로 한 전통 신화를 여성 고유의 신선한 시각으로 해체하고 새로운 신화를 제시하는 '신화 수정'을 이룬다.

플라스는 기존 남성 권력층의 시각에서 서술된 신화의 사건과 사물을 소수자이고 약자이며, 주변인이었던 신화 속 여성의 시각으로 다시 바라보고 서술하고자 시도했다. 플라스는 초기에는 특히 엘렉트라 신화를 시의 틀로 삼았다. 그러나 플라스가 차용한 신화는 엘렉트라의 이야기에만 국한되지 않는다. 플라스는 엘렉트라의 어머니 클리타임네스트라의 신화에도 주목하고, 또한 신화 인물 중 악녀의 대표라고도 할 수 있는 메데이아를 탐구한다. 나아가 플라스는 성서 속 인물이자 죽음과 재생의 상징과도 같은 나사로를 여성으로 전환시켜 새로운 인물로 창조한다. 그렇게 플라스는 그녀의 길지 않은 생애 내내 자신의 시 세계의 중심 주제였던 죽음과 재생의 신화에 천착하면서 그녀만의 특별한 '신화 짓기'를 완성한다.

지금까지 진행된 플라스의 시와 신화의 관계에 주목하는 비평을 살펴보면 우선 달의 여신 이미지를 위시하여 신화적 모티브를 많이 제시했던 크롤을 그 예로 들 수 있다. 하지만 그의 비평은 플라스가 그레이브즈(Robert Graves)의 『하얀 여신』(*The White Goddess: A Historical Grammar of Poetic Myth*)을 읽었다는 사실에만 초점을 맞춰 보편적인 "대모(大母) 신화"(Great Mother Myth)로 오도함으로써 총체적이지 못했다는 평가를 받았다(Rosenblatt xi). 마키(Janice Markey)는 플라스가 신화를 토대로 기존의 가부장적 신화를 해체하려고 했다고 주장했다(52). 마키의 비평은 설득력 있는 아주 훌륭한 비평이었지만 다루는 작품이 소수에 그쳐 단편적인 범주에 머무는 인상을 준다. 2005년에 스콧(Jill Scott)이 플라스의 시에 등장하는 여주인공을 엘렉트라로 상정하고 프로이트 정신분석학을 기초로 새롭게 분석한 것은 상당히 흥미롭다. 또한 2014년에 하우스(Veronica House)는 플라스의 시를 20세기적 메데이아 신화의 시의 범주에 포함시키고 엘렉트라 신화를 다룬 3대 그리스 비극, 즉 아이스킬로스의 『오레스테이아』(*Oresteia*)(B.C. 458), 에우리피데스(Euripides)의 『엘렉트라』(B.C. 412), 소포클레스(Sophocles)의 『엘렉트라』(B.C. 410)와 함께 심층적으로 연구했다. 그는 신화학적인 풍부한 지식을 도구로 삼아 플라스의 시를 한층 매력적으로 비평한다.

본 저서에서는 신화를 근간으로 한 플라스의 시들에 주목하고 기존 전통 신화를 어떻게 차용하고, 그 의미를 비틀고 해체시켜 자신만의 독특한 신화를 구축했는지를 연구하고자 한다. 우선 신화에 나타난 단편적인 이미지나 일화를 언급하는 것에 그치지 않고 초기 시에서 말기 시에 이르기까지 플라스의 시를 총체적으로 아우르는 신화적 구조가 있다는 사실을 밝히고자 한다. 플라스의 초기 시의 신화적 요소는 여러 양상의 시도와 탐구 끝에 변화와 발전을 거듭하며 후기 시에 이르러 명징한 신화 다시 짓기를 이룬다. 플라스는 보편적이고 영속적인 신화들을 근간으로 해서 시를 썼지만 기존 신화를 그대로 차용한 것이 아니라 그 의미와 틀을 해체한다. 이때 해체는 파괴적인 해체가 아닌 창조적인 해체이며, 나아가 플라스가 자신만의 독특한 시각으로 하나의 신화와 또 다른 신화를 엮어 새로운 의미망으로 확장시켜 강력한 신화로 재창조한다. 플라스의 신화 해체는 신화의 구조 속에 숨겨져 드러나 있지 않던 기존의 잠재적이고 심리적인 전제들에 맞서 '문화적 변형'을 행하는 것이며 이는 곧 새로운 신화 창조, 혹은 신화 다시 짓기이다.

제2장에서는 아버지 신화에 대한 시들을 살펴보고자 한다. 「신탁의 몰락에 관하여」("On the Decline of Oracles"), 「바닷속 깊은 곳에서」("Full Fathom Five"), 「진달래 길의 엘렉트라」, 「거상」, 그리고 「아빠」를 중심으로 초기 시 이후 플라스가 적극 차용했던 엘렉트라 화자와 아버지의 관계를 조망해볼 것이다. '아버지-신 시'라고 분류되는 이 시들은 자신의 마음속에 신과 같은 존재로 각인된 죽은 아버지를 끊임없이 애도하고 이런 '애도의식'(mourning ceremony)을 통해 아버지의 존재를 기억해서 회복시키려는 '여사제'(Priestess)로서의 딸의 모습을 보여준다. 그러나 이 관계는 복합적이고 미묘한 애증의 심리적 충돌 그리고 현실과 자아 사이에 존재하는 괴리를 경험하게 되면서 이에서 탈피하려는 의지가 생성되고 이에 따라 변모를 거듭하게 된다.

제3장에서는 「마음을 어지럽히는 뮤즈」("The Disquieting Muses"), 「생일을 위한 시」("Poems for a Birthday") 중 1편 「누구」("Who")와 3편 「마이나드」("Maenad"), 그리고 「메두사」를 중심으로 플라스가 엘렉트라의 시선으로 어머니 클리타임네스트라를 바라본 "어두움의 어머니"(Dark Mother, *J* 512) 신화의 시들을 분석하고자 한다. 이 시들은 기존 전통적인 어머니 신화를 탈피한 새로운 어머니 신화의 시이다. 이는 화자 엘렉트라 딸이 억압과 고통을 주는 존재로서의 '타자적 어머니들'(all the other mothers)을 바라본, 즉 약한 여성이 강한 여성에 맞서는 시라고 볼 수 있다. 그러나 엘렉트라 역시 항상 딸에 머물러있을 수는 없다. 결혼을 하고 자녀를 출산하면서 그녀는 딸이 아닌 아내와 어머니로서 아가멤논-남성성과 대면하게 된다.

제4장에서는 「후유증」("Aftermath"), 「튤립」("Tulip"), 「편지를 태우며」("Burning the Letters")를 중심으로 메데이아 신화[7]의 시를 살펴본다. 플라스는 전통 신화 속 여성 메데이아에 주목하고 메데이아 신화 속에 이미 고착되어있던 편견을 깨고자 시도한다. 플라스는 메데이아가 기존 신화에서 제시됐듯이 배신한 남편을 어둠의 주술로 살해하고 자신

---

[7] 메데이아 신화는 황금 양털을 얻으려 자신의 왕국 콜키스(Cholchis)로 온 이아손(Jason)을 사랑해서 왕인 아버지와 나라를 배신한 메데이아 공주의 이야기이다. 메데이아는 이아손을 너무도 사랑한 나머지 아버지를 배신하고 이아손이 그의 왕국의 보물인 황금 양털을 획득할 수 있게 도울뿐더러 이아손 대신 그의 삼촌 펠리아스(Pelias)를 죽여 그에게 왕국을 되찾아준다. 그 후 그녀는 그의 아내가 되어 두 자녀까지 낳았으나 이아손은 자신의 영락을 위해 메데이아를 배신하고 코린토스(Corinth)의 왕 크레온(Creon)의 딸과 결혼하기로 한다. 메데이아는 배신감에 분노하여 마법으로 그 공주와 크레온을 죽이고 자신의 아이들을 죽임으로써 이아손에게 뼈아픈 고통을 주고 복수하고자 한다.

의 자녀까지 죽음으로 몰고 간 냉혈한 악녀가 아니라 시대의 비극적 상황 속에 처해 치열하게 맞서 싸워야만 했던 한 여성이었음을 보여주고자 했다. 플라스는 20세기 여성의 시각을 통해 '현대의 메데이아'를 창출함으로써 새로운 신화를 구축한다.

제5장에서는 「느릅나무」("Elm"), 「동물원 관리인의 아내」("Zoo Keeper's Wife"), 「토끼 사냥꾼」("The Rabbit Catcher"), 「벌침」("Stings"), 「베일」("Purdah"), 「103° 고열」("Fever 103°"), 「에어리얼」("Ariel"), 「가장자리」("Edge")를 통한 클리타임네스트라 신화를 중심으로 한 시들을 분석해보도록 하겠다. 이 시들에서 플라스는 자신도 클리타임네스트라일 수밖에 없다는 현실에 고통스러워 하지만 의식은 한층 성숙해진다. 플라스는 자신의 소중한 자녀와 가정이 희생되는 모습을 무기력하게 방관만 하는 남편, 신, 혹은 가부장제의 권력자 남성인 아가멤논/이아손에 대해 절망하면서 드디어 분노의 칼을 집어 든다. 메데이아 신화를 클리타임네스트라와 접목시킨 후기 시에서 플라스는 남성관과 결혼관의 변모를 보여준다.

제6장에서는 연작시 「생일을 위한 시」("Poem for a Birthday")의 5편 「갈대 연못에서 들려오는 플루트 소리」("Flute Notes from a Reedy Pond")와 마지막 7편 「돌」("The Stone")에서 시작해 「달과 주목나무」("The Moon and the Yew Tree"), 또 이어 『에어리얼』의 중심적인 시인 「도착」("Getting There")을 통해 플라스가 일생 내내 천착했던 죽음의 주제를 살펴보고 플라스가 그의 해결책으로 순수한 재생의 존재인 황금 아기의 신화를 제시하고 있음을 살펴볼 것이다. 이 '순수한 황금 아기'는 플라스가 구원의 상징인 기독교 아기 예수를 자신의 시각으로 뒤틀어 만들어낸 재

생의 존재이다. 이 황금 아기 신은 플라스 자신이 잃어버린 어린 시절의 순수한 신앙에 대한 그리움을 보여주기도 하다. 그리고 아직도 죽음 뒤의 구원을 확신할 수 없는 플라스가 간절히 갈망하는 존재이기도 하다.

제7장에서는 플라스가 역작 「나사로 부인」("Lady Lazarus")을 통해 나사로 신화를 죽음과 재생의 신화의 전형으로 제시하고 이를 전통적 시각에서 벗어나 새로운 신화로 창조하는 양상을 살펴보고자 한다. 성서에 등장하는 나사로는 죽음과 재생의 상징적 존재이다. 죽음의 고통이 늘 중심 주제였던 플라스에게 나사로가 구원의 대상으로 비쳐진 것은 바로 이런 연유에서이다. 그러나 플라스는 이 시에서도 성서 속 나사로의 일화를 단순하게 있는 그대로 차용한 것이 아니라 '여성 나사로'로 치환해서 자신만의 신화로 승화시킨다. 이러한 신화의 변용에 주목하면서 로젠블랏은 그리스도가 죽음에서 구원한 나사로의 패러디적 존재인 나사로 부인을 "의사-신화적 인물"(quasi-mythological figure)로 해석한다(38). 이전의 시들이 '삶 속의 죽음'(Death in Life)에 천착한 시들이었다면 이후의 시들은 '죽음 속의 재생'(Rebirth in Death)을 다루면서 이전의 시들이 벗어나고자 열망했던 현실의 속박과 좌절을 극복하는 강력한 힘을 보여준다. 이로써 플라스는 쓰라린 삶의 고통 속에서 재생하고자 고투했던 자신의 여정을 마무리한다. 플라스는 이런 죽음과 재생을 보여주는 강력한 후기 시를 통하여 하나의 자신만의 신화세계를 완성한다.

아버지 신화의 시: 남성 뮤즈인 아버지

플라스는 소고 「열일곱 살을 돌아봄」("Reflections of a Seventeen-Year-Old")에서 자신을 "신이 되고 싶은 소녀"(The girl who wanted to be God)라고 칭하면서 "모든 것을 알고 싶은"(I want to be omniscient), "강하고"(strong), 원대한 포부를 지닌 17세 소녀로 스스로를 표현한다(LH 39-40).8) 문학가로서의 포부를 지녔던 소녀 플라스에게 신이 된다는 것은 곧 자신의 글의 창조주가 된다는 것으로 이때의 글은 전지(全知)한 신의 이야기이자 신화인 것이다. 이렇듯 플라스는 본인이 신이 되어 그녀만의 독창적인 신화를 창출하고자 했고 강력한 힘을 지닌 새로운 신

---

8) 플라스의 어머니 오렐리아 플라스(Aurellia Plath)는 1976년에 본인이 소장하고 있던 플라스가 어머니와 동생에게 쓴 편지와 소고들을 엮은 『집으로 보내는 편지』(Letters Home: Correspondence between 1950-1963)를 테드 휴즈의 허락 아래 출판했다. 이 책은 비평가들에게 많은 반향을 일으켰으며 플라스 비평에 중요성을 지닌다. 앞으로 이 책의 인용은 LH와 페이지 수로 표기하기로 한다.

화의 주체가 되고자 했다.

플라스는 "신으로 생각했던"(she thought he was God) 아버지를 어렸을 때 여의며 생긴 심리적 트라우마를 주제로 삼아 끊임없는 시 작업을 해왔는데(CP 293), 그 잃어버린 아버지는 신화에 종종 등장하는 신격화된 형상으로 표현되었다. 아울러 초기부터 줄곧 다뤄왔던 오레스테스(Orestes) 신화를 그녀 자신의 상황과 결부시켜 스스로를 죽은 아버지 아가멤논을 그리워하고 애도하는 딸 엘렉트라의 모습으로 제시하기도 한다. 또 엘렉트라의 시선으로 어머니를 바라보면서 어머니와의 관계를 강렬한 어조로 시로 담아내기도 한다.

본 장에서는 플라스가 신화를 시의 틀로 차용하게 되는 방식을 살펴보고 자신을 엘렉트라의 자리에 위치시켜서 기존의 오레스테스 신화를 엘렉트라 신화로 바꿔나가게 되는 양상을 고찰하고자 한다. 플라스는 오레스테스 시각으로 이루어진 기존 신화를 딸 엘렉트라의 관점으로 해체하면서 남성 주인공의 신화를 도구로 삼아 그 속에 담겨진 사상을 교란하고 전복시킨다. 그 과정을 의도적으로 드러내 보여주는 방식으로 플라스는 자신이 갇혀있던 전통적인 틀을 벗어나 새로운 신화를 구축하게 된다.

「신탁의 몰락에 관하여」("On the Decline of the Oracles")는 플라스의 "잃어버린 아버지 시들"(lost father poems)의 시작점이 된 시이다 (Stevenson 124). 이 시에서 플라스는 아버지 오토 플라스(Otto Plath)의 죽음을 신탁의 몰락에 비유한다. 이 시의 화자인 1인칭 딸 "나"는 1연의 시작에서 어린 시절 자신이 보았던 아버지 서재에 놓인 두 개의 "청동 책꽂이는 항해하는 배의 모습을 하고 있었다"(By two bronze bookends of ships in sail)고 회상하며 '아버지의 세계'를 '바다'와 밀접히 연결시킨다. 그리고 아버지가 그 책꽂이에 소중히 간직해 놓은 것은 다름 아닌 "둥글게 솟아 오른 모양의 조가비"(a vaulted conch)이다. 지금 아버지의 상실로 홀로 남겨진 어린 딸은 그 조가비에 귀를 기울여 조가비가 들려주는 소리를 듣고자하지만 조가비는 "자신의 차가운 이빨에 거품을 부글거리며/애매모호한 목소리를 낼 뿐"(And as I listened its cold teeth seethed/With voices of that ambiguous sea)이다. 이 조가비의 소리는 바다를 겪어본 늙은 뵈클린 영감(Old Böcklin)은 그리워하는 소리지만 화자를 위시해 무지한 농부들은 알 수 없는 바다의 소리이다.

2연에서 화자는 아버지는 돌아가셨고 이미 유언에 따라 "책은 불태워졌으며 조가비도 바다로 돌려보내졌다"(The books burned up, sea took the shell)고 한탄한다. 여기서 아버지의 죽음은 바다의 상실과 동일시되고 육지에 남은 뵈클린 영감은 아버지 세계인 바다의 소리와 떠나버린 푸른 바다의 모습을 그리워하며 슬퍼하고 있으며 화자인 딸 역시 지금도 자신은 아버지가 들려준 그 바다의 소리를 기억하고 있다고 말한다. 3연에서 딸은 아버지의 세계를 오랜 신화의 물상에 비유한다. 아버지가 생존해있던 "더 순전했던 시절의 문장(紋章)인 놋쇠로 만든 백조나 불타는 별, 그 어떤 것도"(Neither brazen swan nor burning star,/Heraldry of a starker age) 이제는 볼 수 없으며 자신 곁에는 그저 "아무짝에 쓸모없는, 수다만 늘어놓는 상들"(Profitless, their gossiping images)만 있을 뿐이라 한탄한다.

마지막 연에서 화자는 "이런 일이 벌어졌어도/지구는 지금도 돌고 있지"(The happening of this happening/The earth turns now)라고 체념하듯

이 읊조린다. 잠시 후면 화자는 여지없이 다가오는 미래를 만날 것이다. 그러나 그럼에도 이 미래는 화자에게 과거나 현재보다도 별다를 것 없이 의미 없는 존재이다. 왜냐하면 화자는 이미 "트로이의 탑이 무너지고 북쪽에서 악이 출몰하는 것을 목격하였고" 그로 인해 "침침해진 눈을 지녔기" 때문이다.

> ... 현재나 과거보다
> 더 쓸모없다, 이 미래는.
> 한때 트로이의 탑들이 무너지는 것을 보고,
> 북쪽에서 악이 출몰하는 것을 본,
> 이제는 침침해진 눈에 그러한 미래의 비전은 아무 쓸모가 없다.[9]

> ... Worth
> Less than present, past—this future.
> Worthless such vision to eyes gone dull
> That once descried Troy's tower fall,
> Saw evil break out of the north. (*CP* 78)

이 시에서 돌아가신 아버지는 바다와 같은 미지의 세계의 원천이며 "더 순전했던 시절의 문장인 놋쇠로 만든 백조나 불타는 별"로 상징되는 신화적 존재이다. 또한 신화적 존재인 아버지의 죽음은 신화 속 비극인 "트로이의 탑이 무너지는 것"에 비견되고 또한 이는 생자필멸의 자연스

---

9) 인용된 시의 번역은 박주영 옮김, 『실비아 플라스 시 전집』을 토대로 하였으며 필요한 부분은 수정 번역한다.

러운 사건이 아니라 "악의 출몰"과도 같은 재난이자 비극이다. 살아남은 딸은 신이 아닌 평범한 사람들은 보아서는 안 될 그런 신화 속 비극을 목격하였기에 그녀의 눈은 "침침해져" 더 이상 다가올 미래를 순수한 눈으로 기대할 수 없다. 그러기에 화자에게 "미래"란 오히려 지나온 과거나 현재보다도 "아무 쓸모없는" 무가치한 것일 뿐이다. 여기 화자는 나이어린 소녀임에도 불구하고 이미 아버지 신화의 세계를 체험한 노인의 눈을 지녔다.

플라스에게 있어서 글쓰기의 출발점은 아버지 오토 플라스였다. 아버지와 함께할 수 있었던 플라스의 어린 시절은 비록 짧았지만 그 시간은 그녀의 삶에 깊숙하게 파고들어 강력한 영향을 끼쳤다. 와그너-마틴(Linda Wagner-Martin)은 그 이유를 "가부장적인 전통"에서 찾는데 (24), 여린 성격인데다가 내향적이고 감수성도 강했던 플라스는 아버지의 위협적인 권위에 눌린 탓에 자신의 창조 능력을 부단하게 의심하게 되면서 아버지의 사랑과 인정을 갈구하는 딸의 모습으로 표출된다. 또한 집에서 글을 쓰던 아버지의 모습은 어린 플라스에게 있어서 강력한 글쓰기 모델이 되었고 이후 아버지는 플라스의 여러 시에서 '남성 뮤즈'로 등장하기에 이른다.

「신탁의 몰락에 관하여」에서 아버지의 죽음은 이 남성 뮤즈의 신탁의 몰락과 같다. 그의 유언대로 많은 책들이 불태워지고 바다의 목소리를 들려줄 조가비도 없어진다. 한편 살아남은 딸은 그의 목소리를 귀에, 그리고 그가 보여준 그러나 지금은 볼 수 없는 푸른 바다의 모습을 눈에 고스란히 간직한다. 신을 닮은 아버지는 바다의 아버지 넵튠을 연상시킨다. 플라스에게 있어서 바다는 이렇듯 "조가비의 알아들을 수 없는 목소리"를 지닌 미지의 세계이자 '아버지-신'의 세계이다. 그러나 남겨진 화자인 딸의 거처는 신의 세계가 아니라 "백해무익한 시끄러운 사람들의 의미 없는 소리"가 넘쳐나는 현실이며, 그래서 자신을 세상 사람들과는 달리 이미 "트로이의 탑이 무너지는", 다시 말해 신탁이 몰락하는 것을 지켜본 "은둔자"이자 현자로서 그들과 차별화한다. 그런 화자에게 다가올 미래는 결코 과거나 현재보다 큰 의미를 지닐 수 없다. 이런 비관적인 결구는 이 시가 풀어내는 이야기가 여기에서 끝나는 것이 아니라 앞으로 더 나아갈 것임을 함축한다.

「바닷속 깊은 곳에서」는 「신탁의 몰락에 관하여」에서 더 나아간 이야기를 풀어낸 시이다. 1958년 5월 11일 자 일기에서 플라스는 앞으로 나올 시집의 제목을 『바닷속 깊은 곳에서』로 정한다.[10] 그리고 이 제목의 배경은 셰익스피어(William Shakespeare)의 『템페스트』(*The Tempest*)이고 여기에 바다에 대한 연상이 담겨있다고 적었다.[11]

---

10) 플라스는 이후 시집의 제목을 오랜 고심 끝에 『거상』으로 정한다. 그러나 플라스가 「바닷속 깊은 곳에서」를 본인의 시작 활동에 있어서 중요한 기점을 보여주는 시로 생각하고 있었음은 분명하다.

11) 플라스는 셰익스피어의 후기 로맨스 극인 『템페스트』의 영향을 많이 받았다. 플라스는 이 극의 등장인물 '에어리얼'을 그녀의 많은 시에 등장시키고 후기 시에 이르면 그 존재는 더욱 복합적인 의미로 확장한다. 에어리얼은 플라스의 두 번째 시집의 제목으로 애마의 이름이고, 더 나아가 시대의 굴레에 갇혀 종살이하는 자신을 상징하는 존재이자 히브리어로 '아리엘', 곧 '신의 암사자'를 의미하는 존재이다. 『템페스트』1막 2장의 「에어리얼의 노래」("Ariel's song")가 이 시의 모태이다.

「에어리얼의 노래」

바닷속 깊은 곳에 너의 아버지가 누워있네;
　그의 뼈는 산호로 만들어져있고;
그의 눈이었던 것은 진주가 되었네;

이 책(가제 『바닷속 깊은 곳에서』)은 지금까지 내가 꿈꿔온 그 어느 시보다 내 어린 시절 및 이미지와 많이 연관되어있다: 바다의 연상을 담은 『템페스트』를 배경으로 하고 있으며 그것이 나의 유년시절, 시, 그리고 예술가의 무의식에 대한, 그리고 아버지 이미지에 대한 중심 메타포이다—이를 내 실재 아버지와 연관시키고 나아가 죽어 묻힌 남성 뮤즈와 창조주 신이 테드의 모습으로 회생하여 나의 짝이 되었으며 이제 그가 진주와 산호로 휘황찬란하게 꾸며진 바다의 신 넵튠이 되었다는 것—여기서 진주는 어디에서나 볼 수 있는 슬픔과 무딘 일상인 모래를 바다가 바꿔 놓은 존재이다.

그의 것은 아무것도 퇴색되지 않네
그러나 바다의 힘으로
더 풍부하고 낯선 존재로 변화하네
바다의 요정들은 시간마다 종을 울리네:
내 짐들이여, 딩-동
잘 들어라! 지금 나는 그 종소리를 듣네, 딩-동.

"Ariel's song"

Full fathom five thy father lies;
  Of his bones are coral made;
Those are pearls that were his eyes;
  Nothing of him that doth fade
But doth suffer a sea change
Into something rich and strange,
Sea nymphs hourly ring his knell:
            Burden, Ding-dong,
Hark! Now I hear them—ding-dong bell.
(*The Tempest* 56)

위의 번역은 필자의 번역이며 앞으로 필자의 번역이 아닌 경우만 따로 밝히기로 한다.

〈두 마리 해마를 탄 바다의 신 넵튠〉(13세기), 모자이크, 수스 고고학 박물관

It relates more richly to my life and imagery than anything else I've dreamed up: has the background of *The Tempest*, the association of the sea, which is a central metaphor for my childhood, my poems and the artist's subconsciousness, to the father image—relating to my own father, the buried male muse and god-creator risen to be my mate in Ted, to the sea-father Neptune—and pearls and coral highly-wrought to art: pearls seachanged from the ubiquitous grit of sorrow and dull routine. (*J* 381)

이렇듯 「바닷속 깊은 곳에서」는 앞서 다뤘던 「신탁의 몰락에 관하여」에서 드러나기 시작한 플라스 초기 시의 중심 메타포인 '아버지-신'의 모티브를 확장 발전시킨다. 시인 자신도 언급했듯이 "유년시절, 시, 그리고 예술가의 무의식"을 아버지 이미지와 융합시키며 심도 깊게 전개한다. 이 시에서 그녀의 배우자였던 테드 휴즈를 "죽어 묻힌 남성 뮤즈로서의 아버지가 창조주 신으로 회생한 존재로" 연결시키며 '아버지-남성-신'의 축을 이뤄나간다.

아버지, 당신은 거의 표면에 나타나지 않았어요.
당신은 조수가 밀려올 때 오셨어요
바다가 차가운, 거품으로 뒤덮인 것을

씻어낼 때. 하얀 머리와 하얀 수염과 멀리 던져진
그물망이 파도가 물마루를 이루듯
요동쳤어요...

... 상상할 수 없는
태생에 관한 오랜 신화가 남아있어요.

Old man, you surface seldom.
Then you come in with the tide's coming
When seas wash cold, foam—

Capped: white hair, white beard, far-flung,
A dragnet, rising, falling, as waves
Crest and trough...

... survives

The old myth of origins

Unimaginable. (*CP* 92)

이 시는 "상상할 수 없는, 태생에 관한 오랜 신화"의 이야기이다. 화자의 탄생의 근원인 "아버지, 당신"은 신화 속 존재이며, 이미 그는 죽었지만 바다에 매장된 신으로 환생한다. 세월의 흔적을 말해주는 노인인 그의 얼굴에 패인 "주름"은 파도의 굽이치는 모습에 비유된다. 부서지는 파도의 하얀 포말은 "하얀 머리카락과 수염"을 은유적으로 나타낸다. 끊임없이 밀려가고 밀려오기를 반복하는 파도처럼 아버지는 비록 죽었지만 그 존재는 영속하여 끊임없이 현실을 방문한다. 이렇듯 '아버지' 곧 '남성 뮤즈'는 오래된 전통 신화의 중심에 서 있다. 그리고 죽은 아버지와 그 아버지를 계속 살려 내는 현실 속에서 플라스는 자신도 그 신화를 습득하여 신화의 언어를 창조하고자 도모한다.

　시의 후반부에 이르면 어느새 플라스는 이미 돌아가신 아버지를 그리스 신화에 등장하는 바다의 신 넵튠의 모습으로 거듭나게 한다. 너무나 명백했던 실재 아버지의 죽음은 단지 "당신 장례에 대한/혼란스러운 소문"(The muddy rumors/Of your burial)으로 축약되고 화자인 딸은 이제 "아버지의 죽음을/반신반의하고 있다"(move me/To half-believe)고 말한다. 11, 12연에서 아버지는 바닷속 깊은 곳에 "허리 아래 죽은 관절과 정강이, 그리고 두개골 깊숙이 뿌리를 내리고 하나의 미로처럼 자신을 그 뿌리로 둘러"(Waist down, you may wind/One labyrinthine tangle/To root

deep among knuckles, shinbones,/Skulls) 살아서 존재하는 모습으로 등장한
다. 화자의 기억 속에 아버지는 현실과는 달리 죽지 아니하고 바닷속
깊은 곳에서 신화 속 존재로 살아있다. 바닷속 깊은 곳의 아버지는 더
이상 초라한 상실된 자가 아니라 바다의 보석인 진주와 산호로 호화롭
게 치장한 권력자 해신이다. 신인 그는 육지 현실 속 평범한 사람들에
게는 "이해할 수 없는"(Inscrutable) 신비한 존재이다. 그는 다른 신성을
다 물리쳐버릴 만큼 강한 존재이고 그 세계에서 추방된 딸은 육지에
남겨진다.

> 당신은 다른 신성을 무시하죠.
> 나는 아무런 이득 없이 추방된
> 당신 왕국의 경계 위를 무미건조하게 산책해요.
>
> 나는 조가비로 이루어진 당신의 침대를 기억해요.
> 아버지, 이 혼탁한 공기는 살인적이네요.
> 나는 물로 숨 쉬겠어요.
>
> You defy other godhood.
> I walk dry on your kingdom's border
> Exiled to no good.
>
> Your shelled bed I remember.
> Father, this thick air is murderous.
> I would breathe water. (*CP* 92)

이 마지막 두 연에서 육지 곧 현실에 남겨진 딸에게 삶은 아무 의미가 없다. 아버지는 "그 어떤 신성도 물리칠 강한 존재"이고 딸인 화자는 그 세계에서 "추방된" 존재이다. 그러나 화자는 아직도 "아버지의 조가비 침대"의 모습까지 낱낱이 기억하고 있으며 그 잃어버린 세계를 동경하고 있다. 그러기에 화자는 아버지 세계에서 현실로 "아무런 이득 없이 추방된" 자이며, 지금은 그저 "아버지 왕궁과 현실의 경계에서" 무의미하게 거닐 뿐이다. 급기야 그녀는 더 이상 자신이 몸담고 있는 육지의 "혼탁한 공기 속에서는 숨조차 쉴 수 없다"면서 가능하다면 아버지의 세계로 들어가 차라리 "바다의 물을 숨 쉬겠다"고 간청한다. 여기에서 플라스는 오래된 신화를 자신의 신화로 재구성하여 사랑했던 아버지는 신화의 주인인 해신으로, 자신은 바다와 육지의 경계에 남아 아버지의 신탁을 경청하는 여사제의 모습으로 등장시켜서 극적 신화로 새롭게 만든다.

태양과 바다를 사랑한 플라스(1953년 여름 휴가)

플라스는 1962년에 쓴 에세이 「바다 1212-서쪽」("Ocean 1212-W")에서 바다에 대한 그녀의 마지막 기억은 1939년 어느 날의 폭력이었다고 말한다.

바다에 대한 내 마지막 기억은 폭력이었다—1939년, 착 가라앉은, 건강하지 못한 노란 빛의 어느 날, 바다는 금속처럼 매끄럽게 녹아있었고, 줄에 묶여 기분 나빠 날뛰는 짐승처럼 부풀어 올랐으며, 그 짐승의 사악한 눈처럼 보랏빛이었다... 허리케인은 괴물 같은 것이었다. 하나의 레비아단. 우리의 세계는 산산이 조각나 먹힐지도 모른다... 할머니의 집은 굳건했다, 용감하게도. 이웃들은 할아버지의 방파제가 그곳을 안전하게 지켜냈다고들 한다... 그리고 이런 방식으로 바닷가에서의 내 유년의 비전은 강화되었고. 나의 아버지는 돌아가셨고, 우리는 육지로 이사 갔다. 내 삶의 처음 9년이 마치 병 속에 들어있는 배처럼 그곳에 봉인되어있다—아름답고, 닿을 수 없고, 진부한, 하나의 멋들어진 백색 비행의 신화.

My final memory of these sea is of violence—a still, unhealthy yellow day in 1939, the sea molten, steely-slick, heaving at its leash like a broody animal, evil violets in its eye. ... This was a monstrous specialty, a leviathan. Our world might be eaten, blown to bits. ... My grandmother's house had lasted, valiant. My grandfather's seawall had saved it, neighbors said. ... And this is how it stiffens, my vision of that seaside childhood. My father died, we moved inland. Whereon those nine first years of my life sealed themselves off like a ship in a bottle— beautiful, inaccessible, obsolete, a fine, white flying myth.

(*Johnny Panic and the Bible of Dreams* 25-26)

그녀에게 "허리케인의 폭력"은 은연중에 "아버지의 죽음"과 연결되었고 죽음이라는 사건은 바다와의 이별로 상징화된다. 이후 바다는 무력하게 "병 속에 갇혀 봉인되어버린 육지의 장식용 배"처럼 기억 속에 저장된다. 쉽게 꺼낼 수 없는 아름다운 그 기억은 "강렬한 백색의 비행하는 신화"이다. 플라스에게 바다는 이처럼 유년의 아버지를 다시 일으켜 세울 수 있는 신화의 장소이며 그 신화 속에서 그녀는 더 이상 병으로 아버지를 뺏긴 불쌍한 계집아이가 아니라 위풍당당한 해신에게서 신탁을 듣는 여사제가 된다.

플라스의 시는 이렇듯 자신의 개인적 경험과 인물을 주제로 출발하지만, 그 시에서 창조된 페르소나들은 다양한 모습으로 여러 청자들에게 말을 건넨다. 그 페르소나들은 어린아이, 가족, 혹은 의사-신화적 인물에게 말을 건넨다. 이때의 청자들은 시인이 새롭게 창조한 경쟁자, 타자, 메두사, 또는 자연의 사물일 때도 있고 때로는 시인의 또 다른 자아일 수도 있다. 플라스에게 그 행위는 "극적 독백"(dramatic monologue) 혹은 "신에게 간구하는 기도"(invocation)이며, 시는 시인과 그 페르소나들이 규정된 역할을 행하는 "하나의 제식"(a ritual)이다(Rosenblatt 24-25). 플라스는 하나의 제식으로서의 시를 통해 상실된 아버지에게 말을 걸고 있으며, 여사제로서 신인 아버지에게 신탁을 간구하고, 그를 자신의 시에 힘을 불어 넣어줄 강력한 남성 뮤즈로 복원시킨다.

1959년 3월 9일, 플라스는 윈슬롭에 있는 아버지 묘소를 방문한다. 그리고 그 후 본격적으로 아버지와 딸을 주인공으로 하는 제식의 신화를 만들어나가기 시작한다.[12]「진달래 길의 엘렉트라」("Electra on Azalea Path")는 플라스 개인의 사건을 아가멤논과 딸 엘렉트라의 신화로 재구

12) 1959년 3월 9일자 일기에 그녀는 그날은 아주 청명했고 아버지의 무덤은 생각했던 것보다 초라했다고 썼다. 조잡한 묘석들이 추하게 다닥다닥 붙어있었고 그 모습은 마치 죽음이란 구빈원에서 머리를 맞대고 잠을 자고 있는 사람들처럼 보였다고도 했다. 자신이 상상해 오던 모습과 너무 달랐던 탓에 플라스는 마치 사기 당한 느낌이 들었고 정말로 아버지가 죽었는지를 증명하기 위해 무덤을 파내어보고 싶은 유혹까지 느꼈다고 했다. 이에 그녀는 참을 수 없어서 그 자리를 황급히 떴지만 이를 기억에 담아두어야겠다고 생각했고 그날의 기억을 토대로 후에 「진달래 길의 엘렉트라」를 완성한다.(J 473) 또한 자전적 소설인 『벨자』(The Bell Jar)에서도 그날의 기억을 다음과 같이 묘사하고 있다.

그때 나는 아버지의 묘비를 보았다.
무료 구빈원에 빈 병상이 없이 사람들이 우글대고 있는 것처럼 묘비들이 다닥다닥 붙어있었다. 대리석 묘비는 통조림의 연어처럼 얼룩덜룩한 분홍색이었다. 묘비에는 아버지의 이름이 새겨있었고—를 사이에 두고 날짜가 두 개 새겨있었다.
묘지 입구에서 딴 비에 젖은 진달래꽃을 묘비발치에 놓았다. 젖은 풀 위에 주저앉아버렸다. 왜 그렇게 눈물이 터져 나오는지 알 수가 없었다.
그때서야 생각났다. 아버지의 죽음에 내가 애도의 울음을 한 번도 울어본 적이 없다는 것을.

Then I saw my father's grave stone.
It was crowded right up by another gravestone, head to head, the way people are crowded in a charity ward when there isn't enough space. The stone was of a mottled pink marble, like tinned salmon, and all there was on it was my father's name and, under it, two dates, separated by a little dash.
At the foot of the stone I arranged the rainy armful of azaleas I had picked from a bush at the gateway of the graveyard. Then my legs folded under me, and I sat down in the sopping grass, I couldn't understand why I was crying so hard.
Then I remembered that I had never cried for my father's death.
(The Bell Jar 176-177)

어머니 오렐리아 플라스는 『집으로 보내는 편지』(Letters Home)의 서문에서 남편의 죽음 당시에 아이들의 충격을 염려하여 이를 아이들에게 알리지 않았고 장례식에 참석시키지도 않았다고 했다. 여러 정신 분석학적 비평가들은 이것이 플라스로 하여금 아버지의 상실을 현실로 받아들이지 못하고 뒤틀리고 왜곡된 시선으로 받아성한 대표적 시이다.

> 당신이 돌아가신 그날 나는 땅 속으로 들어가,
> 빛이 없는 겨울잠 속으로 빠져들었지요.
> 그곳은 검정색과 황금빛 줄무늬의 꿀벌들이 이집트 상형문자의 돌처럼
> 눈보라를 피하여 잠들어있는 곳, 그리고 땅이 단단한 곳.
> 겨울잠자기는 20년 동안은 괜찮았죠—
> 마치 당신이 존재했던 적이 없었던 것처럼, 마치 내가
> 신(神)을 아버지로 삼아 어머니 배 속에서 세상으로 나온 것 같았어요.
> 어머니의 넓은 침상은 신성의 얼룩을 간직하고 있었죠.
> 나는 죄책감 같은 것과는 아무런 상관이 없었어요.
> 어머니의 심장 아래로 다시 기어 들어갈 때.

> The day you died I went into the dirt,
> Into the lightless hibernaculum
> Where bees, striped black and gold, sleep out the blizzard
> Like hieratic stones, and the ground is hard.
> It was good for twenty years, that wintering—
> As if you had never existed, as if I came
> God-fathered into the world from my mother's belly:
> Her wide bed wore the stain of divinity.
> I had nothing to do with guilt or anything
> When I wormed back under my mother's heart. (*CP* 116)

들이게 만든 원인이라고 주장했다. 또 프로이트의 『애도와 우울증』(*Mourning and Melancholia*)의 이론을 바탕으로 진정한 애도의 결여가 이후 시 작품을 통해 애도하도록 촉구했다고 주장했다. (Scott 3-4)

시 속 화자인 딸은 아버지가 죽던 날 자신도 같이 "땅속으로 들어가 빛도 없는 겨울잠에 빠져들었다"고 고백한다. 마치 돌에 새겨진 "고대 이집트 신화의 글"처럼 생전 꿀벌연구가였던 아버지의 상징인 꿀벌들이 함께 잠들어있는 곳에서 화자는 20년 동안이나 겨울잠을 잔다. 이 시에서 아버지는 신이 되고 어머니는 그저 세상에 나오기 위해 자신이 선택한 통로에 불과한 것으로 묘사된다. 2연에서 겨울잠을 자는 내내 화자는 "나의 순수의 드레스를 입은 작은 인형처럼"(Small as a doll in my dress of innocence) 누워 "아버지의 서사시를 하나하나의 심상들을 되뇌며 꿈꾸고 있다"(I lay dreaming your epic, image by image). 이 드레스를 입은 작은 인형의 이미지는 어리고 순수한 그래서 "죄책감 같은 것과는 아무런 상관도 없는", 그러나 자율적 의지는 없는 순종적 여성이자 어린아이의 심상이다. 이 어린 여자아이는 아버지의 죽음을 인정하지 못하고 아버지의 서사시에 갇혀있는 존재이다. 그리고 이 아버지의 서사시에는 어떤 죽음도 부재하다.

그러나 3연에서 "견고한 순백"(in a durable whiteness)의 순간에 교회 앞마당 언덕, 즉 아버지가 실제로 묻혀있던 현실 세계의 윈슬롭 묘지에서 오랜 겨울잠에서 홀연히 깨어난 플라스는 초라한 무덤의 실재와 마주하게 된다.

이 자선 구역, 이 구빈원에는, 죽은 사람들이 무리지어
다리에 다리를, 머리와 머리를 서로 맞대고 누워있고,
여기엔 그 어떤 꽃도 흙을 뚫고 나오지 않아요. 이곳은 진달래 오솔길.
우엉 밭이 남쪽으로 나 있어요.

6피트의 노란 자갈밭이 당신을 덮고 있어요.
붉은 샐비어 조화는 사람들이 당신 무덤 옆
묘비에 놓아둔 녹색 플라스틱 바구니 안에서
결코 살랑거리며 흔들리지도 않고, 썩지도 않아요,
빗물이 핏빛 염료를 다 씻어 내림에도 불구하고:
이 가짜 꽃잎들은 염료를 뚝뚝 흘리죠, 붉은 물을 흘리죠.

In this charity ward, this poorhouse, where the dead

Crowd foot to foot, head to head, no flower

Breaks the soil. This is Azalea Path.

A field of burdock opens to the south.

Six feet of yellow gravel cover you.

The artificial red sage does not stir

In the basket of plastic evergreens they put

At the headstone next to yours, nor does it rot,

Although the rains dissolve a bloody dye:

The ersatz petals drip, and they drip red. (*CP* 117)

아버지의 무덤은 자신이 되뇌었던 '아버지-신의 서사시'와는 딴판으로
너무도 황폐하다. 그 무덤은 여러 무덤들 사이에 초라하게 위치해서 마
치 "구빈원 안에서" 가장 곤궁하고 초라한 "사람들이 침상에 서로 머리
를 맞대고 누워있는 모습"을 연상케 한다. '아버지 신화' 속의 유구한
영락은 온데간데없고 그곳은 외진 "진달래 오솔길"과 그렇고 그런 "우
엉 밭"이 있으며, 온통 "노란 자갈밭"이 무덤을 뒤덮고 있을 뿐이다. 그
흔한 예쁜 꽃다발 하나 없이 거기에는 오랜 세월에 빛바랜 "붉은 염료"

로 채색된 조악한 "샐비어 조화"만이 덩그러니 놓여있을 뿐이다. 이 조화는 생명이 없는 존재이기에 바람이 불어도 "흔들리지도 않고", 아무리 세월이 조화의 붉은 색을 퇴색시킬지라도 "썩지도 않는다." 이런 현실을 깨달은 플라스의 고통을 대변이나 하듯 "빗물"이 씻어 내리자 "가짜 꽃잎들이 핏빛 붉은 염료를 뚝뚝 흘린다."

이 "붉은 염료"는 4연에서 피의 색과 연결되어 아트레우스 신화 속에서 아가멤논이 딸 이피게네이아를 살해한 사건으로 의미가 확장된다.

또 다른 붉은 색이 내 신경을 자극해요.
당신의 무책임한 항해가 내 언니의 숨결을 앗아간 날
단조로운 바다는 지난번 당신이 집에 왔을 때
어머니가 펼쳤던 악마의 천처럼 보랏빛으로 물들었어요.
나는 한 오랜 비극에서 이 죽마를 빌려왔어요.
사실은 이랬죠, 시월 말의 어느 날 나의 탄생을 알리는 울음소리에
전갈이 기분 나쁘게 쳐다보는 계집애의 머리를 찔렀죠.
어머니는 당신이 바다 아래로 얼굴을 숙이고 있는 꿈을 꾸었어요.

무표정한 배우들은 균형을 잡고 멈추어 숨을 고르죠.
나에겐 간직할 사랑이 생겨났지만, 그때 당신은 돌아가셨어요.
어머니는 괴저가 당신의 뼈까지 부식했다고,
당신은 남자답게 돌아가셨다고 말씀하셨죠.
어떻게 내가 그런 정신 상태로 늙을 수 있을까요?
나는 극악무도한 자살의 유령이고,
내 파란 면도날이 목 안에서 부식하고 있어요.
오 용서하세요, 아버지, 당신의 대문을 두드린 사람을

당신의 사냥 암캐이자 딸이고 친구인 그 사람을.
우리 둘을 죽음으로 이끈 것은 바로 나의 사랑이었어요.

Another kind of redness bothers me:
The day your slack sail drank my sister's breath
The flat sea purpled like that evil cloth
My mother unrolled at your last homecoming.
I borrow the stilts of an old tragedy.
The truth is, one late October, at my birth-cry
A scorpion stung its head, an ill-starred thing;
My mother dreamed you face down in the sea.

The stony actors poise and pause for breath.
I brought my love to bear, and then you died.
It was the gangrene ate you to the bone
My mother said; you died like any man.
How shall I age into that state of mind?
I am the ghost of an infamous suicide,
My own blue razor rusting in my throat.
O pardon the one who knocks for pardon at
Your gate, father—your hound-bitch, daughter, friend.
It was my love that did us both to death. (*CP* 117)

여기서 화자인 엘렉트라는 어머니 클리타임네스트라가 귀향하는 아버
지 아가멤논을 살해하려는 음모를 숨긴 채 보랏빛 양탄자를 깔고 아버
지를 환대하던 날의 기억을 떠올린다. 그 후 플라스는 "하나의 오래된

비극", 곧 엘렉트라 신화를 여기에서 자신의 "죽마"(竹馬)로 삼았다고 고백한다. 현실 속 화자는 "재수 없는 전갈자리를 타고난 기분 나쁜 여자애"이다. 아버지의 죽음이 마치 자신의 불길한 운명 탓인 양 자책하는 그녀의 모습이 투영된다. 켄달은 4연의 2, 3, 4행에서 플라스가 『일리아드』(Iliad)의 "바다는 소리 없이 보랏빛으로 부풀어 오르고"(the sea purples with a soundless swell)의 부분과 아이스킬로스의 극 『오레스테이아』(Oresteia)에서 클리타임네스트라의 아가멤논 살해 부분을 절묘하게 융합하고 있다고 해석한다. 나아가 켄달은 이 부분이 신화적 어조를 상승시키면서 시의 내면적 갈등을 최고조로 이르게 한다고 호평한다(20).

마지막 연에서 화자는 시인의 시선으로 돌아와 마치 극을 연출하는 것처럼 표정이 없는 극중 배우들을 바라본다. 어머니역의 배우는 극 중 대사를 읊조리듯 아버지는 "괴저병"으로 단순히 돌아가셨을 뿐이며 아버지의 죽음에는 별다른 점이 없노라고 덤덤하게 말하고 딸은 그런 어머니의 태도에 실망한다. "괴저병"은 플라스의 실재 아버지 오토 플라스의 사인이다. 실제 아버지의 죽음과 신화 속 아가멤논의 죽음과는 전혀 다른 것이지만 여기서 플라스는 아트레우스 신화를 틀로 삼아 자서전적 요소를 절묘하게 융합시키고 있다. 화자는 엘렉트라의 시선으로 바라보며 아가멤논의 죽음이 클리타임네스트라의 살인으로 인하였듯이 실재 아버지의 죽음 역시 그 원인이 어머니에게 있는 듯이 몰아간다. 게다가 아버지의 죽음에 대한 어머니의 무심한 태도가 "늙음" 때문이라고 공격한다. 그리고 더 나아가 여기 엘렉트라 딸은 본인의 자살도 어머니 때문이라고 하면서 자신을 "극악무도한 자살의 유령"이며 죽은 아버지의 충성스런 "사냥 암캐, 딸, 친구"로 소개한다.

5연의 "당신의 사냥 암캐"는 아이스킬로스의 극『오레스테이아』중에서 "끈에 묶여 어두운 방 안에 있는 사나운 개"(leashed like a vicious dog in a dark cell)를 떠올리게 한다(House 39). 결국 마지막 행에서 "우리 둘을 죽음으로 이끈 것은 바로 나의 사랑이었어요"라면서 아버지와 함께 자신이 죽는 이유를 "치명적인 자신의 사랑" 때문이라고 결론 내린다. 그녀의 사랑이 어떤 책임을 지는지 분명하지 않지만 이는 마치 죽은 기억 속 아버지와 결혼하기 위해서 스스로 행복을 포기하려는 것 같다. "자기 고문"(self-torture)에 가까운 이런 결론은 소포클레스의 극『엘렉트라』(*Electra*)의 코러스에서 아버지를 향한 엘렉트라의 사랑이 종국에는 아버지를 살해하게 만들었다는 내용과 일치한다(House 39). 이 마지막 행은 플라스의 연작시 「생일을 위한 시」("Poem for a Birthday") 중 마지막 7편 「돌」("The Stones")의 13, 14연의 "사랑은 내 대머리 간호사의 제복./사랑은 내 저주의 **뼈**와 살."(Love is the uniform of my bald nurse./Love is the bone and sinew of my curse.)(*CP* 137)과 동일선상에 있다(Scott 149). 즉 이는 자기-증오와 더불어 아버지에 대한 사랑, 그리고 그의 대행자인 어머니를 향한 분노로 연결되는 구조를 형성하고 상실된 존재에 대해 보응 받지 못한 결핍된 사랑의 결과임을 보여준다. 이렇듯 플라스는 본인의 사적 서사와 엘렉트라 신화 사이에 존재하는 "불완전한 상호텍스트성의 망 속에서 평형"(equilibrium in an unstable intertextual matrix)을 이루면서 자신의 이중적 사랑과 동일시되는 엘렉트라 신화를 시의 균형을 잡는 기술로 이용한다(Scott 142). 이렇게 해서 일상의 언어로는 결코 표현할 수 없는 고통스러운 상실의 경험이 신화라는 강력한 서사 구조로 재탄생된다. 이제 시의 화자는 아버지를 서사

시의 영웅으로 탈바꿈시킨다. 이로써 현실에서 죽은 자는 영속성을 지닌 극 속의 인물로 다시 태어난다. 그래서 이 극에서는 "아무도 죽지 않고 시들지도 않는다."

여기서 "죽마"(stilts)는 이런 비극을 인식할 때의 어려움을 상징함과 동시에 신화를 통해 다시 표현한다는 것이 마치 흔들리는 신발을 신고 걷는 것처럼 얼마나 힘들고 위태로운지 보여준다. 또한 죽마는 잃어버린 다리를 대신하는 의족의 의미도 담고 있기에 괴저병으로 다리 절단 수술을 받다 사망한 아버지 오토 플라스와 겹치는 매우 재치있는 표현이기도 하다. 이는 고전신화와 자신의 개인적 일화를 연결시키는 역발상이다. 그러나 이 신화는 남성적 전통의 서사가 분명하며 그 주인공은 오랫동안 엘렉트라가 아닌 오레스테스(Orestes)였다.

오스트리커(Alicia Ostriker)는 여성 작가들은 자신의 글을 쓰기 위해서는 기존의 남성 작가들이 소유하고 있었던 언어를 훔칠 수밖에 달리 도리가 없었다고 주장했다(Axelrod 24 재인용). 이는 플라스가 스스로를 종종 노예 혹은 도둑으로 묘사할 수밖에 없었던 이유를 반증하기도 한다. 가부장적 전통이 그녀를 순교하게 했고 그러기에 앞서 그녀는 가부장제에 반역하기 위해 "그리스 비극의 죽마" 곧 기존 언어를 빌려 자신의 언어를 창조하고자 도모했던 것이다. 이런 연유로 그녀는 죽은 아버지의 존재성을 강화시켜야 했고 그 아버지를 계속 살려냄으로써 권력의 상실을 무마해보고자 했다. 플라스는 비록 대표적인 아버지-남성-신으로부터 언어를 취하긴 했지만 스스로 시인이 되어 주인공인 딸-여사제의 신화를 창조하기에 이른다.

「거상」은 플라스가 더욱 자연스러워진 목소리로 글을 쓰기 시작한 시라는 중요성을 지닌다. 플라스는 스스로 "응접실 말투"(drawing room speech)라고 지적한 격식 차린 의도적이고 인위적인 표현에서 벗어나 자유롭게 구어체를 구사하고 은어(slang)처럼 느껴지는 어휘까지도 구사하기에 이른다(Wagner-Martin 165). 플라스는 이제까지 그랬듯이 주어진 공식에 따라 시를 쓰지 않고 자신의 경험 중에서 가장 중요한 것을 발견해나가는 탐색의 여정으로서의 글쓰기를 시작한다. 이 시를 통해 플라스는 그동안 자신에게 내재하여있었으나 결코 밖으로 드러낼 수 없었던 상처와도 같은 경험을 펼쳐 보인다. 그렇게 그녀는 떨어진 깃털 하나를 근간으로 다채로운 색깔을 지닌 한 마리의 온전한 새를 창조하는 작업에 착수하게 된다.

나는 결코 당신을 온전히 짜 맞추진 못할 거예요
못으로 뚫고, 접착제를 붙이고 적절히 이음새를 맞춰보지만.
노새 울음과 돼지가 꿀꿀거리는 소리, 음탕한 울음소리가
당신의 거대한 입술에서 나오죠.
헛간 앞뜰보다 더 소란스러워요.

아마도 당신은 스스로를 신탁,
죽은 사람들이나 어떤 신들의 대변자로 생각하겠죠.
삼십여 년 동안 나는 당신의 목구멍에서
진흙 찌꺼기를 긁어내려고 부단히 노력했어요.
나는 조금도 더 현명해지지 못했죠.

접착제 그릇과 소독제가 든 양동이를 들고 작은 사다리에 기어올라
나는 당신의 눈썹에 잡초가 무성한 것을 보고

슬퍼하며 개미처럼 기어 다니죠
거대한 두개골 판을 수선하고
풀 없는 흰 무덤 같은 당신의 눈을 청소하려고.

I shall never get you put together entirely,
Pierced, glued, and properly jointed.
Mule-bray, pig-grunt and bawdy cackles
Proceed from your great lips.
It's worse than a barnyard.

Perhaps you consider yourself an oracle,
Mouthpiece of the dead, or of some god or other.
Thirty years now I have labored
To dredge the silt from your throat.
I am none the wiser.

Scaling little ladders with gluepots and pails of Lysol
I crawl like an ant in mourning
Over the weedy acres of your brow
To mend the immense skull-plates and clear
The bald, white tumuli of your eyes. (*CP* 129)

오래되고 낡은 거대한 조각상 위에서 화자인 딸 엘렉트라는 죽은 아버
지의 거대한 석상을 살려내려고 부단하게 노력하는 중에 점점 지쳐간
다. "접착제와 소독약"을 들고 화자는 쉴 새 없이 갈라지고 황폐해가는
거상을 "온전히 짜 맞추려" 수리해보지만, 그 노역의 대가는 너무나 허

무하다. 그는 딸이자 여사제인 엘렉트라가 듣고자 염원하는 "신탁"은커녕 "헛간에서나 들을법한 가축의 울음소리보다 더 시끄러운" 잡음을 내는 존재에 불과하다. 그러나 엘렉트라 딸은 처음부터 아버지를 살려내는 것이 불가능하다는 것을 알고 있었음에도 불구하고 30년 동안이나 그 석상에 매달린 채 자신의 우둔함에서 전혀 탈피하지 못한다. 석상이 지녔던 아름다움은 유구한 세월에 무너져 모조리 상실되고 말았지만 딸은 여전히 석상을 떠나지 못하고 그곳에서 휴식을 취하면서 날마다 노역을 계속한다.

다음 연들에서 화자는 폐허에 너부러져 있는 오래된 석상의 잔해들이 내려다보이는 "오레스테이아에 등장하는 그런 활 모양으로 굽은 파란 하늘"(A blue sky out of the Oresteia/Arches above us.)을 등지고 서 있는 높은 석상에 매달려있다. 여기 "오레스테이이의 하늘"은 화자를 엘렉트라 딸로 선명히 상정한다. 그리고 그녀는 폐허가 되기까지 오랜 시간이 그동안 흘렀음을 상기시키며 "나는 밤마다 바람을 피해 풍요의 뿔처럼 생긴 아버지, 당신 석상의 왼쪽 귀에 몸을 쪼그리고 앉아 별들을 헤아린다"(Nights, I squat in the cornucopia/Of your left ear, out of the wind,/Counting the red stars and those of plum-color.)고 한탄한다. 이 "풍요의 뿔"은 과거 영락의 흔적을 상징하며 동시에 "염소의 뿔"을 지닌 목신(Faun)처럼 아버지 석상에 신성이 남아있음을 의미한다. 그럼에도 불구하고 그녀가 소망하는 석상의 부활도 신탁도 일어나지 않는다. 그녀의 삶은 그저 그림자와 같이 덧없이 흘러갈 뿐이다.

내 시간은 그림자와 결혼했어요.
나는 더 이상은 선착장의 무표정한 돌 위에서
배가 삐거덕거리는 소리에 귀를 기울이지 않아요.

My hours are married to shadow.
No longer do I listen for the scrape of a keel
On the blank stones of the landing. (*CP* 129)

화자에게 있어서 시간은 어느새 현실이 아니라 "그림자와 결혼한 것"이
되어버린다. 아버지의 힘을 간직하고 있는 바다는 점점 멀어지고 선착
장의 배 소리도 이제 자신과는 무관한 것이 되어버린다. 과거의 역사에
매달린 이런 끝 모를 무기력함은 시인 플라스에게 익숙한 일상이 되어
서 벗어날 수 없는 구속력을 지닌다. 하지만 그녀는 여기에서 벗어나려
는 그 어떤 시도도 감행하지 않는다.

　　배스넷(Susan Bassnet)은 플라스의 초기 시에 등장하는 사사건건 개
입해서 지배하려는 힘을 소유한 남성상이 후기 시로 가면 "야만적 남성
상"(savage male figures)으로 발전된다고 지적한다. 초기 시에서는 "페르
세우스의 거대한 두상"[13], "소라 조가비를 들고 있는 바다의 노인"[14],
"관절과 정강이 **뼈**, 두개골 깊은 곳"[15] 등이 딱딱함과 육중함
(weightiness), 곧 **뼈**와 돌의 속성(stoniness) 그리고 정체성(stasis)의 모습으
로 드러나 있다는 것이다. 게다가 "거상"의 이미지는 이전 시에 비해 아

---

13) 「페르세우스: 고통에 대한 기지의 승리」("Perseus: The triumph of Wit Over Suffering"
　　CP 82)
14) 「신탁의 몰락에 관하여」(*CP* 78)
15) 「바닷속 깊은 곳에서」(*CP* 92)

버지와 남편이 연합하여 더 강력해졌다는 것이다(67).[16] 더 강력해진 남성상은 딸 엘렉트라를 점점 더 옥죄어오고 그녀의 집착과 무기력함의 고통은 극으로 치닫는다. 그래서 1962년 10월에 쓴 후기 시 「아빠」에 이르러 드디어 충격적이리만치 강력한 탈출을 감행한다. 시에 등장하는 "아빠" 역시 괴저병에 걸려 다리 수술을 받은 아버지 오토 플라스를 연상시키는 "잿빛 발가락의 거대한 조각상"이다. 그러나 전반부의 도입은 유례없이 강력하다.

> 당신은 하지 마, 당신은 하지 마
> 이제는, 검정 구두가 아니야
> 나는 그걸 삼십 년이나 발처럼
> 신고 다녔지, 초라하고 창백한 얼굴로,
> 감히 숨도 제대로 쉬지 못하고 재채기도 못하면서.
>
> 아빠, 나는 당신을 죽여야 했지.
> 당신은 내가 그러기 전에 죽었지.
> 대리석처럼 무겁고, 신으로 가득 찬 자루,
> 샌프란시스코의 물개처럼 크고
> 잿빛 발가락 하나가 달린 무시무시한 조각상

---

16) 「거상」의 모태는 1956년의 시 「순수주의자에게 보내는 편지」("Letter to a Purist")(*CP* 36)이다. 이 시에 "시샘하는 바다의 공격을 향해/우뚝 걸터앉아있는/저 웅장한 조각상은/(파도에 따라/조수에 따라/끊임없이 그를 원상태로 돌리려고 애쓰며)/너와는 무관하다./오 나의 사랑."(That grandiose colossus who/Stood astride/The envious assaults of sea/(Essaying, wave by wave,/Tide by tide,/To undo him, perpetually),/has nothing on you,/O my love,)으로 표현되어있으며 셰익스피어의 『템페스트』를 배경으로 했다고 한다(Bassnet 67). 죽은 아버지에 대한 엘렉트라 딸의 전형적인 사랑의 고백이다.

You do not do, you do not do
Any more, black shoe
In which I have lived like a foot
For thirty years, poor and white,
Barely daring to breathe or Achoo.

Daddy, I have had to kill you.
You died before I had time—
Marble-heavy, a bag full of God,
Ghastly statue with one gray toe
Big as a Frisco seal (*CP* 222)

「아빠」의 서두에서 화자는 마치 동요를 부르는 어린아이처럼 "하지 마, 하지 마"라며 아버지를 저지한다. 이 아버지는 그녀를 삼십 년 동안 옥 죄어온 검은 구두와 같은 존재이다. 그 구두 속의 발처럼 그녀는 갇혀 숨도 쉬지 못해왔다고 토로한다. 그러기에 이제 그 '아빠', 검은 구두를 죽여야만 했노라고 당위성을 주장한다. 「아빠」는 이전 시에서처럼 자 전적 아버지의 요소를 드러내 보여주지만 남성 숭배와 그 신격화라는 관점에서 분석할 때 앞서 다룬 「바닷속 깊은 곳에서」나 「거상」과는 극 명한 차이를 보인다.

　우선 많은 비평가들이 주목했듯이 「아빠」에 이르러 플라스는 자유 로운 운율을 터득한다. 플라스는 지금까지 고집스럽게 연마해오던 "장 인의 손길로 짜 맞춘 운율"을 이 시에서 과감하게 버린다. 그리고 어린 아이의 어조로 "동요"를 부르듯 가볍게 노래한다. 일상의 대화와도 같은 구어체와 돈호법을 사용하고 이를 적절히 반복하기도 한다. 아버지라는 무거운 멍에를 벗어 던지듯 시에 얽매인 운율을 버리고 그동안 발을 옥죄던 "아빠, 당신, 검은 구두"를 벗어던지겠다는 선언을 하기에 이른다.

이제 웅장하고 고색창연했던 아버지의 거상은 사라졌다. 플라스는 초기 시에서 보여준 "프로이트적이고 헬레니즘적인 거상"(the Freudian-Hellenic colossus)을 "잿빛 발가락 하나만 달린 무시무시한 조각상"으로 바꿈으로써 그동안 본인이 해왔던 아버지 숭배, 연이은 남편 숭배를 맹렬히 비난하고 기존의 고정된 신화를 파괴시킨다(Vendler, 1985, 10). 이는 플라스가 신선한 그녀의 통찰력으로 기존 신화를 새로운 신화로 대체시켰을 뿐만 아니라 그 신화에 맞게 시의 스타일도 변용시킨 하나의 좋은 예이다. 그렇게 함으로써 플라스는 오래된 전통 신화를 해체시켜 새로운 신화로 탈바꿈시킨다.

이 시의 페르소나는 플라스의 엘렉트라 콤플렉스의 전형적인 예이다. 플라스는 「아빠」에 대해 BBC 라디오 방송에서 이 시의 화자를 "엘렉트라 콤플렉스에 걸린 소녀"(a girl with an Electra complex)라고 소개한다. 이는 플라스가 프로이트 정신분석학을 주지하고 있으며 특히 신화 속 엘렉트라를 깊이 주목하고 있음을 보여준다. 여기서 플라스는 설령 본인 자신은 아닐지언정 자신의 모습을 닮은 화자가 아버지는 나치이며 어머니는 유태계일 수 있는 비극적이며 모순적인 상황에 처해있음을 소개하면서 이제는 그 '벗어남'에 집중하고 있는 양상을 부각시킨다. 이 소녀 화자는 "자신의 상황을 벗어나기 위해 이 끔찍한 작은 알레고리를 시 속에서 실연해야만 한다"(she has to act out the awful little allegory once over)고 언급한다(CP 293). 그리고 이 시에서 이미지로 구축된 경험은 순전히 개인적인 것이며 은밀하기까지 하다. 그러나 플라스는 그 원초적이고 개인적 경험을 엘렉트라 신화로 승화시킴으로써 개인적인 굴욕과 고통의 경험에 그치지 않고 독자에게 객관적이고 보편적인 세계를 펼쳐 보여준다. 존스(A. R. Jones)는 플라스가 「아빠」에서 드디어 자유로운 운율을 획득하고 시의 세계와 동요의 구조를 성공적으로 연결시키며 강렬한 효과를 창출하였다고 호평한다(234). 화자인 어린 딸 엘렉트라가 느끼는 극도의 공포감이 이 시에 조심스럽게 스며들면서도 시의 틀로 어린아이가 읊조리는듯한 동요의 운율과 어조를 사용함으로써 시의 내용에 적당히 위태롭게 무게감을 싣고 있다. 그렇게 「아빠」에서 시의 의미와 구조는 절묘하게 균형을 유지하고 있다.

마키는 "플라스가 어린 시절부터 그녀의 삶을 스쳐간 모든 남성들을 우상화했다"(Plath had idolised all the men in her life)고 지적하고 그런 우상화가 표출되어있는 시의 예로 「아빠」를 들었다. 그리고 훗날 이렇게 우상화했던 남성들이 플라스의 높은 기대치에 부응하지 못하자 결국은 이런 우상화가 플라스의 불안을 야기했다고 언급했다(9). 그의 주장은 어느 면에서는 설득력이 있지만 플라스 시의 남성 신에 대해 다소 편향적인 시각을 보여준다. 플라스가 어릴 때 돌아가신 아버지의 죽음이 플라스의 시 세계의 출발점이 된 것은 확실하다. 강한 아버지인 남성 뮤즈에 대한 욕망은 초기 시부터 꾸준히 드러나 있으며 시 속에 남성의 힘에 대한 갈구는 '숭배'로 보이기도 하다. 또한 「아빠」이전 '아버지-신 시'들에서 화자인 어린 여성은 '아버지-신'으로 제시된 남성성의 존재를 여사제 딸로서 신격화하고 숭배하는 모습을 보여준다. 그러나 이 역시

"모든 남성"은 아니었으며 강력한 아버지의 힘을 나타낼 존재이자 자신의 시에 생명을 불어 넣어줄 남성 뮤즈이며 거대 석상인 '아버지-신'이었다. 더욱이 「아빠」에 이르러서는 화자는 오히려 우상화에서 깨어나 그 남성상을 동등한 위치에서 대응하고 당당히 맞서고 있다고 평해야 할 것이다. 요컨대 「아빠」에서는 "남성 우상화가 드러나 있다"기보다 벤들러(Helen Vendler)의 지적처럼 오히려 플라스 자신을 포함하여 기존 남성 힘에 대한 숭배 신화를 맹렬히 비난하고 전복시키며 새로운 신화의 지평을 열고 있다고 평해야 할 것이다(1985, 10). 즉 「아빠」는 플라스가 어린 시절부터 탐구하여온 아버지 세계의 완성을 이루는 시이다.

3연에서 그동안 "나는 당신을 되찾으려 기도하곤 했었다"(I used to pray to recover you)고 고백하며 엘렉트라 딸로서 잃어버린 아버지를 찾아온 그간의 여정을 드리내 보인다. 4연에서는 자신의 과거의 여정을 전쟁의 상황에 비유하며 아버지를 찾으려 헤매었지만 "그러나 마을의 이름은 흔한 것이었고/내 폴란드인 친구는 그런 이름을 지닌 마을은 수십 개가 넘는다고 말하고/당신이 어디에 있었는지/어디에 뿌리를 내리는지도 알 수 없었고/아빠, 당신에게 말도 걸 수 없는"(But the name of the town is common./My Polack friend/Says there are a dozen or two./So I never could tell where you/Put your foot, your root,/I never could talk to you) 일방적인 관계였다고 공격한다.

그리고 다음 5연부터 시의 후반으로 이어지며 시 속 페르소나는 더욱 극렬한 적개심을 점증적으로 드러낸다. 그 적개심은 한편으로는 박해자, 독재자, 생명을 경시하는 아버지를 향해있고 다른 한편으로는 자기 자신을 향해있다. 화자는 "나는 모든 독일인은 당신이었다고 생각했다"(I thought every German was you)라고 고백한다. "당신은 잘 정리된 콧수염에/파란 아리안 족의 눈을 가진/독일 전차병, 독일 전차병"(And your neat mustache/And your Aryan eye, bright blue./Panzer-man, panzer-man)이며 이제 더 이상 "오 당신은/신이 아닌 나치의 상징 卍자"(O You—/Not God but a swastika)인 존재라고 선언한다. 그리고 동시에 화자는 독일군인 아빠의 딸임에 불구하고 "내가 아마도 유태인일지도 모른다는 의구심에 빠져있었으며"(I think I may well be a Jew.) "당신을 늘 두려워했다"(I have always been scared of you.)고 고백한다. 화자 딸은 독일인인 아빠에 대한 강한 두려움과 적개심을 지니고 있다. 그러나 그럼에도 불구하고 동시에 "나, 나, 나, 나,"(Ich, ich, ich, ich,)라는 표현에서 영어인 'I'가 아닌 독일어인 "Ich"를 사용함으로써 자신도 독일인 아빠와 동일한 혈족일 수밖에 없음을 암유한다. 여기에서 적이고 폭력의 존재인 "아빠" 그리고 그런 아빠의 딸인 본인이 처한 비극적 상황에 대한 고뇌와 자기 자신에 대한 자괴감과 적개심을 엿볼 수 있다. 이는 아빠, 혹은 "아빠라고 말하며 내 피를 빨아 마신 흡혈귀 같은 사람"에게 박해받는 것보다 자신이 자신을 더 박해함으로써 그들에 대한 지독한 사랑을 증명하는 것 같다.

보스턴 대학교 강단에서의
아버지 오토 플라스(1935)

시의 종반부에 이르러 박해자-희생자, 이 두 축이 서로 균형을 잡으면서 "아버지/애인 이미지"(father/lover image)에서 종국에는 아버지도 애인도 버리고 폭력성과 지독한 사랑에서 벗어나게 된다(Jones 235).

아빠, 내 사진 속에서
당신은 칠판 앞에 서 있지,
발이 아니라 턱에 움푹 팬 절개가 있지만
그것 때문에 덜 악마적인 건 아니지, 아니지
덜 나쁜 사람이 되는 건 아니지

내 예쁜 붉은 심장을 두 개로 찢어놓은 악마.
그들이 아빠를 땅에 묻었을 때 나는 열 살이었지.
…

내가 한 사람을 죽인다면, 나는 둘을 죽이는 셈이지.
자기가 아빠라고 말하며,
내 피를 일 년 동안 빨아 마신 흡혈귀,
사실을 말하자면, 칠 년 동안.
아빠, 이젠 돌아누워도 돼요.

당신의 살찐 검은 심장에 말뚝이 박혀있지.
그리고 마을 사람들은 당신을 조금도 좋아하지 않았지.
그들은 춤추면서 당신을 짓밟지.
그들은 그것이 당신이라는 걸 언제나 알고 있었지.
아빠, 아빠, 이 개자식, 나는 다 끝났어.

You stand at the blackboard, daddy,

In the picture I have of you,

A cleft in your chin instead of your foot

But no less a devil for that, no not

Any less the black man who

Bit my pretty red heart in two.

I was ten when they buried you.

…

If I've killed one man, I've killed two—

The vampire who said he was you

And drank my blood for a year,

Seven years, if you want to know.

Daddy, you can't lie back now.

There's a stake in your fat black heart

And villagers never liked you.

They are dancing and stamping on you.

They always knew it was you.

Daddy, daddy, you bastard, I'm through. (*CP* 223-224)

이제 아버지는 더 이상 이전 시에 묘사되던 "해신 넵튠"도, 유구한 과거의 역사를 몸에 담은 채 누워서 딸의 애도와 치료로 복구되길 기다리는 신의 "거상"도 아니다. 그의 턱에 움푹 팬 절개에는 "판"[17]의 갈라진 발굽처럼 아직 신성이 남아있으나 그 위장된 신성을 내세워 그 악마성에 대해 더 이상 용서를 구할 수 없을 거라고 매몰차게 말한다. 그는 "더 이상 신이 아닌 나치의 卍자"이고 여기서 50년대의 시대 윤리에 갇혀있던 딸-화자는 유태인 강제 수용소의 수용자에 비견된다(Connell e-book 590/2260). 더 이상 참을 수 없었던 희생자들은 "그의 살찐 심장에 말뚝을 박고", "마을 사람들이 싫어해도" 작은 개미의 모습으로 그를 살려내려고 고군분투하던 딸도 이젠 "아빠, 아빠, 이 개자식, 나는 다 끝났어."라고 내뱉으며 돌아선다.

이제 화자는 하나로 둘인 존재를 죽였다. 하나는 열 살에 여의었던 아버지이며 또 하나는 "자기가 아빠라고 말하며,/내 피를 일 년 동안 빨아 마신 흡혈귀,/사실을 말하자면, 칠년 동안"인 아빠를 가장해 결혼생활 내내 자신을 지배하고 착취한 '남편'인 존재이다. 그리고 나아가 이는 이전 시에서 보여주는 엘렉트라 딸에서 벗어나 남성과 동등한 위치를 회복한 여성으로서 아버지라는 "피를 빨아 먹은 흡혈귀"인 '남성성'을 살해한 것이다.

길버트(Sandra Gilbert)는 「아빠」에서 오랜 시간 가부장제에 의해 죽음의 방에 갇혀있던 한 여성시인이 그 방에서 탈출하고 있는 모습이 목격된다고 했다(57). "아빠"는 자신이 그동안 거주했던 검은 구두, 곧 집의 주인이며 상징이다. 그를 살해함으로써 시인은 진정한 여성으로서 그리고 어엿한 작가로서의 자유를 획득한다. 이는 밀랍으로 만든 집에 갇혀있던 여왕벌의 비행과 같으며[18], 폭주하는 기차[19]이고 고열에 들

---

17) "판"(Pan)은 목신(Faun)을 의미하며 로마 신화로는 파우누스(Faunus)이다. 이는 플라스의 초기 시 「목신」("Faun" CP 35)부터 남성 신의 대표적 존재를 상징해왔다.
18) 「벌침」("Stings" CP 214)

떠 새로운 세상을 만나는 아세틸렌의 처녀이며[20], 애마 에어리얼 혹은 화살[21]이다. 이제 엘렉트라의 애도는 끝났다. 딸은 아빠의 실체에 고개를 돌리는 일이 없이 용감하게 대적한다. 그리고 그녀는 들리지 않는 신탁을 들으려 더 이상 애쓰지도 않을뿐더러 그 신의 한 귀퉁이를 자신에게 허용해달라고 구걸하지도 않는다. 이제야 비로소 그녀는 종속된 존재가 아닌 힘을 지닌 성숙한 여신이 되어 스스로의 신화를 전한다.

---

19) 「도착」("Getting there" *CP* 247)

20) 「103° 고열」("Fever 103°" *CP* 231)

21) 「에어리얼」("Ariel" *CP* 237)

어머니 신화의 시: 모성애 비틀기

플라스는 앞서 살펴보았듯이 딸 엘렉트라로서 상실된 힘의 존재로 서의 아버지를 애도해왔으며, 그 아버지는 오랜 세월 동안 하나의 가부 장적 존재로서 그녀를 속박해왔다. 반면 어머니는 또 다른 의미로 그녀 를 옥죄는 존재였다. 「마음을 어지럽히는 뮤즈」("The Disquieting Muses") 는 플라스와 어머니가 갖는 관계의 시작점을 보여준다.

엄마, 엄마, 어떤 교양 없는 이모에게
어떤 볼품없고 흉측한 사촌에게
현명하지 못하게 나의 세례식을 알려주지 않아서, 그녀가
그녀대신 달걀모양의 머리를 지닌
여인들을 보냈나요?
내 침대의 왼쪽에서

발과 머리를 향해 고개를 끄덕이고
끄덕이고 끄덕이는.

엄마, 엄마는 막시 블랙쇼트의 영웅적인 곰 이야기를
지어보라고 주문했지,
엄마, 엄마의 마녀들은 항상, 항상
생강과자로 변하지. 나는 엄마가 마녀를 보았는지, 그 세 여인을 쫓아내려고
말을 건넨 적이 있는지 궁금해
입도 없고, 눈도 없으며, 바늘로 꿰맨 대머리로,
밤에 내 침대 주변에서 고개를 끄덕이는.

Mother, mother, what illbred aunt
Or what disfigured and unsightly
Cousin did you so unwisely keep
Unasked to my christening, that she
Sent these ladies in her stead
With heads like darning-eggs to nod
And nod at foot and head
And at the left side of my crib?

Mother, who made to order stories
Of Mixie Blackshort the heroic bear,
Mother, whose witches always, always
Got baked into gingerbread, I wonder
whether you saw them, whether you said
Words to rid me of those three ladies

Nodding by night around my bed,

Mouthless, eyeless, with stitched bald head. (*CP* 74-75)

「신탁의 몰락에 관하여」가 죽은 아버지 시(lost father poems)의 출발점이라면 「마음을 어지럽히는 뮤즈」는 어머니 시의 시작점이다(Stevenson 124). 이 시의 도입부에서 어머니는 현명하지 못한 존재로 묘사된다. 어머니의 인척들은 "교양 없는 이모"와 "볼품없고 흉측한 사촌"이며 어머니는 어리석게도 "달걀 모양의 머리를 지닌 여인들"을 딸의 세례식에 부르기도 한다. 어머니는 화자인 딸에게 이야기를 지어 내라고 강요하는 존재이며 마녀의 주술을 하는 뭔가 석연치 않은 존재로 묘사되고 "입도 없고, 눈도 없는 바늘로 꿰맨 대머리"를 화자의 침상으로 보낸다. 플라스가 자주 사용하는 이런 봉제인형 같은 존재는 생명이 없고 목소리도 상실한 어떤 존재를 상징한다. 이렇듯 분명 이 시의 대상은 어머니이지만 그 시의 중심에는 아버지의 상실이 자리하고 있다.

3연에서 아버지는 상실되었고 그의 힘이 존재하지 않는 지금 사나운 폭풍우는 어린 두 아이에게 제어할 수 없는 치명적인 공포로 다가온다.

폭풍우 치던 날, 마치 금방이라도 터질 것 같은 물방울처럼,
아버지 서재의 열두 개 창문이
부풀어 올랐을 때,
엄마는 남동생과 나에게 쿠키와 오발틴을 주었고
우리 둘을 합창하라고 부추겼지.
"비를 내리는 신 토르는 화가 났다, 우리는 아무렇지도 않다!"
하지만 저 여인들은 유리 창문을 부수었지.

In the hurricane, when father's twelve

Study windows bellied in

Like bubbles about to break, you fed

My brother and me cookies and Ovaltine

And helped the two of us to choir:

'Thor is angry: boom boom boom!

Thor is angry: we don't care!'

But those ladies broke the panes. (*CP* 74)

이 시의 폭풍우는 앞서 다룬 「바닷속 깊은 곳에서」처럼 1938년 9월 21일에 있었던 허리케인에 대한 기억을 상기시킨다. 여기 "아버지 서재의 열두 개 창문은 폭풍으로 부풀어 올랐고" 바다는 분노한다. 「바닷속 깊은 곳에서」에서 아버지의 위용이 엄청난 폭력을 휘두르는 바다의 신으로 묘사되었다면, 여기서는 아버지의 힘을 소유하지 못한 무능하고 약한 어머니가 다뤄지고 있다. 그녀는 아이들에게 오발틴[22]을 주고 토르의 폭풍우 신을 가라앉히려고 노래를 부르지만 정작 두 아이는 이를 따라하지 못한다. 벗어날 수 없는 무서운 상황에 갇혀 잔뜩 경직되어있는 그들은 도저히 거스를 수없는 자연의 위력에 압도당한다. 이제 플라스는 부모도 통제할 수 없는 주변 세계의 폭력과 마주하면서 아버지에게 닥칠 치명적 운명을 예감한다(Wagner-Martin 27). 플라스에게 어머니는 토르 신과 대화를 하면서 그 신을 통제하려고 하나 그러지 못하는 무능한 존재로서 아버지의 신화의 세계로 들어갈 수 없는 거짓 대행자에 불과하다.

---

22) 어린이들이 주로 먹던 초콜릿 밀크 음료로 당시 영양제의 역할도 했다.

그 다음 4-5연에서 화자는 자신의 어린 시절을 떠올린다. 천진한 다른 아이들이 춤추고 노래 부를 때 화자는 아무것도 할 수 없는 무능한 존재였다. 화자는 "빛나는 드레스에 입혀졌지만/발 한 짝도 떼지 못한다./발이 너무 무거워서"(I could/Not lift a foot in the twinkle-dress/But, heavy-footed) 말이다. 그리고 그녀는 "음침한 머리를 지닌 대모들에 의해 드리워진 어두운 그림자 속에"(In the shadow cast by my dismal-headed/Godmothers) 서 있었다. 그리고 이런 무능력함과 알 수 없는 공포에 휩싸인 어린 딸 화자 옆에서 거짓 대행자인 "엄마"는 그런 그녀를 구원할 능력이 전혀 없는 존재로서 그저 "울고 울"(and you cried and cried) 뿐이었다. 결국 "그림자는 점점 길어지고 빛은 꺼져버렸다."(And the shadow stretched, the lights went out.) 또한 화자는 어머니에게 교육을 받지만 이런 교육 역시 전혀 적절하지도 효과적이지도 못했다고 토로한다. 결국 딸인 화자는 "사랑하는 엄마가 고용한 적 없는 뮤즈에게서 진정한 것들을 배우게 된다."(I learned, I learned, I learned elsewhere,/From muses unhired by you, dear mother.)

후반의 6-7연은 플라스가 정신과 치료를 받았을 때의

「마음을 어지럽히는 뮤즈」에 영감을 준 동제의 드 치리코(De Chirico)의 그림(1947)

경험을 떠올리게 한다. 병원의 침상에서 전기치료 후 깨어났을 때 화자는 머리 위로 "파란 하늘 위에 그 어디에서도 본 적이 없는 파랑새와 수많은 꽃이 그려진 초록색 풍선들이 떠다니는"(Floating above me in bluest air/On a green balloon bright with a million/Flowers and bluebirds that never were/ Never, never, found anywhere) 것을 본다. 정신이 완벽히 깨지 못하고 몽롱한 순간 화자는 자신을 부르는 어머니의 목소리를 들으며 "나의 여행 동반자들"(my traveling companions)을 마주한다. 그녀의 병상을 어머니로 보이는 어떤 존재가 24시간 석상처럼 보초를 선다. 길버트는 대머리를 한 "마음을 어지럽히는 뮤즈들"처럼 "그들이 석상의 가운을 입고 보초를 선다"(They stand their vigil in gowns of stone,)는 표현에서 플라스가 우리가 빠질 수 있는 심연의 위험 혹은 스스로에게 대항하여 맞설 것을 주장하고 있다고 지적한다(51). 그러기에 해가 지는 것도 그렇다고 밝아지는 것도 아니면서 그저 그림자만 길게 드리우는 지루한 영속성은 현실에서 화자가 체감하는 벗어날 수 없는 구속성이자 깊은 절망을 상징한다. 마지막 연에서 화자를 끈질기게 구속하고 있는 존재가 확연히 드러난다.

> 이곳은 엄마가 나를 출산한 왕궁,
> 엄마, 엄마, 하지만 내가 아무리 찡그려도
> 우리 관계를 배신하진 않을 거야.

> And this is the kingdom you bore me to,
> Mother, mother. But no frown of mine
> will betray the company I keep. (*CP* 75)

화자가 갇혀있는 이곳은 "어머니의 왕궁"이며 그녀가 태어난 곳, 곧 자궁과 같은 장소이다. 화자는 어머니의 자궁 속의 유약한 태아처럼 갇혀 있다. 어머니는 자궁 속에 태아를 품고 있듯이 아직도 그녀를 "24시간 보초 서며" 지키고 있다. 화자는 벗어나려 몸부림치지만 그곳은 갇힌 곳으로 벗어나고 싶어도 벗어날 수 없는 운명적인 장소이다. 그러기에 화자는 고통으로 "얼굴이 아무리 찌푸려져도 나는 어머니와의 관계를 배신하지 않을 거야"라고 맹세한다. 이 결론은 화자의 속내는 배신하고 싶지만 그럴 수 없는 자신의 상황에 체념과 자조가 섞인 복합적 심경을 반영한다. 아무리 빠져나오려고 해도 결코 배신할 수 없는 것은 바로 '어머니'인 까닭이다. 플라스는 자신의 일기에 이렇게 토로한다.

> 나는 죄책감을 느끼며, 행복해서는 안 된다고 느낀다. 왜냐하면 나는 내 생애에 모든 어머니들이 내게 하라고 요구했던 일을 하고 있지 않기 때문이다. 그리고 나는 그들을 증오한다. 나는 모든 사람들 그리고 모든 백발의 나이든 어머니들이 종국에는 원하는 일을 하지 않고 있는 것에 슬프다.

> I feel guilty, feel I shouldn't be happy, because I'm not doing what all the mother figures in my life would have me do. I hate them then. I get very sad about not doing what everybody and all my white-haired old mothers want in their old age. (*J* 432-433)

여기서 플라스는 내 어머니가 아닌 "모든 어머니들"이라고 칭한다. "나의 모든 백발의 어머니들"이 그들의 딸에게 요구하는 것, 그것은 그 시대의 윤리가 명령하는 여성상으로서 여성에게 강요된 방 안의 고립된 삶과 크게 다르지 않다. 길버트에 따르면 플라스는 비유적으로 혹은 말 그대로 "가부장제라는 사형실에 갇혀"(locked into a patriarchal death chamber)있는 것이다(56). 플라스는 이러한 상황을 석고붕대에 갇혀있고[23]("In Plasters" *CP* 158), 벨 자[24] 안에 갇혀있으며(*The Bell Jar*), 무덤인 밀랍 집에 갇혀있는 여왕벌("Stings" *CP* 214)에 비유했다. 여기서 어머니는 비록 같은 여성이지만 시대정신을 속속들이 체화한 "늙은 백발의 타자"이다. 어머니는 세속적 기대와 요구로 가득 찬 존재였고 이에 순응할 수 없는 딸은 반항과 연민이 공존하는 어머니와의 이런 관계에 염증을 느끼게 된다.

이에 플라스는 어머니-딸의 관계와 모성을 관습적인 방식에서 벗

---

23) 「석고상 안에서」("In Plaster" *CP* 158)에서 플라스는 자신의 두 존재(doubled self)를 제시한다. 하나는 석고처럼 "하얀" 것이며 "외형적인 틀"이다. 그 외형은 마치 "성자"인 체 뽐낸다. 또 하나는 그 안의 "오래된 노란" 참된 "내면의 자아"이며 "추하고 털이 부숭한" 존재이다. 아름다운 외형은 거짓된 삶의 존재이기에 "나는 힘을 모으고 있다. 어느 날 (외형의) 그녀 없이도 살 수 있을 때, 그녀는 텅 비어 스러질 것이고 그때 비로소 나는 나를 그리워하기 시작할 것이다"고 선언한다. 일레인 코넬 (Elaine Connell)이 언급하길 이 석고상은 "공적인 페르소나"(the public persona)이며 표피적으로 우월한 그녀가 갇혀있는 틀, 즉 몸이고 그 시대의 완벽한 "집안의 천사"(The Angel in the House)를 상징한다. 갇혀있는 "진정한 자아"(the real self)는 이 천사를 숭배하고 한편 경쟁하며 이 천사는 자신의 아름다움으로 유혹한다(e-book 1483/2260).

24) '벨 자'는 플라스의 유일한 소설의 제목으로 과학 실험에 주로 사용하는 위는 막혀 있고 아래는 뚫려있는 종형 유리 단지이다. 벨 자는 실험할 때 피실험체를 공기나 어떤 외부 요인에 오염되지 않도록 보관하기 위해 사용된다. 플라스는 자신이 피실험체처럼 유리 종 안에 갇혀있다고 인식하며, 벨 자 안의 물체가 곡선 유리의 특성으로 인해 왜곡되어 보이는 것처럼 자아가 갇혀서 왜곡되게 인지하고 있음을 주장한다.

어나 급진적이면서도 독창적인 방식으로 표현해야 했다. 시대가 요구하는 인습을 고수하면서 우위적 위치를 점령하고 있던 어머니와 시대가 강요하는 굴레에서 빠져나오고 싶지만 그 굴레에 갇혀있을 수밖에 없던 딸은 "이중의 긴장감이 내재하는 관계"(inherent dual tensions)를 갖는다(Markey 9). 이런 관계에 대해 여러 비평가들은 플라스가 상대 여성을 질투하거나 혹은 적개심을 품고 있는 것으로 파악하면서 폄하하려는 경향을 보이기도 했다. 하지만 플라스는 진정으로 "여성 중심적 시인"(a woman-centered poet)이었다. 그럼으로 이런 관계 속에서 플라스가 타 여성에 대한 혐오나 경쟁심을 드러냈다고 보기보다 오히려 여성 중심적인 시각에서 사회를 바라보고자 했던 시도라고 봐야 할 것이다(Markey 10). 플라스는 자신의 여성으로서의 정체성을 적극 수용하고, 가부장 문화를 대변하는 신화 원형의 주체인 강력한 남성 신을 여성적 시각에서 숭배하면서 그 힘을 쟁취하고자 했던 것이다. 주체, 곧 신 그 자체가 되지 못하고 남성을 보조하는 역할에 머무는 여성상에 실망과 모멸감을 느꼈던 것은 바로 그런 이유에서였다.[25] 플라스는 어린 시절 어머니 오렐리아가 아버지의 글을 대신 타이핑해주고 보조하는 모습을 기억한다. 플라스에게 아버지는 언어를 생성할 수 있었던 존재인 반면

---

25) 플라스는 남성 권력이 갖는 강한 힘을 쟁취하고 싶었지만 그 힘에 순응하며 그저 먹고 살기에 급급한 다른 여성들과는 차별화되길 원했다. 그녀는 여러 시에서 타자적 여성상을 묘사했는데 그 중 대표적인 것이 여기 늙은 어머니 시들이다. 또 다른 예로 「벌침」을 살펴보면 자신을 공중비행하면서 상대 수벌을 치명적인 사랑으로 죽음에 이르게 하는 여왕벌로 묘사하고 있는 데 반하여 다른 암벌들은 "날개는 있으나 무심하게 꿀이나 찾는 등의 단조로운 일을 하는 이들"(Of winged, unmiraculous women,/Honey-drudgers,/I am no drudge)로 묘사한다(*CP* 214).

어머니는 단지 글을 옮겨 쓸 뿐이었다는 사실은 매우 중요한 의미를 갖는다(Wagner-Martin 25). 플라스는 여성은 단지 남성을 위한 '보조적인 봉사'만 수행해야 한다는 그 시대에 팽배했던 사고와 이를 당연시 여기고 그에 묵종적인 "늙은 타자적 어머니들"에 대해 불편한 심경을 드러낸다. 다음의 연작시 「생일을 위한 시」의 1편 「누구」("Who")에서 화자는 더욱 절망적인 모습을 보여준다.

> 꽃피는 달은 끝났지. 과일은 창고에 들어왔고,
> 먹었든지 썩었든지, 나는 온통 입뿐이네.
> 10월은 저장하는 달.
>
> 이 헛간은 미라의 위(胃)처럼 곰팡내가 나지.
> 낡은 연장, 손잡이, 그리고 녹슨 돌출부.
> 나는 여기 죽은 머리들 사이에서 마음이 편하네.
>
> The month of flowering's finished. The fruit's in,
> Eaten or rotten. I am all mouth.
> October's the month for storage.
>
> This shed's fusty as a mummy's stomach:
> Old tools, handles and rusty tusks.
> I am at home here among the dead heads. (*CP* 131)

이 시의 어머니는 "유일한 입인 어머니"이고, "타자성의 어머니", 곧 "이상한 어머니"(Queer mother, *J* 223), "어두움의 어머니"(the Dark Mother),

그리고 "그림자의 어머니"(Mother of Shadows, *J* 512)이다. 화자인 "나"는 이제 꽃피는 계절은 지나 10월에 수확된 과일을 넣어두는 창고 안에 있다. 그녀는 먹혔는지 썩었는지 모를 의식 없는 나른함 속에 온통 입으로만 이루어진 유아적 존재이다. 그런 "나"는 산자들 사이에 있을 때보다 곰팡내가 풀풀 나는 이곳 창고 속에서 "죽은 자의 머리들"과 함께 할 때 오히려 편안하다. 다음 3연에서 어느새 화자 자신이 자연의 작은 물상들 가운데 하나가 되어, 거미조차 미처 알아채지 못할 정도로 작은 화분 속의 한 존재가 된다. 이때 화자의 심장은 "성장을 멈춘 제라늄"(My heart is a stopped geranium)이다.

그러나 다음 4연과 5연에서 화자가 내면적으로 깊이 사고하는 것은 바로 자신이 진정 누구이며 어머니, 그녀는 누구인가라는 정체성의 문제임을 제시한다. "단지 바람이 자신의 폐를 가만히 홀로 내버려 두기를 화자는 소원하는"(If only the wind would leave my lungs alone) 화자에게 어머니는 "개가 코로 꽃잎을 킁킁거리고 냄새 맡듯 늘 주변을 탐색하는"(Dogbody noses the petals) 성가신 존재로 그려진다. 화자는 창고처럼 폐쇄된 장소에서 갇혀있으며, 마치 십자가에 박힌 예수 그리스도처럼 "어제 서까래에 못 박힌/썩은 머리들만이 화자를 위로하는 존재"(Moldering heads console me,/Nailed to the rafters yesterday:)이다. 화자는 그 썩은 머리와 함께 이곳에 갇힌 "겨울잠도 자지 못하는 수감자"(Inmates who don't hibernate)이다. 화자는 지루하고 하찮은 일상의 존재들 속에서 삶의 의욕도 상실한 채 벗어나려는 노력도 없이 수동적으로 놓여있다. 화자는 현실과 비현실의 경계에 위치해 있는 것과 같으며, 죽을 수도 살 수도 없는 상황에 놓여있다. 그리고 이런 죽어있지도 살아있지도 못한 닫힌 상황 속에 어머니는 "유일한 입"의 존재이다. 그리고 "타자성의 어머니", "입인 어머니" 속에 있는 "혀"에 불과한 존재가 바로 "나"이다.

어머니, 당신은 유일한 입이고
나는 그 혀일 거예요. 타자성의 어머니
나를 드세요. 쓰레기통을 멍하니 바라보는 사람, 문간의 그림자.

나는 말했지. 나는 반드시 기억해야 한다고, 작다는 것을.
엄청나게 큰 꽃들,
아주 사랑스러운 보라색과 붉은색 입들이 있지.

블랙베리 줄기에 감긴 굴렁쇠가 나를 울렸지.
이제 그것은 전구처럼 나를 밝혀주지.
몇 주 동안 나는 아무것도 기억할 수 없었지.

Mother, you are the one mouth
I would be a tongue to. Mother of otherness
Eat me. Wastebasket gaper, shadow of doorways.

I said: I must remember this being small.
There were such enormous flowers,
Purple and red mouths, utterly lovely.

The hoops of blackberry stems made me cry.
Now they light me up like an electric bulbs.
For weeks I can remember nothing at all. (*CP* 131)

"타자성의 어머니"는 이 세계의 "유일한 입"이다. 화자 "나"는 그 속에 먹힌 "혀"이며 수동적 존재이다. 또한 무언가 미심쩍은 "그림자"를 드리우며 "쓰레기통을 바라보는 사람"도 등장한다. 늘 무언가에 감시당하고 조종당하는 상황에 화자는 놓여있다. 그리고 화자는 "자신이 작다는 것을 기억해야만 한다"라고 되뇐다. 왜냐하면 이런 작고 미약한 화자와 대비되는 "커다랗고 화려한 색채의 꽃들"이 있기 때문이다. 그리고 그 꽃들 역시 각기 입인 존재들이다. 작은 화자는 마치 그 입인 꽃들에 먹힐까 두려워 떠는듯하다. 이 '거대한 꽃' 이미지는 「메두사」(*CP* 224)의 "붉은 태반"과 "푸크시아의 붉은 종 모양 꽃"으로 상징되는 어머니와 일맥상통한다. "어머니, 날 드세요"라는 자조적인 표현의 이면에는 정신병원에서 행한 "그 뒤 나는 오랫동안 기억을 잃었다."는 충격적인 전기치료의 경험이 깔려있다. 지배하는 힘의 어머니와 전기치료의 공포는 플라스의 기억 속에서 늘 이렇게 연결되어있다.

플라스는 자신의 정신과 주치의였던 보이셔의 제안에 따라 그녀의 감정 상태를 알 수 있는 엘렉트라 신화를 찾아 이를 자신의 삶에 적용하기 시작한다. 그녀는 엘렉트라가 되어 여성의 특정 경험들을 주장하고 그 과정에서 여성에게 가해진 가혹한 사실들을 언급하면서 이 "그리스 딸의 분노"를 자신과 연관시켜 나간다(House 33). 또한 1958년 스미스대학에서 소포클레스(Sophocles)의 『엘렉트라』를 강의할 때 "나, 나 자신은 비극의 경험을 담은 배다"(I myself am the vessel of tragic experience.)라고 단언하면서 이런 현현을 받아들이고 자신의 삶을 하나의 신화로 구축하려고 한다(*J* 334). 이 신화는 아버지를 잃은 상실감과 더불어 '모든 타자의 어머니들'(all the other mothers)로부터의 압박에 따른 좌절감 그리고 정신과 치료의 끔찍한 경험으로 구성된다. 이런 아버지의 상실 감으로 두려움과 공포에 처한 그녀에게 너무나 절실했던 어머니의 사 랑은 없었노라고 3편 「마이나드」("Maenad")26)에서 말한다.

> 한때 나는 평범했지.
> 아버지의 콩 나무 옆에 앉아서
> 지혜의 손가락을 먹고 있었지.
> 새들은 젖을 만들었지.
> 천둥이 쳤을 때 나는 납작한 돌 아래 숨었지.
>
> 입들의 어머니는 나를 사랑하지 않았지.
> 아버지는 인형으로 오그라들었지.
> 오 나는 되돌아가기엔 너무 커졌지.
> 새의 젖은 깃털이고
> 콩잎은 손처럼 말이 없지.
>
> 이번 달은 일하기에 별로 안 좋아.
> 죽은 사람들은 포도 잎 안에서 무르익지.
> 붉은 혀가 우리 사이에 있지.
> 어머니, 내 뜰에는 들어오지 마세요.
> 나는 다른 사람이 되어가고 있으니까요.

---

26) 마이나드는 술의 신 디오니소스를 따르는 여사제이며 신성한 존재로 바커스(Bacchus) 의 여성형 "바케"(Bacche)라고도 불린다. 또 그들은 자연의 질탕한 정령을 의인화한 것이기도 하다. 그들은 디오니소스 신의 제전이 되면 그동안 남편과 아이들에게 억눌 렸던 감정을 표출해버려서 거의 광적인 상태가 되어버린다고 한다. 여기서 플라스는 디오니소스를 추종하듯이 남성성을 추종하는 여성들을 빗대어 표현한다.

Once I was ordinary:

Sat by my father's bean tree

Eating the fingers of wisdom.

The birds made milk.

When it thundered I hid under a flat stone.

The mother of mouths didn't love me.

The old man shrank to a doll.

O I am too big to go backward:

Birdmilk is feathers,

The bean leaves are dumb as hands.

This month is fit for little.

The dead ripen in the grapeleaves.

A red tongue is among us.

Mother, keep out of my barnyard,

I am becoming another. (*CP* 133)

화자는 아버지가 돌아가시기 전, 즉 자신이 "평범했을 때, 아버지의 콩
나무 옆에 앉아 지혜의 손가락을 먹고, 새들은 젖을 만들던" 평화로운
모습으로 어린 시절을 회상한다. 그러나 "천둥이 쳤던 날 나는 납작한
돌 밑에 숨었고", "아버지는 인형으로 오그라들었으며 입들의 어머니는
나를 사랑하지 않았다"고 토로한다. 스콧은 플라스가 어머니를 아버지
의 대행인으로 여기고 있으며 잃어버린 존재인 아버지를 대신해서 아
버지에게서 받지 못한 사랑을 어머니로부터 보상받고 싶어 한다고 생

각한다. 하지만 그녀는 자신이 원하는 방식의 사랑을 흡족하게 얻지 못했고 결국 그 상실감에 대한 분노와 어머니에 대한 원망이 합쳐져서 하나의 구조를 이루게 되었다고 분석한다(149). 플라스가 갈구했던 어머니의 사랑과 어머니 오렐리아가 주고자 했던 사랑의 양식은 달랐다. 그리고 그 모습은 여기 화자와 적대적 타자인 "입의 어머니"로 제시된다. 또한 그 둘 사이엔 화자를 먹어치울 "붉은 혀"가 존재한다. 지금 화자는 그동안 거역할 수 없었던 어머니가 그녀에게 기대하고 요구했던 기존의 모습을 버리고 "다른 사람이 되어가고 있는 중"이다.

화자는 이제 자신의 "뜰"에서 어머니를 추방시키고자 한다.

> 게걸스레 먹어치우는 도그헤드.
> 어둠의 열매를 나에게 먹여줘.
> 눈꺼풀은 감기려 하지 않지. 시간은
> 태양의 거대한 배꼽에서
> 끝없는 광채를 풀어내지.
>
> 나는 그 모든 걸 삼켜야 하지.
>
> 부인, 달의 큰 술통 안에 있는 이들은 누구인가요.
> 잠에 취해 팔다리를 기괴하게 한 이들은?
> 이 빛 속에서 피는 검은색을 띠지.
> 나의 이름을 말해줘.
>
> Dog-head, devourer:
> Feed me the berries of dark.

The lids won't shut. Time

Unwinds from the great umbilicus of the sun

Its endless glitter.

I must swallow it all.

Lady, who are these others in the moon's vat—

Sleepdrunk, their limbs at odds?

In this light the blood is black.

Tell me my name. (*CP* 133)

"도그-헤드"는 아프리카 신화의 인물이자 그리스 신화에 등장하는 지옥을 지키는 개로, 머리가 여럿인 케르베로스(Kerberos)를 의미하는데 화자는 그에게 죽음으로 이끄는 "어둠의 열매"를 간청한다. "시간이 풀어내는 태양으로부터 쏟아져 내리는 광채들을 삼켜야만 하는" 화자는 이렇듯 안식을 주는 '죽음의 열매'를 얻어 죽음에 이른 '아버지'에게로 회귀하고자 하는 퇴행적 자세를 보여준다. 또 결연에서 화자는 "부인"으로 호명되는 디오니소스의 신녀 마이나드에게 달빛 아래 술 취한 저 무리는 누구이며 또 자신이 누구인지, "나의 이름을 말해주길" 호소하며 정체성을 잃은 혼돈을 보여준다.

그러나 다음의 후기 시 「메두사」("Medusa")에서 플라스는 이와는 극명히 다른 성장한 자세를 보여준다. 「아빠」가 괴물 같은 남성상을 보여주는 시라면 「메두사」는 여성상의 괴물을 보여주는 시라고 할 수 있다. 그러나 이 시에 나타나는 이미지들은 나치나 흡혈귀처럼 보편적이지는 않다. 메두사의 이미지는 앞서 다룬 어머니 시 「마음을 어지럽히는 뮤즈」 등에서 조짐이 보이던 "입도 없는 달걀 머리의 여자들", "음침한 머리의 대모들", "입들의 어머니" 등이 발아되어 완성된 이미지이다. 흉악한 괴물인 메두사는 그리스 신화에 나오는 세 명의 고르곤 자매 괴물 중 하나이다. 또한 플라스는 어머니의 이름인 '오렐리아'(Aurelia)가 해파리의 학명과 동일하다는 사실도 일종의 펀(pun)으로 이용한다.

「메두사」는 플라스의 시 중에서 가장 복합적인 의미와 이미지로 구성되어있다. 5행연 8개와 마지막 1행의 연으로 구성되어있는 이 시는 「아빠」에서처럼 인위적인 운율이 사라지고 마치 물 흐르듯 자유로운 형식을 따른다. 이 시의 힘은 강력하고 복합적인 이미지에서 나오는데 그 대표적인 예가 고르곤의 머리카락인 뱀의 이미지이다.

〈메두사〉(1598), 카라바지오(Caravage)

좁은 육지의 돌출부에서 돌로 막혀버린 입,

하얀 촉수로 굴리는 눈,

앞뒤가 맞지 않는 바다 이야기로 채워진 귀,

당신은 기력을 빼앗는 머리에 거처를 제공한다. 신의 안구,

자비의 수정체,

내 용골의 그림자 속에서 자신들의 왕성한 세포를 움직이며,

심장처럼 중심에 있는

붉은 반점을 밀어제치며,

가장 가까운 출발점까지 찢어지는 조수를 타고

그들의 예수의 머리카락을 질질 끌며 오는

당신의 한 패거리...

Off that landspit of stony mouth-plugs,

Eyes rolled by white sticks,

Ears cupping the sea's incoherences,

You house your unnerving head-God-ball,

Lens of mercies,

Your stooges

Playing their wild cells in my keel's shadow,

Pushing by like hearts,

Red stigmata at the very center,

Riding the rip tide to the nearest point of departure,

Dragging their Jesus hair, ... (*CP* 224-225)

1연에서 묘사되는 메두사의 얼굴은 뱀의 눈을 보면 돌로 변한다는 신화의 이야기를 연상케 하는 "돌로 막힌 입", 온몸을 꿈틀꿈틀 뒤틀며 나아가는 뱀의 모습이 연상되는 "하얀 촉수로 굴리는 눈", 진정한 바다에 대해 모르고 있는 "가짜 바다 이야기로 채워진 귀"로 표현된다. 이런 이미지는 다음의 2, 3연에서 은연중에 해파리를 연상시키는 "물에서 유영", "예수의 머리카락 같은 촉수", "오래된 바다의 따개비가 붙어있는 배꼽"과 연결된 탯줄, "낚싯줄", 미국과 영국을 연결하는 "전화 케이블선", "파도의 끊임없는 조수"로 연장된다. 그리고 그 중심부에 "장어처럼 미끈거리는 촉수"를 지닌 "코브라의 빛"이 존재한다. 이 뱀의 이미지는 뱀처럼 질기고 긴 끈으로 딸에게 엉겨 붙으며 옥죄어오는 어머니의 구속을 나타낸다. 그러기에 3연에서 화자는 "내가 정말 탈출한 건가?"(Did I escape, I wonder?) 하는 의구심을 표출히며 "내 마음은 인제나 어머니, 당신에게 감겨있다"(My mind winds to you)고 말하고, 4연에 이르러 "어떤 경우에도, 당신은 늘 그곳에 있다"(In any case, you are always there)고 한탄한다.

또한 이 시의 제목인 메두사, 3연의 "탯줄", 그리고 7연의 울어서 "얼굴이 블루베리처럼 퍼렇게 부어오른 성모마리아"는 여성성과 모성을 모두 함축한다. 이런 모습의 어머니는 앞서 다룬 "마음을 어지럽히는 뮤즈들"이 발전된 이미지이다. 1연의 "머리-신-공"(head-God-ball)의 이미지는 입이 없는 봉제인형과 "음침한 머리의 대모들"(dismal headed Godmothers)에서 발전된 것이다. 이런 머리-신-둥근 공은 자비의 렌즈가 장착된 안구이다. 그러나 이런 이미지들은 앞서 다룬 '아버지 시'의 '아버지-신'의 형상이 지닌 거대함 그리고 유구한 역사를 거치며 획득한 권력 또는 위용과는 거리가 먼 존재들이다. 이 적대적 존재는 끈적거리는 촉수를 흐느적거리면서 왕성한 생명력의 세포를 동원해 멀리 조수를 넘어 해협 너머에 있는 자신에게로 감겨오는 끈질긴 존재이다.

어머니-메두사는 아버지 시의 해신처럼 바다로부터 온 생물체이고 신과도 같은 능력으로 연약한 인간을 돌로 만들어버릴 위력을 소유하고 있지만 신이 아닌 괴물 고르곤의 성질을 지닌 복합체이다. 그래서 딸 엘렉트라는 아버지를 연호하면서 그를 위한 제식을 치르고 그가 회복되기를 갈망했던 것과는 달리 메두사-어머니는 결코 부르지 않았다고 강조한다. 하지만 부르지도 초대하지도 않은 이 메두사가 화자를 찾아와 독성을 지닌 촉수로 고통스럽게 만들고, 끈질긴 응시로 돌처럼 멍한 인식 상태에 빠지게 만든다.

후반부에 이르러 메두사와 화자의 관계는 더욱 명확해진다.

> 나는 당신더러 오라고 하지 않았지.
> 절대로 당신더러 오라고 하지 않았다고.
> 그럼에도, 그럼에도,
> 당신은 바다를 넘어 전속력으로 달려왔지.
> 발을 차며 장난치는 연인들을 마비시키는
>
> 통통하고 붉은 태반.
> 푸크시아의 붉은 종 모양 꽃에서 숨을 쥐어짜는
> 코브라의 빛.
> 죽은 상태에서 돈도 없고,
> 엑스선처럼 과도하게 노출되어

나는 숨조차 쉴 수 없었지.

도대체 당신은 자신을 누구라고 생각하지?

성찬식 밀떡? 울어서 얼굴이 퉁퉁 부은 성모마리아?

나는 당신의 몸을 한 조각도 받아먹지 않을 거야,

내가 살고 있는 병,

무시무시한 바티칸.

나는 뜨거운 소금에 진저리가 나지.

내시처럼 창백한, 당신의 소망은

내 죄를 질책하는 것.

꺼져, 꺼져, 미끌미끌한 촉수!

우리 사이엔 아무것도 없어.

I didn't call you.

I didn't call you at all.

Nevertheless, nevertheless

You steamed to me over the sea,

Fat and red, a placenta

Paralyzing the kicking lovers.

Cobra light

Squeezing the breath from the blood bells

Of the fuchsia. I could draw no breath,

Dead and moneyless,

Overexposed, like an X-ray.
Who do you think you are?
A Communion wafer? Blubberry Mary?
I shall take no bite of your body,
Bottle in which I live,

Ghastly Vatican.
I am sick to hot salt.
Green as eunuchs, your wishes
Hiss at my sins.
Off, off, eely tentacles!

There is nothing between us. (*CP* 225-226)

메두사는 화자의 세계에 침범한 "통통하고 붉은 태반"의 존재, 곧 어머니이다. 또한 메두사는 장난치며 놀고 있는 연인들을 "코브라의 강력한 독"으로 마비시키는 폭력의 존재이다. 그리고 여기 코브라의 독은 어머니 오렐리아의 이름에 함축된 해파리의 독을 연상시킨다. 어머니는 딸 화자 위에 군림하려 드는 "강력한 푸크시아 꽃"이다. 어머니의 힘에 짓눌려 질식할 것 같다고 호소하는 화자인 딸은 자신을 지배하려고 했던 병원 치료의 기억을 그녀와 연결시킨다. 메두사 어머니는 "X선으로 투시하듯이" 딸의 몸을 구석구석 분석한다. 또한 화자가 어머니를 거부할 때는 "뜨거운 소금"의 눈물로 호소하며 화자를 붙든다. 이제 화자는 더 이상 어머니를 같은 여성으로서 동지애를 느끼게 만드는 그런 존재가 아니라 앞서 다룬 시에서 언급된 타자의 어머니, 지배자 어머니로 인식하면서 "그녀의 몸은 자신이 갇혀있는 병"[27]과 같다고 한다. 어머니는 "성찬식의 밀떡"처럼 그녀의 몸을 받아먹어야만 천국의 세계를 얻을 것이라고 주지시키지만 화자는 그러지 않겠노라고 단호하게 선언한다.

어머니 오렐리아 플라스가 『집으로 보내는 편지들』(Letters Home: Correspondence between 1950-1963)을 출판하자 이 책은 비판의 중심이 되었다. 비평가들은 그녀가 편집자로서 출판했다는 것을 비방하고 더욱이 플라스에 관한 출판권이 휴즈에게 있었기 때문에 편지의 많은 부분이 누락되고 왜곡되었다고 주장했다. 특히 이 책 전 부분에 걸쳐 보여준 플라스의 "아첨하는 딸"(a sugary daughter)의 모습은 "진정한 플라스"(the real Plath)의 모습이 아니라고도 비판했다(Wagner 15).[28] 특히 베넷(Paula Bennett)은 이 책을 읽고 매우 불편했노라고 토로한다. 일단 편지의 양이 지나치게 방대했고, 오렐리아가 딸을 장악하려는 정도가 일반적인 어머니들을 뛰어넘는다는 것이다. 편지 속의 딸은 표면적으로는 일거수일투족 소소한 일상까지 어머니에게 보고하지만 진정한 속내는 감춘 채 어머니가 원하는 자랑스럽고 용감한 모습만 보여주려고 한

---

27) 플라스는 자신의 에세이 집 『조니 패닉과 꿈의 성경책』(Johnny Panic and the Bible of Dreams)에서 아버지의 죽음과 함께 갇혀버린 그녀의 기억은 "마치 병 속에 갇힌 배와 같으며 이는 아름답고, 닿을 수 없고, 진부한, 하나의 멋들어진 백색 비행의 신화"(a ship in a bottle—beautiful, inaccessible, obsolete, a fine, white flying myth)(26) 라고 언급한 바 있다. 이와 동일하게 플라스에게 어머니의 구속은 자신을 가둬버리는 병과 같고 그녀는 그 속에 갇힌 장식용 배로서 더 이상 항해할 수 없는 존재이다.
28) 그러나 그 후 많은 비평가는 이 책을 토대로 플라스의 시들에 표출된 페르소나는 플라스 개인이 아닌 문학적으로 창조된 "허구적 자아"(the fictive self)임을 주장하는 데 힘을 실었고 추후 지금까지 많은 비평가들이 이 책을 참조하고 있다.

다. 베넷은 플라스가 자신이 이룬 모든 성과를 마치 어머니의 것처럼 행동하고 있다고 지적한다. 학교에서 받은 상을 어머니의 무릎 위에 자랑스럽게 펼쳐놓는 아이처럼 플라스는 유아적 행태에서 벗어나지 못하고 있다는 것이다(100-101). 게다가 어머니의 모습은 "비정상적이리만치 이타적"(abnormally altruistic, LH 112)이어서 자식을 위해 자신의 모든 것을 희생했고 그래서 마치 딸과 본인의 삶이 같은 것처럼 딸의 삶에 집착한다. 이런 어머니의 희생은 딸에게 기쁨보다는 부담이 되었고 이는 어머니의 희생에 대해 지나치게 보은하려고 애쓰는 모습으로 나타나게 된다.

「아빠」의 마지막에서 화자가 "이젠 끝났다"면서 강렬하고 단호하게 증오를 표출했던 것처럼 이 시의 마지막 행에서도 "우리 사이엔 아무것도 없다"고 단언한다. 이는 자신과 어머니 사이에 존재하는 아직 끊어내지 못한 탯줄이 있는 상태에서 과감히 그 탯줄을 끊고 성숙한 인격체로 거듭나는 것과 같다(Bassnet 93). 곧 「메두사」는 "플라스 내면의 신화 속에 존재하는 '어머니'에 대한 인정사정없는 잔혹한 공격"(a bitter, brutal attack on the Mother of her inner myth)이며 이를 몰아내려는 일종의 "엑소시즘"(the exorcism)의 시이다(Stevenson 266-267). 「아빠」를 통해 아버지의 가부장적 신화에서 벗어났듯이 「메두사」를 통하여 플라스는 시대 윤리에 갇힌 '어머니 신화'에서 벗어나 새롭고 독립적인 여성 신화를 구축하고자 하는 열망을 보여준다.

이렇듯 플라스는 신화라는 틀에 자전적 이야기를 담아 자신의 시를 완성했다. 그리고 단순히 신화적 인물만 차용하는 데서 그치는 것이 아니라 이에서 더 나아가 그녀는 "성장하고 있는 자아의 신화"(a mythology of the self in the process)를 구축하게 된다(Scott 15). 그녀는 자신과 엘렉트라가 처했던 상황의 유사성을 인식하고 엘렉트라를 새로운 딸로 만들어낸다. 어머니가 죽인 아버지 때문에 슬퍼하는 딸 여사제인 주인공 엘렉트라는 아버지를 살해한 어머니를 적으로 간주하고 이에 맞섰던 딸이다. 플라스는 일기에 이렇게 적었다.

나, 나는 아버지의 사랑을 한 번도 알지 못했다. 여덟 살 이후로 남자 혈육의 사랑을 받아본 적이 없다. 내 어머니가 나를 평생토록 한결같이 사랑해줄 유일한 남자를 죽였다. 어머니는 어느 날 아침 우아한 눈물로 아버지가 영원히 떠나셨다고 말했다. 그래서 나는 어머니를 증오한다.

나는 아버지가 어머니에게 사랑받지 못했기 때문에 어머니를 증오한다. 아버지는 동화 속의 도깨비였다. 그러나 나는 아버지를 그리워한다. 아버지는 나이가 많은 남자였다. 그러나 어머니가 아버지를 선택했고 결혼했으며 나의 아버지가 되게 했다. 그것은 어머니의 잘못이다. 빌어먹을 어머니의 안목이다.

Me, I never knew the love of a father, the love of a steady blood-related man after the age of eight. My mother killed the only man who'd love me steady through life: came one morning with tears of nobility in her eyes and told me he was gone for good. I hate her for that.

I hate her because he wasn't loved by her. He was an ogre. But I miss him. He was old, but she married an old man to be my father. It was her fault. Damn her eyes. (*J* 431)

어머니가 아버지를 살해했으며 그래서 플라스는 자신을 영원히 사랑해 줄 아버지를 잃었다고 말하는데, 이는 물론 물리적인 살해가 아니라는 점에서는 다르지만 오레스테스 신화 속의 어머니인 클리타임네스트라가 아버지 아가멤논을 살해한 것과 동일하다. 현대적 타자의 시각에서 아버지의 상실과 부재의 책임이 그 아버지와 결혼한 어머니에게 있다는 플라스의 논리에 대해 옳고 그름을 따지는 것은 무의미하며, 지금 여기에서 중요한 사실은 복합적이고 상징적인 이 살해의 심리적 무게가 플라스로 하여금 오랫동안 엘렉트라 딸로 머물게 했던 중요 기제라는 것이다.

이처럼 엘렉트라 딸로 오래 머물러있었던 플라스는 드디어 「아빠」와 「메두사」에 이르러 그 고리를 끊어낸다. 이제야 비로소 플라스는 성숙한 여인으로 성장해서 그들과 동등한 위치에서 남편-남성-신을 만나고 딸 엘렉트라가 아닌 성숙한 여성 메데이아/클리타임네스트라의 삶을 체험하게 된다.

메데이아 신화의 시: 메데이아 다시 읽기

전 장에서 다루었듯이 플라스는 어려서 돌아가신 아버지에 대한 심리적 무게와 집착에 가까운 어머니의 과도한 사랑에 대응하는 방식으로 그녀만의 독특한 엘렉트라 신화의 시 세계를 구축한다. 이때의 엘렉트라는 오레스테스에게 종속된 전통 신화의 협력자 혹은 죽은 아버지 아가멤논을 끊임없이 애도하는 나약한 딸이 아니라, 메데이아(Medea)나 파이드라(Phaedra)처럼 복수심으로 활활 타오르는 여성이다(Scott 7). 이 강력한 힘의 소유자인 반항적인 딸 엘렉트라는 아버지의 죽음에서 초래된 줄곧 자신을 짓눌러온 트라우마를 글쓰기라는 애도의식으로 극복하고, 집착에 가까운 사랑의 형태로 자신을 구속하고 진부한 시대정신을 강요했던 어머니라는 사슬도 단호하게 끊어낸다. 시인 엘렉트라는 결혼과 자녀 출산 등을 겪으면서 삶의 또 다른 국면을 맞이하게 되는데, 이것이 곧 딸 엘렉트라를 넘어선 아내와 어머니로서의 삶이다. 이는 엘렉트라 딸이었던 화자는 자신 역시 어머니 메데이아일 수밖에 없음을 자각하는 것이다.

테드 휴즈와의 결혼으로 플라스의 시 세계에 남편이라는 존재가 들어온다. 그녀는 아버지와는 다른 새로운 남성 권력자인 남편을 「목신」("Faun")에서 드러내고 있는데, 이 「목신」은 1956년 4월 19일에 어머니에게 보내는 편지에서 「변신」("Metamorphosis")이라는 제목으로 소개되었다. 테드 휴즈를 만나고 얼마 안 있어 동물에 관심이 많고 박식했던 그를 따라 밤에 숲으로 산책을 나갔던 경험을 이야기하면서 플라스는 그와의 만남이 그녀의 시성을 일깨웠고 이제 머지않아 자신은 다른 여성들을 뛰어넘게 될 거라고 확신한다.

> 이 남자가 그예요, 이 시인, 이 테드 휴즈요. 그는 긴강하고 거대하죠... 게다가 그는 시를 쓰죠. 그는 동물들의 생태를 다 알고 있어요. 그리고 나를 암소들과 검둥오리들 속으로 데려가죠. 나는 지금 시를 쓰고 있어요. 그리고 그 시들은 이전 그 어떤 시보다 멋지고 강해요; 여기 작은 시 한편을 보냅니다. 우리가 달이 밝던 어느 날 올빼미를 찾아서 숲으로 갔던 날의 시예요...
> ... 나는 이런 일상들과 삶을 잘 받아들이고 있어요, 왜냐하면 나는 성장하고 있고 내 힘으로 여성들을 뛰어넘는 여성이 될 것이기 때문이에요.

> It is this man, this poet, this Ted Hughes. He has a health and hugeness... the more he writes poems. He knows all about the habits of animals and takes me amid cows and coots. I am writing poems, and they are better and stronger than anything I have ever done; here

is a small one about the one night we went into the moonlight to find owls: …

… I accept these days and these living, for I am growing and shall be a woman beyond women for my strength. (*LH* 234)

테드 휴즈는 플라스의 이상적 남성상에 어울리는 특징을 소유한 남성이었다. 그는 이미 능력을 인정받고 있었고 자신의 언어와 신화를 소지하고 있던 시인이었다. 시인으로 나아갈 플라스 자신에게 시인의 언어를 습득할 수 있도록 도와줄 능력이 충분한 사람으로 그녀가 휴즈를 우러르게 된 것 그리고 여기 「목신」 속 주인공 "그"(he)가 휴즈가 틀림없는 이유는 바로 거기에 있다.[29] 그는 "목신처럼 웅크리고 있으며" (Haunched like a faun), "목신의 발굽으로 딱딱해지고 신의 뿔을 얻어" (Saw hoof harden from foot, saw sprout/Goat-horns.), "신으로 일어나 숲으

---

29) 테드 휴즈의 "큰 신"(big God)의 모습은 「테드에게 바치는 송시」("Ode for Ted")에 잘 표현되어있다. 여기에 한 자연 신의 모습으로 등장하는 테드는 그의 장화 밑에서 싹이 돋고, 새들의 이름을 지어주고, 산토끼를 몰아 그 다리를 나무에 매달아놓으며, 여우를 쫓는다. 그의 눈길이 닿는 곳에서 자연 물상은 생명을 얻고 그의 눈길이 미치지 못하는 곳에서 자연물상은 시드는 위력이 있다(*CP* 29). 그는 에덴의 "또 다른 아담"(another Adam)이다. 배스넷은 플라스 초기 시에 나타난 "실물보다 더 큰 존재의 남성"(larger-than-life man)은 자연의 신, 거상, 목신이고 여기에서 여성 화자는 복종적이고 수동적인 존재일 뿐이라고 주장한다(100). 여성 화자는 동등한 위치에서 그와 함께 참여하질 못하고 이 거대한 남성 인물을 바라보고 관찰할 뿐이다. 또한 플라스는 성인이 되어 상실된 아버지의 존재를 복원하려 했고 "묻힌 남성 뮤즈"(buried male muse)의 존재가 다시 살아나 나의 짝, 곧 남편이 되었다고 일기에 썼다(*J* 223). 그러나 또 다시 이 복구된 남편에게서도 상실을 경험하게 되자 "창조적 도가니"(a creative frenzy)로 내닫게 되고 이 열광 역시 지나가자 "소멸"(extinction)하게 된다(Axelrod 26).

로 달려간다."(Marked how god rose/And galloped woodward in that guise.)
(*CP* 35) 극 중 관찰자인 플라스와 자연의 물상인 올빼미의 수많은 눈은
"어떻게 신이 형성되는지를" 진지하게 관찰한다. 이는 마치 그를 배워
서 자신도 신으로 우뚝 서고자 준비하려는 것 같다. 크롤(Judith Kroll)은
「목신」부터 휴즈가 플라스의 신화에 유입되기 시작했다고 말한다(43).
이는 이전부터 형성되어오던 플라스 시의 가장 중심적이고 중요했던
"아버지-신"의 주제에 처음으로 다른 남성이 등장한 것을 의미한다. 이
확장된 새로운 개념의 남성은 점진적으로 성장하면서 상황에 따라 복
잡하게 변이를 거듭한다.

　힘을 지닌 남성 시인과의 결혼이 다른 여성들을 뛰어넘는 일종의 성
장 기폭제가 되어서 새로운 시를 쓰게 되리라는 플라스의 기대는 1950
년대의 기혼여성들이 처한
전반적인 현실에 여지없이
무너져내린다. 일기 전반에
걸쳐 그녀의 결혼생활이 얼
마나 궁핍했으며 자신의 창
작은 뒷전으로 밀어두고 남
편 휴즈의 시를 타이핑하면
서 자신의 시간을 소진하는
것이 얼마나 그녀를 지치게
했는지 여실히 드러나 있다.
그런 결혼생활로 말미암아
플라스의 시 세계는 또 다른

플라스가 첫눈에 반한 '거대한 남자' 테드 휴즈

국면을 맞이하기에 이른다.

플라스는 후기 시로 갈수록 그리스 신화의 직접적 사용은 자제하고 전통 신화를 뒤집어 엮은 본인 특유의 스타일을 발전시켜간다. 그리스 신화를 다양하게 다루며 깊이 성찰했던 초기의 결과가 훗날 독창적 발전으로 나타나게 된 것이다. 플라스는 후기 시에서 자신의 아이들을 비정하게 살해했다고 비난받기도 하는 메데이아 신화를 차용해 새롭게 변모된 여성관을 보여준다. 「후유증」("Aftermath")에서는 오래된 고기를 좇는 남성 사냥꾼들의 허기를 채워줄 수 없는 엄마 메데이아가 등장한다.

그 어떤 죽음도 그 어떤 엽기적인 손실도
가혹한 비극의 핏자국인
오래된 고기를 좇는 이 사냥꾼들의 허기를 채워줄 수 없다.

녹색 작업복을 입은 엄마 메데이아는
숯덩이가 된 구두와 물에 흠뻑 젖은 실내 장식품을
점검하면서, 여느 가정주부처럼 조심스럽게
자신의 아파트를 돌아다닌다.
장작더미와 고문대에 대한 기대를 뺏긴 군중은
용케 벗어난 그녀의 마지막 눈물을 남김없이 빨아 마시고 등을 돌린다.

No deaths, no prodigious injuries
Glut these hunters after an old meat,
Blood-spoor of the austere tragedies.

Mother Medea in a green smock

Moves humbly as any housewife through

Her ruined apartments, taking stock

Of charred shoes, the sodden upholstery :

Cheated of the pyre and rack,

The crowd sucks her last tear and turns away. (*CP* 113)

메데이아를 처음 자신의 시에 등장시킨 플라스는 화재 현장과 그 화재를 입은 아파트 안의 가혹한 현실과 그것을 구경거리로 즐기려 드는 냉혹한 군중들 앞에 있는 불운한 "여느 어머니이며 가정주부"를 묘사한다. 이처럼 일상의 사건에서 출발하여 신화의 이야기와 결합시킴으로써 시의 의미를 강렬하게 증폭시켜나가는 것이 바로 플라스 특유의 접근방식이다. "오래된 고기를 탐식하는 사냥꾼들"이란 위의 표현은 잔인한 화마를 상징하고 있는 반면 후기 시에 이르면 「토끼 사냥꾼」("The Rabbit Catcher") 등에서 확연해지듯 휴즈의 동물 시에 빗댄 '잔인한 사냥꾼 남편이자 남성 존재'로 발전한다. 오랜 시간동안 고기를 쫓던 그 남성의 탐욕은 그 어느 것으로도 채워지지 않는다. 그녀는 그 고기를 "가혹한 비극의 핏자국"이라 표현함으로써 이 사건이 단지 우연한 화재 사건에 그치는 것이 아니라 오래된 비극의 역사임을 암시한다. 일상의 "여느 평범한 가정주부로 등장하는 여성 메데이아"가 비운의 신화 속 메데이아이기도 한 까닭이 여기에 있다.

그럼에도 불구하고 이 시에 등장하는 메데이아는 신화 속 메데이아처럼 희생자가 아닌 "생존자"이다. 그녀는 화마에 자신의 집을 비롯해서 모든 것을 빼앗겼지만 홈드레스가 아닌 "작업복"을 입고 "숯덩이가

된 구두와 물에 흠뻑 젖은 실내 장식품을 점검하며" 아무 일도 없었다는 듯 "여느 가정주부처럼 자신의 집을 돌아다니며 회복시키려 노력하고 있다." 그것은 어머니 메데이아가 자신을 도와주기는커녕 노골적으로 적대시했던 사회와 맞서서 고통과 곤경에 빠진 자신의 처지를 즐길 준비가 되어있다는 것을 시사한다. 이는 플라스가 의도적으로 "신화 속 전통 상징물들의 의미를 뒤집어서 놀라우리만치 뚜렷한 페미니스트적인 비전을 제시한" 예이다(Markey 113). 방화사건의 희생자를 "어머니 메데이아"로 직접 비유하는 것은 일견 어색하고 어울리지 않는 것처럼 보이지만 시인은 그녀를 가해자가 아닌 사회의 희생양으로 묘사함으로써 신화 속 메데이아의 고착된 기존 이미지를 단숨에 전복시킨다.

그리스 신화의 메데이아는 복수의 상징이며 어둠의 주술과 연결된다. 그녀는 저주의 주문을 걸린 결혼 예복을 남편 이아손의 약혼자인 코린토스(Corinth)의 공주에게 입혀 그녀를 태워 죽인다. 그러나 이 시에서 이 일화는 완전하게 전복된다. 불에 태워지는 공격을 당한 이는 오히려 메데이아이며 그럼에도 그녀는 꿋꿋이 살아남는데, 뛰어난 발상의 전환으로 기존의 신화적 내러티브가 재해석된 것이다. 플라스의 메데이아는 악녀라기보다는 남성 권력 및 집단적 폭력에 희생당한 인물이다. 남편에 대한 사랑 때문에 조국을 버리고 당도한 코린토스에서 메데이아를 기다리고 있던 것은 이방인에 대한 질시와 배타였으며, 신의의 대상이었던 남편 또한 배신의 화신이었던 것이다. 불의 공격을 당하면서도 끝내 사멸하지 않았던 플라스의 메데이아는 어느 누구도 불태워 죽이지 않는다. 되레 그녀는 자신의 "마지막 눈물까지 남김없이 빨아 마실 군중"의 가혹함 앞에서도 여전히 내일을 준비한다.

휴즈는 「시체실의 두 광경」("Two Views of a Cadaver Room"), 「에그록의 자살자」("Suicide off Egg Rock")와 함께 1959년에 집필된 「후유증」에서 플라스는 진정한 거장답게 그녀의 삶 속 고통의 특정 지점을 향해 나아가고 있는 모습을 보여준다고 했다. 그리고 비로소 플라스는 처음으로 자신을 고통스럽게 만드는 존재를 의도적으로 탐색하기 시작했다고 언급했다(1971, 191). 그 무렵 플라스와 휴즈 부부는 미국 전역을 여행하다가 야도(Yado)의 문인 마을에 초청을 받아 그곳에 몇 주 머물게 되는데, 오랜만에 여유와 사색을 누릴 수 있었던 플라스는 그동안 마무리 짓지 못했던 『거상』의 시들을 완성하게 된다. 첫 아이 프리다(Frieda)를 임신하고 있었던 그 시기는 플라스의 인생의 한 정점이었으며 "하나의 끝이자 새로운 시작점"이었다(Hughes 1971, 191).

플라스는 결혼생활 내내 문인으로서의 자아와 여성으로서의 자아가 서로 상충하는 딜레마에 빠져있었다. 플라스가 어머니에게 보낸 "나는 글을 쓰고 있지 않을 때 내가 끔찍하게 약하고 '내 자신이 아닌 것'을 느껴요."(I feel terribly vulnerable and "not-myself" when I'm not writing)라는 편지 구절에 그녀의 이런 심경이 고스란히 묻어있다(*LH* 333). 그녀는 "글 쓰는 행위로써만" 자신이 진정으로 존재한다고 느낄 수 있었다. 하지만 시대적 흐름에 따라 '집안의 천사'라는 여성의 역할도 어쩔 수 없이 받아들여야만 했고 어머니로서, 주부로서 그리고 아내로서 극도로 이타적인 여성의 역할을 완벽히 해내는 것을 그녀는 부담스러워했다(Connell 1238/2260). 이는 전통적인 여성의 역할을 완벽히 해내려는 그녀의 욕망과 본인의 예술적 잠재력을 실현하지 못하도록 가로막는 사회 구조물에 대한 분노 사이의 동요였다.

플라스가 이 "집안의 천사를 살해하기"[30) 시작한 시점에 대한 비평가들의 견해는 분분하다. 마키마키(Janice Markey)는 플라스가 1957년 글쓰기에 대한 확신이 커지면서 1950년대의 집안의 천사라는 이상형을 버리기 시작했다고 말한다(137). 또한 켄달(Tim Kendal)은 1962년 아들 니콜라스를 출산했던 일을 지적하면서 임신기간 동안에는 비록 시작(詩作)이 저조했지만 4월에 「작은 푸가」("Little Fugue"), 「현상」("An Appearance"), 「물을 건너며」("Crossing the water"), 「느릅나무」("Elm") 등이 봇물 터지듯 쏟아져나왔고, 이 시들이 예전과 다른 강렬함을 표출하고 있음에 주목한다(62). 로젠블랏(Jon Rosenblatt)도 플라스가 1960-1961년의 과도기를 지나 1962년 초에 「느릅나무」, 「달과 주목나무」("The Moon and the Yew Tree")를 쓰면서 그녀의 시적 양식에 있어서 중요한 발전을 이뤘다고 했다(87). 와그너-마틴은 플라스가 남편 휴즈의 불륜을 알고 난 후 그와 나눈 모든 편지를 불태운 경험이 오롯이 드러난 「편지를 불태우며」("Burning the Letters")부터 본격적으로 "메데이아 시 부류"(Medea cycle)가

---

30) "집안의 천사"는 19세기 남성시인 코벤트리 팻모어(Coventry Patmore 1823-96)의 시에 등장한 용어로 19세기 이상적 여성상을 지칭한다. 버지니아 울프(Virginia Woolf)는 1931년 강연 에세이 「여성의 직업들」("Professions for Women")에서 여성에게 문학의 길은 직업이 아니며 지금까지 유수한 여성 문학가들에 의해 그 길이 힘들게 닦여왔지만 아직도 희극을 제외한 많은 문학 분야는 불모지임을 개탄한다. 이 시대의 여성에게 글을 쓰는 것은 "종이 위로 유령이나 된 듯이 수시로 출몰하는 자신을 가로막는 수많은 장애를 대적하는 일과 같다. 여성 작가는 여전히 이런 많은 유령들과 맞서 싸워야 하며 또한 편견들을 극복해야 한다"(103). 그리고 "이 집안의 천사를 죽이는 것이 여성 문학가가 해야 할 중요한 역할"(Killing the Angel in the House is part of the occupation of a woman writer.)이라고 언급한다(104). 플라스는 일기를 통해 울프의 글을 읽고 많은 생각에 공감했음을 언급한 적이 있다(J 44, 151, 269, 289, 342 등).

시작되었다고 주장한다(211).

비평가들마다 주장하는 시기는 조금씩 다르지만 플라스에게 있어서 집안의 천사 죽이기는 이미 시작되고 있었다. 1961년, 「튤립」("Tulip")은 플라스가 겪었던 병원에서의 경험을 토대로 그녀를 지칭하는 현실의 모든 "이름들"과 그 "갈고리들"을 놓아버릴 때의 현란한 매혹을 그려낸다.

> 튤립은 너무 흥분을 잘한다. 이곳은 겨울이다.
> 보라, 모든 것이 아주 하얗고, 아주 조용하고, 눈 속에 갇힌 것을.
> 햇살이 하얀 벽과 이 침대와 손에 내리쬘 때
> 나는 조용히 혼자 누워, 평화로움을 배우고 있다.
> 나는 무명인, 나는 절대 폭발하지 않는다.
> 간호사에게 내 이름과 세탁물을
> 마취과 전문의에게 내 병력을, 외과 의사에게 내 몸을 내주었다.

> The tulips are too excitable, it is winter here.
> Look how white everything is, how quiet, how snowed-in.
> I am learning peacefulness, lying by myself quietly
> As the light lies on these white walls, this bed, these hands.
> I am nobody; I have nothing to do with explosions.
> I have given my name and my day-clothes up to the nurses
> And my history to the anesthetist and my body to surgeons. (CP 160)

이 시는 병실의 침대에 누워있는 1인칭 여성 화자의 독백으로 이뤄져 있다. 그녀가 있는 병실의 온통 "하얀 벽"은 눈이 내린 겨울을 연상시킨다. "그곳은 겨울"이고 하얀 눈에 갇힌 정적과 고요함이 지배하는 장소이다. 마치 겨울잠에 들어가듯 그곳의 모든 것은 멈춰있다. 그녀는 "간호사에게 세상에서의 이름과 옷가지를 건네주고" "의사에게 몸을 맡긴다." 그러자 그녀에게 찾아오는 "평화", 이제 화자는 세상과의 끈을 모두 내려놓고 안식을 얻는다. 이제 화자는 "무명인"(nobody)이다. 세상에서 지녔던 이름과 끈이 이전에 그녀를 폭발하게 만들었던 존재였다면 이제 그 모든 것을 내려놓은 "나는 절대 폭발하지 않는다."

2연에서 화자인 "나"의 몸은 의사와 간호사의 손에 맡겨진다. 이제 철저하게 수동적인 상태가 된 그녀에게 의식은 없으나 가족사진 속의 가족의 미소만이 "미소 짓는 갈고리"로 그녀의 살에 깊이 박힌다.

> 닫히지 않는 흰 눈꺼풀 둘 사이에 있는 눈처럼,
> 그들은 내 머리를 베개와 침대보 끝자락 사이에 받쳐놓았다.
> 어리석은 눈동자는 모든 것을 놓치지 않고 봐야만 한다.
> 간호사가 지나가고 지나가지만, 별로 성가시지 않다.
> 갈매기가 육지를 지나가듯 그들은 흰 간호사 모자를 쓰고 지나간다.
> 손으로 일을 하면서, 모든 간호사는 똑같다.
> 그래서 간호사가 몇 명이나 있는지 말하기가 어렵다.
>
> 그들에게 내 몸은 하나의 조약돌이다. 그들은 내 몸을 잘 보살펴준다.
> 물이 조약돌들을 흘러넘치며, 부드럽고 자상하게 보살피듯이.
> 그들은 빛나는 주삿바늘로 나를 마비시키고, 잠재운다.
> 이제 나는 넋을 잃었고 환자용 여행 가방은 지겨워지기까지 하다.
> 검정 약상자처럼 반질반질한 가죽으로 만든 간단한 여행가방.
> 남편과 아이가 가족사진 속에서 웃고 있다.
> 미소 짓는 갈고리처럼, 그들의 미소는 내 살에 깊이 박힌다.

They have propped my head between the pillow and the sheet-cuff
Like an eye between two white lids that will not shut.
Stupid pupil, it has to take everything in.
The nurses pass and pass, they are no trouble,
Doing things with their hands, one just the same as another,
So it is impossible to tell how many there are.

My body is a pebble to them, they tend it as a water
Tends to the pebbles it must run over, smoothing them gently.
They bring me numbness in their bright needles, they bring me sleep.
Now I have lost myself I am sick of baggage.
My patent leather overnight case like a black pillbox,
My husband and child smiling out of the family photo;
Their smiles catch onto my skin, little smiling hooks. (*CP* 160)

그녀는 바닷가 병원의 병실을 "백색의 죽음의 바다"(a white sea of death)
로 자신의 몸을 "하나의 조약돌"로 의식한다. 여기에서 "순백"은 죽음의
세계를 상징한다(Rosenblatt 28). 오가는 간호사들은 마치 바닷물이 조약
돌들을 흘러넘치며 부드럽게 보살피듯이 조약돌처럼 수동적이고 고요
한 그녀의 몸을 돌본다. 지겨우리만치 "낡은 화자의 옷가방"은 그녀의
삶이 그동안 얼마나 낡고 고달팠는지 보여준다. 그런 그녀를 바라보는
사진 속 남편과 미소 짓는 아이의 얼굴은 빛나는 주삿바늘에 의식을
놓는 순간까지 그녀의 살갗을 파고드는 지독한 "갈고리"이다. 이 갈고
리의 이미지는 플라스가 자신의 시에서 빈번히 사용하는 것으로써 「블
랙베리 따기」("Blackberrying" *CP* 344)의 3행의 "블랙베리 오솔길은 갈고

리들 속으로 뻗어있고"(A blackberry alley, going down in hooks), 「에어리얼」("Ariel" *CP* 239)의 4연 "검정 눈의/열매들이 어두운 갈고리들을/내던진다"(Nigger-eye/Berries cast dark/Hooks—)에도 등장한다. 이 갈고리들은 시인이 인지하고 있는 현실 속 "구속"(restriction)이나 "핍박"(stringencies)을 상징하는 것으로 그녀가 그토록 열망하는 "벗어남"(release)을 가로막는다(Kendal 202).[31]

다음 4연에서 화자는 이 모든 갈고리들을 놓아 보내고 종국에는 평화를 얻는다.

나는 모든 것을 놓아버렸다. 고집스럽게
내 이름과 주소를 붙잡고 있는 삼십 년 된 화물선.
그들은 사랑스레 연상되는 내 기억을 말끔히 닦아버렸다.
녹색 플라스틱 베개가 달린 환자 운반용 침대 위에 겁에 질린 채 알몸으로
나는 찻잔 세트와 속옷 장, 책들이
시야에서 사라지는 것을 보았다. 물은 내 머리 위에 뒤덮였다.
나는 이제 수녀다. 이렇게 순수했던 적은 없었다.

꽃은 전혀 필요 없었다. 단지 양손을 위로 올린 채 누워서
완전히 나를 비우고 싶었다.

---

31) 휴즈도 자신의 시에 이 갈고리를 자주 등장시켰다. 그의 시 「해에 앉은 매」("Roosting Hawk")에서 "내 갈고리 머리와 갈고리 발 사이에/사실을 왜곡시키는 꿈은 전혀 없다."(no falsifying dream/Between my hooked head and hooked feet), "내 몸에는 전혀 궤변은 없다 :/내 풍습은 대가리를 찢어버리는 것이다 —"(There is no sophistry in my body :/My manners are tearing off heads —)라고 표현하고 있다(*Selected Poems: 1957-1967* 39). 휴즈에게 갈고리란 그가 숭앙하는 동물의 순수한 힘의 상징물이고 시인 화자가 자신을 그 힘을 소지한 자와 동일시한다는 점에서 플라스와 다르다.

얼마나 자유로운지, 얼마나 자유로운지 당신은 모른다.
평화로움이 너무 커서 멍해질 정도니까.
평화로움은 아무것도 요구하지 않는다. 이름표나 시시한 장신구 정도
평화로움이란 결국 죽은 사람들이 가까이 오는 것, 나는 그들이
성찬식 명판처럼, 평화로움을 입에 넣고 다무는 모습을 상상한다.

I have let things slip, a thirty-year-old cargo boat
Stubbornly hanging on to my name and address.
They have swabbed me clear of my loving associations.
Scared and bare on the green plastic-pillowed trolly
I watched my tea set, my bureau of linen, my books
Sink out of sight, and the water went over my head.
I am a nun now, I have never been so pure.

I didn't want any flowers, I only wanted
To lie with my hands turned up and be utterly empty.
How free it is, you have no idea how free—
The peacefulness is too big it dazes you,
And it asks nothing, a name tag, a few trinkets.
It is what the dead close on, finally; I imagine them
Shuttering their mouths on it, like a Communion tablet. (*CP* 161)

화자는 현실에서 소유하고 있던 모든 것, 곧 이름과 주소로 대변되는
"삼십 년의 삶"을 놓아버린다. 여성이기 때문에 도맡아야 했던 짐스러운
가정의 살림살이를 보여주는 "찻잔과 속옷 장이 사라지고" 시인으로서
의 삶을 대변하는 "책들까지 눈에서 사라지자" 이제 바닷물이 그녀를 잠

식한다. 지금 그녀는 "수녀처럼 깨끗하고 순수하다." 마치 물에 씻기는 세례를 받아 다시 태어나듯 그녀에게 지금껏 맛보지 못했던 "평화"의 순간이 찾아온다. 이는 "백색 죽음의 바다"(a white sea of death)(Rosenblatt 28)와의 조우로 플라스에게 죽음은 이처럼 "평화로움"의 상태다.

「튤립」은 주인공 화자가 겪는 "외부 세계의 끌어당김"(the pulls of the outside world)과 "평화로운 소멸"(the peaceful effacement) 사이의 갈등을 보여준다. 더불어 「튤립」은 1961년의 과도기적 시점을 잘 보여주는 시이며 5연의 "평화로움이란 결국 죽은 사람들이 가까이 오는 것, 나는 그들이/성찬식 명판처럼, 평화로움을 입에 넣고 다무는 모습을 상상한다."와 6연의 "나는 하얀 강보에 싸인 끔찍한 아기가 그 강보 사이로 숨을 내쉬듯/튤립이 포장지 사이로 숨을 쉬는 소리를 들을 수 있었다"(Even through the gift paper I could hear them breathe/Lightly, through their white swaddlings, like an awful baby), 또 마지막 9연의 "튤립은 위험한 동물처럼 철창 뒤에 앉아있어야 한다"(The tulips should be behind bars like dangerous animals)에서 다소 과도한 반복과 묘사가 엿보이기는 하지만 여기에서 플라스만의 "자유롭게 구르는 은유적 독창성"(free-wheeling metaphorical ingenuity)을 획득한다(Kendal 199). 그리고 이것이 플라스 시의 특출한 힘인 것이다. 그리고 이런 힘은 잇따른 후기 시에서 현격하게 성장한다.

1962년 8월에 「편지를 불태우며」와 「벌침」이 완성된다. 「편지를 불태우며」에서 절망과 분노가 극렬해지고 그녀의 상상력에 불이 붙으면서 본격적인 "메데이아 부류의 시"(Medea Cycle)가 시작된다(Wagner-Martin 211). 메데이아가 남편의 배신으로 분노하여 남편의 약혼자 코린트 공주에게 주술을 쓴 왕관과 황금 자수 외투를 보내고 이를 착용한 공주가 불에 타서 죽음에 이르게 되는 서사에서 플라스는 분명히 본인의 상황과 맞물리는 단서를 찾았을 것이다. 플라스는 메데이아처럼 불을 무기로 휴즈의 글을 불태우며 위해를 가한 것이다. 또한 에우리피데스의 극 『메데이아』에서 이아손이 자신의 아이들까지 죽여 복수하고자 한 메데이아를 준열히 비난하며 "암사자"라고 지칭한 부분을 주목한다.[32] 플라스는 자신의 분노의 시를 근간으로 메데이아 신화를 사용했으며 이 "메데이아 부류의 시"는 「편지를 불태우며」를 기점으로 사망 직전인 1963년 2월 「가장자리」("Edge")까지 이어진다. 「편지를 불태우며」를 보자.

〈메데이아와 아이들〉, 안셀름 포이어바흐(Anselm Feuerbach, 1829-1880)

나는 불을 지폈다.

내가 여러 줌의 하얗고 오래된 편지들을 버리러

휴지통에 아주 가까이 갔을 때

그 편지들이 내는 죽기 직전 목구멍에서 나오는 소리에 지겨워져.

그들은 내가 몰랐던 무엇을 알고 있었나?

알알이 그 편지들은 펼쳐냈다.

백사장을, 그곳에서 투명한 물의 꿈이

휴양지 자동차처럼 싱긋이 웃는다.

나는 교활하지 않다.

사랑, 사랑, 안녕, 나는 지겨워졌다

시멘트 색깔의 판지로 만든 상자나

증오심을 품은 비열한 꾸러미들에,

지루하게, 한 무리의 붉은 재킷을 입은 남자들과

우편물 소인들의 눈과 시간 아래에서,

---

32) 에우리피데스의 『메데이아』에서 이아손은 메데이아가 보낸 저주의 주문이 걸린 신
부복을 입고 코린토스의 공주가 불에 타 죽고, 그의 아비 코린토스의 왕마저 죽는
것을 목격한다. 이어 메데이아가 자신의 두 아들들까지 살해해 수레에 싣고 나타나
자 그녀에게 이렇게 말한다.

"오오 가증스러운 인간이여!
신들과 나와 모든 인간 종족에게 가장 미움 받는 여인이여,
…
그대는 **암사자**지 여인이 아니며, …" (67)

"이아손: 아아 제 자식을 죽인 흉악한 계집 같으니라고!
…
메데이아: 그대에게 고통을 주기 위해서죠…
…
이아손: 제 자식을 죽인 **흉악한 저 암사자**에게서 내가 어떤 수모를 당하는지?"
(70-71)

이 불은 핥듯이 움직이며 다 삼켜버리겠지만, 무자비하다.
내 손가락이 유리 상자 안으로 들어갈 것이다.
손가락이 늘어지고 축 늘어진다 해도
그들은 말을 들었다.

건들지 마라.
그리고 글쓰기의 최후가 있다,
활기찬 갈고리들, 구부러지고 움츠러든다, 그리고 웃음들, 웃음들.
하지만 적어도 지금은 이곳 다락방이 좋은 장소가 될 것이다.

I made a fire; being tired
Of the white fists of old
Letters and their death rattle
When I came too close to the wastebasket.
What did they know that I didn't?
Grain by grain, they unrolled
Sands where a dream of clear water
Grinned like a getaway car.
I am not subtle
Love, love, and well, I was tired
Of cardboard cartons the color of cement or a dog pack
Holding in its hate
Dully, under a pack of men in red jackets,
And the eyes and times of the postmarks.

The fire may lick and fawn, but it is merciless:
A glass case
My fingers would enter although

They melt and sag, they are told
Do not touch.
And here is an end to the writing,
The spry hooks that bend and cringe, and the smiles, the smiles.
And at least it will be a good place now, the attic. (*CP* 204)

여성 화자는 오랜 삶의 기록을 불태워버리겠다고 선언한다. 그 편지들
은 불타오르며 그 속에 담겨있던 옛 기억들을 알알이 펼쳐 보인다. 그
러나 지금 화자는 "빨간 재킷"의 우체부가 전해준 그렇고 그런 "수많은
꾸러미와 편지들"의 실체가 지루하고 지겨워진다. 그 편지에 쓰여있던
흔한 말들인 "사랑, 사랑, 안녕"의 교묘함도 화자를 지치게 만든다. 불
은 무자비하게 그 편지들을 불태우고 화자는 기꺼이 "자신의 손가락을
그 불구덩이에 넣으려 한다." 이런 행위는 자신의 손가락도 기꺼이 태
우려고 하는 것인지 아니면 그 편지들을 불 속에서 꺼내려고 하는 것
인지 그 의도는 명확하지 않다. 실제로 플라스는 테드 휴즈의 편지와
함께 그 당시 출판을 준비하고 있었던 본인의 두 번째 소설 원고도 태
웠다고 알려져 있는데, 그 소설의 주제는 휴즈에 대한 위대한 사랑이었
다(Bundtzen 240). 그때 "건들지 마라"는 단호한 목소리가 들린다. 이제
자신을 얽매고 있던 "갈고리"들이 불 속에서 구부러지며 움츠러들고 소
멸된다. 화자는 이것이 이제껏 써온 남성의 비위에 맞춘 진력난 "웃음
들의 글쓰기의 최후"라고 선언한다. 이 필멸의 한계를 만난 것은 문학
그 자체일 수도, 실제 다락방일 수도, 아니면 플라스의 기존의 내면 구
조일 수도 있다.

이제 플라스는 충격을 입은 연약한 여성 실비아의 모습을 딛고 "암 캐 여신"(Bitch Goddess)으로 거듭난다(Butscher 320).

그래서 나는 홈드레스를 입고 검은 종이 새들을 막대기로 쑤셔댄다.
그들은 내 실체가 없는 올빼미보다 훨씬 아름답다.
그들이 나를 위로한다.
앞을 보지 못한 채, 떠올라 날아다니며.
그들은 검고 반짝이며 펄럭거릴 것이고, 숯덩어리 천사가 될 것이다.
그들만이 누구에게도 할 말이 없다.
나는 보았다.
나는 갈퀴의 밑동으로
사람처럼 숨 쉬는 종이를 벗겨낸다.
기이한 파란 꿈에 몰두하고,
태아로 연루된,
노란색 상추와 독일산 양배추 사이에 있는
종이 뭉치를 샅샅이 뒤져 찾았다
그리고 검정색 테두리를 한 이름이

내 발치에서 무기력해진다.
뿌리털과 권태의 둥지 안에 있는,
비뚤어진 난초는
창백한 빛으로, 에나멜가죽이 스치는 소리!
따뜻한 빗물이 내 머릿결을 부드럽게 한다. 아무것도 잃은 것은 없다.
내 혈관은 나무처럼 밝게 빛난다.
개들이 여우를 갈기갈기 찢어버린다. 이것이 바로 그럴싸한 것.
붉은 색이 분출하고

생기를 잃은 눈과
목이 멘 표정으로 계속해서
대기를 물들인다.
구름의 입자와 나뭇잎과 물에
영원불멸이 무엇인지를 말해주면서. 저것이 영원불멸이다.

So I poke at the carbon birds in my housedress.
They are more beautiful than my bodiless owl,
They console me—
Rising and flying, but blinded.
They would flutter off, black and glittering, they would be coral angels
Only they have nothing to say to anybody.
I have seen to that.
With the butt of a rake
I flake up papers that breathe like people,
I fan them out
Between the yellow lettuces and the German cabage
Involved in its weird blue dreams,
Involved as a foetus.
And a name with black edges

Wilts at my foot,
Sinuous orchis
In a nest of root-hairs and boredom—
Pale eyes, patent-leather gutturals!
Warm rain greases my hair, extinguishes nothing.

My veins glow like trees.
The dogs are tearing a fox. This is what it is like—
A red burst and a cry
That splits from its ripped bag and does not stop
With the dead eye
And the stuffed expression, but goes on
Dyeing the air,
Telling the particles of the clouds, the leaves, the water
What immortality is. That it is immortal. (*CP* 204-205)

시의 화자는 '집안의 천사'를 상징하는 "홈드레스를 입은 채" 편지와 원고들을 불태운 뒤 자신의 갈퀴로 불덩이를 휘저어 그 속의 실체를 확인한다. 편지들은 불타 "검은 종이 새"가 되어있다. 그리고 그 불의 내면 깊은 곳에는 "새처럼 보이는 숯덩어리 천사"가 있는데 바로 이 천사가 장차 펄럭거리며 떠올라 날아다닐 존재이다. 이는 「나사로 부인」의 재에서 홀연히 일어나 상승하게 될 피닉스의 전조이다. "노란색 상추와 독일산 양배추" 같은 정원의 그렇고 그런 물상 사이에서 타다가 만 편지의 그 이름을 발견한다. 죽은 자의 사진에 검은 테두리를 두르듯 내연녀의 것이 분명한 "그 이름에 검은 테두리"를 두른다. 현실 속 플라스는 편지를 태우지만 의식 속에서 복수의 살해를 하는듯하다. 그 이름이 불 앞에서 무기력하게 스러져가며 "gutturals"라는 소리를 내는데 이는 내연녀 아씨아 굿맨(Assia Gutman)[33]의 이름을 암유하고 있으며 여기서 화자는 상상 속에서 "푸른 눈"의 그녀를 살해한다(Kendal 91).

---

33) 아씨아 굿맨은 테드 휴즈의 내연녀 아씨아 웨빌(Assia Wevill)의 혼전 이름이다.

이는 "일종의 유예된 살인"(a type of deferred murder)이다(House 47).
플라스는 그 편지들에게 생명을 불어넣어 이를 단순한 편지가 아닌 편지를 쓴 남편이나 수신인인 내연녀가 탈바꿈한 존재로 제시함으로써 배신한 남편의 편지를 태우는 진부할 수도 있는 소재를 참신하게 재구성한다(Perloff 230). 화자는 그동안 두려워 시도조차 못하던 공격적으로 불태워버리는 행위를 결행한 후에야 비로소 그것은 자신에게 아무런 해도 끼치지 못할뿐더러 잃은 것은 아무것도 없다는 사실을 깨닫는다. 오히려 본인이 이전에 시도하지 못했던 폭력을 행하자 "그녀의 혈관은 그 어느 때보다 밝게 빛난다." 빛나는 혈관이 보여주는 폭력의 기쁨은 이제껏 자신에게 행해졌던 또 다른 폭력을 상기시킨다. "개들이 여우를 갈기갈기 찢어버린다"는 테드 휴즈의 「생각 속의 여우」("Thought-Fox")의 표현을 뒤튼 것으로 이제 플라스는 휴즈가 고심해서 창조한 여우, 곧 그의 시를 갈기갈기 찢어버린다.[34] 또 "목이 멘 표정"도 휴즈의 여우

---

34) 테드 휴즈의 시 「생각 속의 여우」는 시를 창작하는 어려움을 머릿속에 여우를 불러내는 것에 빗대어 쓴 시이다. 휴즈는 한밤에 흰 종이를 앞에 놓고 시를 쓰고 있다. 그는 그 밤 그 순간의 숲을 상상하고 있다. 힘든 시간이 지나 여우가 드디어 나타나 평원을 지나 스쳐 지나간다. 이는 마치 그의 손가락이 놓인 빈 종이 위로 그의 시상이 떠오르고 시가 창작되는 것 과 같다. 여기에 여우는 실제가 아니며 생각 속의 시상이며 그의 시적 존재이다.

나는 상상한다. 이 한밤중의 순간의 숲을:
딴 무언가가 살아있다.
시계의 고독 곁에
그리고 내 손가락이 움직이는 이 백지 곁에,

공간을 통해 나는 아무 별도 볼 수 없다:
한층 더 가까운 무엇인가가

이며 창조된 시(詩)가 얼마나 "갑갑하고"(stuffy), "번드르르한가"(bombastic)
를 꼬집으며 그를 우롱한다(Bundtzen 243). 한편 버처는 플라스가 아직
스스로를 통제하지 못한 채 주인이 아닌 희생자로 자신을 인식하는 자
기 연민에 빠져있다고 평한다(320). 그러나 시의 끝 부분에 그 불태움이
끝난 후 그녀는 이것이야말로 죽음과도 같은 삶에서 그녀가 염원해왔
던 "불멸"임을 체험한다. 수동적이고 이타적인 아내이자 부엌 속에 갇
힌 아내에서 벗어나서 이제 불태워 파괴하고 자멸하는 고통 속에서 화

암흑 속에 더욱 깊긴 하나
고독 속에 들어오고 있다:

...

드디어 돌연히 매운 강렬한 냄새를 피우고서
여우는 머리의 어두운 구멍 속에 들어간다.
공간은 아직 별이 없다; 시계는 째깍거리고,
종이는 프린트 되었다.

I imagine this midnight moment's forest:
Something else is alive
Beside the clock's loneliness
And this blank page where my fingers move.

Through the window I see no star:
Something more near
Though deeper within darkness
Is entering the loneliness:

...

Till, with a sudden sharp hot stink of fox
It enters the dark hole of the head.
The window is starless still; the clock ticks,
The page is printed.
(Hughes *Selected Poems* 9)

자는 그토록 염원해온 "불멸"을 만난다. 길버트는 플라스의 자살을 그녀의 시에 담긴 폭력이 새어나와 시인의 삶, 아니 죽음 속으로 스며든 결과로 본다. 플라스는 살해당했고, 자신을 살해했으며, 그녀의 아이들을 살해했다. 그녀는 그래서 "현대의 메데이아"(a modern Medea)다(51).

플라스는 어머니에게 보내는 편지에서 여러 차례 남편 휴즈를 시인으로 높이 인정하고 있다는 표현을 한다. 그리고 그가 플라스를 "여성 시인"으로서 뛰어난 독창성을 가지고 있다고 평하였다고도 했다(*LH* 244). 그러나 휴즈는 남편, 그리고 남성 시인의 시각으로 그녀의 시에 지나치게 개입하고 주관적으로 평가함으로써 플라스를 혼란스럽게 만들었다. 그래서 플라스는 이때 글쓰기는 여성의 영역이 아닐 수도 있다는 생각에 여성이자 시인인 자신의 상황에 혼란을 느끼게 된다. 이런 부담감이 자연스러운 글쓰기에 걸림돌이 되었던 것은 당연하다. 이런 상태에 대해 길버트는 남성 문학의 전통이 오랜 시간 동안 여성 작가에게 그들 남성의 규범에 적합한 서사를 줄곧 강요하고 구속해왔다고 지적한다. 이러한 구속은 끊임없이 여성 작가의 글쓰기에 영향력을 행사했고, 이런 "미치는 길들임"(maddening docility) 때문에 여성 작가들은 자신의 글을 계속 "점검하게 되고 양식에 맞는 표현들"(checks and courtesies)만 쓰라는 강요를 받는다. 그런 상황을 탈출하기 위해 19세기 여성 작가들은 여성만의 유용한 경험을 신화적인 방식으로 나타내왔는데, 길버트는 플라스가 바로 그 전통을 따랐으며 이 신화의 양식은 그녀의 삶뿐만 아니라 그녀의 작품세계에 뚜렷하게 드러나 있다면서 이를 "플라스 신화"(Plath Myth)라 칭하는 것이 가장 적절하다고 말한다 (52).

퍼로프(Majorie Perloff)는 휴즈가 『에어리얼』에서 누락시킨 시들이야 말로 "끔찍한 서정시"(Terrible Lyrics) 혹은 "끔찍한 소네트"(Terrible Sonnet)라고 칭할 만큼 강력하다고 평한다(295). 플라스는 시들 속에서 채 일 년도 되기 전인 1961년의 작품 「나는 수직이다」("I am vertical")나 「유언」("Last words")에서 보여주었던 "수동적으로 고통받는 자"(the passive sufferer)의 정체성을 탈피하고 "디도뿐만 아니라 메데이아로 복수하는 자"(the avenger—Medea as well as Dido)[35](Perloff 295)가 되었다. 이러한 과정을 거쳐 플라스는 훗날 삶의 마지막 2년의 시기 동안 "피를 내뿜는 시"(blood jet poetry)(CP 270)를 쓰기에 이른다. 피를 내뿜듯 쓴 이 마지막 삶의 시에 이르러 마침내 여성과 삶의 실제성이 자연스럽게 융합되며 독창적인 "플라스 신화"를 구축하게 된다.

---

35) 메데이아 신화의 내용은 이 논문의 서론에서 이미 소개한 바 있다. 디도는 비극적인 인생을 보여주는 신화 속 여성이다. 그녀의 첫째 남편 시카이오스(Sychaeus)는 물욕에 사로잡힌 그녀의 남동생 피그말리온(Pygmalion)에 의해 살해당하고 그 후 그녀는 망명하여 북아프리카에 카르타고(Cartage)를 창설하게 된다. 그리고 트로이 왕자 아이네이아스(Aeneas)가 트로이에서 쫓겨 떠돌 때 그를 만나 도와주고 그 둘은 사랑에 빠지게 된다. 그러나 신탁과 여러 신들의 방해로 아이네이아스는 결국은 디도를 버리고 새로운 트로이를 건설하러 떠나게 된다. 그러자 남겨진 디도는 상심에 젖어 아이네이아스가 탄 배 뒤로 장작더미를 쌓고 불을 지펴 자신을 화장시킨다. 이는 자신을 저버리고 떠난 아이네이아스에게 그 불길을 지켜보아야만 하는 죽음 같은 고통으로 되갚아주려는 의도이다. 그녀는 또 다른 메데이아의 존재라 할 수 있다.

클리타임네스트라 신화의 시: 여성 자아의 성취

1962년 1월 아들 니콜라스가 출생하고 얼마 지나지 않아 플라스의 결혼생활은 파경을 맞는다. 하우스(Veronica House)는 이때 플라스가 그녀의 시 세계의 구심점이 되어주었던 엘렉트라의 캐릭터를 홀연히 벗어던지고 자신의 새로운 페르소나로 클리타임네스트라를 차용했다고 말한다(42). 아직은 휴즈의 외도에 대해 확신이 없었던 4월 「느릅나무」("Elm")와 「토끼 사냥꾼」("The Rabbit Catcher")에서 플라스는 "미치는 길들임"이 얼마나 자신을 옥죄고 있는지 그리고 자신이 무한한 신뢰감으로 기댔던 남편이자 남성 신이 얼마나 잔혹한 거짓 존재인지를 깨달았다고 토로한다.

「느릅나무」의 첫 행에서 "그녀-나"인 여성 화자는 이제 밑바닥까지 다 알아버렸다고 말한다.

나는 밑바닥을 알아, 그녀가 말한다. 나는 그것을 내 거대한 곧은
  뿌리로 안다.
당신은 그것을 두려워한다.
나는 두렵지 않다. 나는 거기에 다녀왔다.

I Know the bottom, she says. I know it with my great tap root:
It is what you fear.
I do not fear: I have been there. (*CP* 192)

여기 "거대한 곧은 뿌리"를 지닌 화자는 밑바닥을 아는 존재이다. 그리
고 남성임이 분명한 "너"는 그녀가 "앎"을 성취하는 것을 두려워한다.
마냥 수동적이고 두려워만 했던 예전의 그녀가 이미 밑바닥을 다녀왔
으므로 더 이상 두렵지 않다고 선언하기에 이른 것이다.

  2연에서 "네가 듣는 것은 내 안의 바다 소리인가?/불만의 소리 혹은
무(無)의 목소리인가?/이것이 너를 미치게 만드는 것이냐"(Is it the sea
you hear in me,/Its dissatisfaction?/Or the Voice of nothing, that was your
madness?)라는 물음을 던진다. 그녀의 내면에는 "바다의 목소리"가 있으
며 그것은 삶에 대한, 그리고 주변에 대한 불만족이며 "공허함의 목소
리"이다. 이 공허함의 목소리가 "상대방을 미치게 만드는 것"이다. 만족
할 수 없는 삶이 그녀를 끊임없이 길들이려 했으나 그녀는 결코 길들
여지지 않는다. 그러나 화자는 침묵한 채 견뎌낼 수 없는 존재로 자신
의 내면에 쉴 새 없이 철썩이는 바다의 목소리를 지니고 있다. 3연에서
화자는 "사랑은 그림자"(Love is a shadow)라는 결론을 내리며 그 어쭙잖
은 "사랑이 끝난 뒤 어떻게 당신이 거짓말하고 울부짖는지 들어보라"라

고 말한다. 그리고 "그들은 사랑의 말발굽 소리와 같으며 사랑이 말처럼 멀리 가버렸다"(How you lie and cry after it/ Listen: these are its hooves: it has gone off, like a horse)고 선언한다.

7연에서 화자는 "나는 흩날리는 카드 패처럼 산산이 조각나버렸다" (Now I break up in pieces that fly about like clubs), "나는 비명을 질러야 한다"(I must shriek)고 절규한다. 그 다음 연에서 "달 역시 무자비하다. 그녀는/불모 상태이기에 나를 잔인하게 질질 끌고 다닐 것이다"(The moon, also, is merciless: she would drag me/Cruelly, being barren)라며 철저히 무너져 남아있는 생명력이라고는 조금도 없는 황폐함을 토로한다.36)

그러나 9연에 이르러 화자는 그 철저한 황폐함을 딛고 살아남는다. 그리고 그 살아남의 원천은 바로 "울음"이다.

> 내 속에 울음이 산다.
> 밤마다 울음은 파닥거리며 나와
> 갈고리를 들고 사랑할 것을 찾는다.
>
> I am inhabited by a cry.
> Nightly it flaps out
> Looking, with its hooks, for something to love. (*CP* 193)

---

36) 달의 이미지는 여러 시에 등장하며 달의 상태에 따라 다양한 의미를 보여준다. 또 달은 여성성을 대변하기도 해서 달의 상태에 따라 초승달은 처녀(virgin)를 보름달은 임신한 여성이나 성숙한 여성을 그믐달은 노파(hag)를 상징하기도 한다(Bassnet 5). 그리고 달은 달-시신(muse)-하얀 여신의 복합적 의미를 내포하고 있다(Kroll 64-66). 말기 시 「가장자리」("The Edge" *CP* 272)에 이르러 달은 황폐한 불모성을 넘어 죽음과 초월의 존재이기도 하다(Kroll 215).

화자 "나"의 내면에 존재하는 것은 "울음"이며 그 울음은 갈고리를 소지하고 밤마다 사랑할 자를 찾아 헤맨다. "울음", 그것은 숨죽일 수 없는 것이며 발화할 수밖에 없는 소리이고 절규이다. 떠나가버린 어쭙잖은 거짓말의 사랑은 이제 화자의 의지가 되지 못하고 갈고리의 흘러넘치는 울음만이 그녀의 소지품이며 살아남게 해주는 힘의 원천이다. 그러나 아직 화자는 자신의 내면에 거주하는 울음의 정체성을 정확히 파악할 수 없기에 그 존재가 두렵기만 하다.

나는 이 어두운 존재가 두렵다.
내 안에서 잠들어있는.
하루 종일 나는 이 깃털처럼 부드러운 것이 그것의 악의를 드러냄을 느낀다.

구름이 지나가고 흩어진다.
저들은 사랑의 얼굴인가, 저 창백하고 돌이킬 수 없는 것들이?
이 때문에 내 심장이 그토록 동요했나?

더는 알 수 없다.
이건 뭔가, 나뭇가지가 죄어드는 것 속에서
그토록 살인적인 저 얼굴은?

그것의 뱀 같은 산이 쉿 소리를 낸다.
그것은 의지를 돌로 만든다. 이들은 고립되고 침체된 단층이다.
죽이고, 죽이고, 죽이는.

I am terrified by this dark thing

That sleeps in me;

All day I feel its soft, feathery turnings, its malignity.

Clouds pass and disperse.

Are those the faces of love, those pale irretrievables?

Is it for such I agitate my heart?

I am incapable of more knowledge.

What is this, this face

So murderous in its strangle of branches?—

Its snaky acids hiss.

It petrifies the will. These are the isolate, slow faults

That kill, that kill, that kill. (*CP* 193)

버처(Edward Butscher)는 여기서 느릅나무는 여성의 영혼을 속에 가둔 존재로서 플라스에게 말을 걸고 있다고 한다.[37] 다시 말해 이 느릅나무가 바로 "플라스 내면의 투사체"(a projection of the inner Sylvia)인 것이다(295). 또 "밑바닥"은 어두움이며 죽음이고 깊게 뿌리가 엉켜있는 곳이다. 이 시에서 이미 플라스는 휴즈와의 사랑이 발굽 소리를 남기며 멀리 달아난 말처럼 끝나버렸다고 생각한다. 또한 자신의 내면에 울음이 살고 있으며 그 울음이 매일 밤 갈고리로 사랑할 대상을 찾아다닌

---

37) 플라스는 후기 시에 나무속에 갇힌 정령 같은 여성성을 제시한다. 이 시들은 "에어리얼 시"(Ariel Poems) 혹은 "나무요정 드리아드 시"(Dryad poems)라고 흔히 지칭된다(Kirsch 261 외 다수).

다는 절망의 표현은 뒤 이은 목소리가 더 이상 느릅나무의 것이 아니고 미치게 만드는 고뇌의 상황 속에 갇힌 여성 자아의 목소리임을 보여준다. 이 "암캐 여신"(the bitch goddess)[38]에게 "내 안에서 잠들어있는 어두운 것"이 출몰하고 있으며 울음의 존재는 "부드럽고, 깃털 달렸으나 원한을 품은" 새이다.

모였다 흩어지기를 반복하는 구름들은 사랑의 얼굴을 보여주고 있는 것 같지만 사랑의 진실을 깨달은 화자는 이미 끝나버린 돌이킬 수 없는 초라한 사랑의 모습에 이것이 내가 그리도 애태워 하던 것인가 자조한다. 또한 여성 화자는 "이건 뭔가, 나뭇가지가 죄어드는 것 속에서/그토록 살인적인 얼굴은?" 하며 살인적 위협의 존재를 느낀다. 이 살인적 존재의 정체성은 그녀를 위협하는 것인지 아니면 그녀가 그것에 취해 살인을 저지르게 될 것인지 아직 불투명하다. 그 살인적 존재는 나뭇가지 사이로 출몰한 달의 얼굴이며 그 얼굴은 보이는 모든 것을 돌로 만드는 뱀의 산을 지닌 존재 곧 "메두사, 암캐 여신 자신의 얼굴"이다(The moon is Medusa, visage of the bitch goddess)(Butscher 296). 여기 시의 마지막 부분에 이르러 화자가 느끼는 자연이 주는 불안과 공포는 극단으로 치닫게 되는데 그녀는 그 존재 "살인적인 얼굴", 곧 메두사가 앞으로 죽이고 또 죽일 것임을 예감한다. 이 존재는 곧 이어 출현

---

38) 버처는 아이스킬로스의 극 『오레스테이아』(Oresteia)에 나오는 "끈에 묶여 어두운 방 안에 있는 사나운 개"에서 영향을 받은 것이라 추측되는 플라스가 시에서 "나는 아버지의 충성스러운 사냥 암캐"(CP 117) 등으로 여러 번 자신을 암캐라고 일컬은 것에 따라 그녀를 "암캐 여신"(the bitch goddess)이라 칭했으며(xi) 이어 여러 비평가들이 이에 동참했다(Bennet 114, "이국적 암캐 여신"(exotic bitch goddess), "붉은 머리카락의 암사자"(red-haired lioness) 등).

할 그녀의 시 속 "여성 살해범"(the murderess)(*CP* 212)이며 "하늘의 붉은 흉터로 비행하는 여왕벌"(a flying queen, red scar in the sky)(*CP* 215)이자 "욕조 속의 피의 비명을 부르는 암사자"(The lioness, The shriek in the bath)(*CP* 244), 다시 말해 에어리얼이고 클리타임네스트라이다.

1965년 플라스 사후에 휴즈의 편찬으로 출간된『에어리얼』은 그 시의 구성과 순서에 대해 논란이 많았다. 휴즈는『플라스 시 전집』의 편집자의 서문에서 플라스가 1962년 크리스마스 즈음에 "에어리얼 시"('Ariel' poems)로 알려진 시들을 전부 모아놓고 이 시집이「아침의 노래」("The Morning Song")의 첫 단어인 '사랑'(Love)으로 시작해서「겨울나기」("Wintering")의 끝 단어인 '봄'(Spring)으로 끝나도록 구성했다고 하면서 이 시집은 "긍정적"(affirmative)(*CP* 14-15)이었다고 주장했다. 그러나 정작 이 시집은 그녀가 죽고 2년여의 시간이 지나서야 출판되었고, 휴즈 본인도 플라스가 의도했던 것과는 약간 상이한 책이 되었다고 인정했다. 또한 휴즈의 판단에 따라 "1962년 이후에 나온 좀 더 사적인 면에서 공격적인 시 몇 편"(some of the more personally aggressive poems from 1962)을 의도적으로 누락했다고 고백했다. 그 이유는 그 당시 시집 출판 전에 조언을 했던 몇몇 비평가들이 이 시들에 나타나는 "끔찍하게 모순된 감정"(the violently contradictory feelings)을 독자가 수용하기 힘들 것이라고 예상했기 때문이며 그것은 상당히 통찰력 있는 결정이었다고도 덧붙였다(*CP* 15).[39] 와그녀는 휴즈가 편집자로서 도덕적 의무를 저버리고 자기

---

39) 이 누락된 시들은『호수를 건너며』(*Crossing the Water*)(1971)와『겨울나무』(*Winter Trees*)(1971)에 수록, 출판되었으며 멜란더(Ingrid Melander)는『겨울나무』에 수록된 시들은 플라스의 마지막 9개월의 소산이며 이 시들이야말로 "진정한 에어리얼의 시"라고 평하였다(186). 그리고 그 외 많은 비평가들도 이에 동의한다.

취향에 따라 시집의 구성을 첨삭한 것을 꼬집으며 "에어리얼 시"들이 셰익스피어의 『템페스트』[40]를 기반으로 나무속에 갇혀있던 나무요정이 종국에는 그 나무를 탈출하게 되는 긍정적인 주제를 구도한 것은 틀림없지만 플라스가 어떤 연유로 구상했을 "긍정적인 진행"(the affirmative progression)이 휴즈 때문에 이미 파괴되었다고 평했다(8). 그 누락된 "좀더 사적인 면에서 공격적인 시" 몇 편은 「탐정」("The Detective"), 「교도소장」("The Jailer"), 「베일」("Purdah"), 「토끼 사냥꾼」, 「입 닥칠 용기」("The Courage of Shutting-Up"), 그리고 「비밀」("The Secret") 등의 시이다.

『템페스트』 극 공연 속 에어리얼,
프리실라 호튼(Priscilla Horton, 1818-1895)

그 중 「토끼 사냥꾼」은 「교도소장」과 함께 잔혹한 남성성을 보여주는 시이다. 로즈는 플라스의 비평집을 출판하면서 휴즈의 강력한 반대에 부딪쳐 시 인용을 허락받는 데 큰 어려움을 겪었다고 토로한 바 있다. 특히 휴즈는 그녀와 나눈 편지에서 그녀의 책은 "사악"(evil)하므로 수록된 「토끼 사냥꾼」을 삭제하라고 요청했으며, 그 이유는 이 시를 다루는 것은 휴즈와 남겨진 자녀들에게 해가 되기 때문이라고 했다는 것이다(Rose xi). 「토끼 사냥꾼」이 많은 논평의 중심에 있는 이유는 바로 이 때문이다.

이 시의 배경은 바닷가 근처의 오솔길이다. 플라스는 이 시에서 강력한 죽음의 힘을 형상화하는 데 집중한다. 시 속에 등장하는 바다와 바람은 강력한 힘을 소유한 존재이다. 바람은 시인의 입을 "입마개로 막고"(gagging) 그녀의 목소리를 "갈기갈기 찢어버리며"(tearing off), 바다 또한 바다 위에 떠다니는 죽은 자들의 삶을 화자가 볼 수 없도록 눈을 멀게 만드는 존재이다. 불길한 힘은 다가오는 죽음의 전조이며 가눌 수

---

40) 셰익스피어 후기 로맨스 극인 『템페스트』는 플라스의 많은 시에 영향을 미쳤다. 이 극에서 나무요정 에어리얼은 마녀 시코락스(Sycorax)의 저주로 나무에 갇혀있다가 마법사 프로스페로(Prospero)의 도움으로 풀려난다. 그리고 프로스페로의 요구에 따라 오랜 시간 동안 그의 조력자이며 종노릇을 하게 된다. 프로스페로는 에어리얼이 가지고 있는 능력을 간파하고 자신이 시키는 일을 잘 수행해준다면 종노릇에서 그를 해방시켜주겠다고 약속한다. 에어리얼은 영민하고 성실하게 그의 명령을 모두 수행한다. 그리고 에어리얼은 종노릇에서 벗어날 수 있기를 늘 갈망한다. 에어리얼은 프로스페로에게 그의 심부름을 다 하면 풀어주겠다는 약속을 지켜달라고 애걸복걸하지만 프로스페로는 자신이 갇혀있던 그를 풀어주었음을 계속 강조하며 차일피일 미루면서 계속 그를 부려먹는다. 프로스페로는 섬을 떠나며 그를 겨우 놓아준다(The Tempest 48-61). 에어리얼은 플라스의 시 세계에 매우 중요한 존재로서 후기 시에 이르러 죽음 같은 구속에서 탈출하는 여성 자아로 성장한다.

없도록 강한 힘은 작은 동물에게 닥칠 운명을 예고한다. "그곳은 폭력의 장소"(It was the place of force─)로 그곳에서 시인은 "악의"(the malignity)를 경험한다. 여러 꽃들이 발산하는 아름다움은 고통으로 점철되어있고, 화자는 사람의 눈에 띄지 않을 움푹 들어간 곳에 숨겨진 "덫"을 만난다. 날카로운 비명은 사라지고 그녀에게 남겨진 것은 공허함, 유리 같은 투명한 빛이다.

> 도착한 유일한 장소
> 더위로 축 늘어진 채, 향기를 풍기며
> 오솔길은 움푹 들어간 곳으로 점점 좁아진다.
> 그리고 덫은 거의 자신의 모습을 감추었다.
> 허공에 닫혀버린 채, 아무것도 없이,
>
> 산고처럼 가까이 놓였다.
> 날카로운 비명의 부재는
> 무더운 날에 구멍, 공허함을 만들었다.
> 유리 같은 불빛은 투명한 벽이었다.
> 잡목림은 고요했다.
>
> 소리 없는 분주함, 고의가 느껴졌다.
> 나는 머그잔 주변을 감싸는 칙칙하고 투박한 손들을 느꼈다.
> 하얀 도자기를 부딪쳐 소리 내는,
> 어떻게 그것들이 그를 기다렸는지, 저런 작은 죽음들이!
> 그것들은 애인처럼 기다렸다. 그것들은 그를 흥분시켰다.

그리고 우리도 역시 관계가 있었다.
우리 사이에 놓인 팽팽한 철사,
너무 깊이 박혀서 빼낼 수 없는 말뚝과 둥근 고리 같은 마음,
무언가 재빠른 것 위에 미끄러지며 닫혀버리는,
또한 나를 살해하는 압박감.

There was only one place to get to.
Simmering, perfumed,
The paths narrowed into the hollow.
And the snares almost effaced themselves—
Zeroes, shutting on nothing,

Set close, like birth pangs.
The absence of shrieks
made a hole in the hot day, a vacancy.
the glassy light was a clear wall,
The thickets quiet.

I felt a still busyness, an intent.
I felt hands round a tea mug, dull, blunt,
Ringing the white china.
How they awaited him, those little deaths!
They awaited like sweethearts. They excited him.

And we, too, had a relationship—
Tight wires between us,

Pegs too deep to uproot, and a mind like a ring
Sliding shut on some quick thing,
The constriction killing me also. (*CP* 193-194)

비록 비명은 사라졌지만 시인에게는 지금 이 "비명의 부재"가 오히려 공허하다. 아무 소리도 없는 정적 속에서 "은밀하고 분주하게" 느껴지는 "움직이는 힘", 그것은 바로 폭력의 힘이고 죽음의 손이다. "거칠고 투박한 살해의 손"들이 작은 동물 위를 강타한다. 토끼 사냥꾼의 바람은 "작디작은 죽음들", 그들은 마치 "사랑하는 애인들"처럼 자신의 폭력성을 사랑으로 위장하고 잠복해있다. 그 죽음들은 작은 먹잇감을 흥분시킨다. 마지막 연에 이르러 시인 플라스는 토끼 사냥꾼과 토끼의 관계를 자신이 얽혀있는 관계와 연결시키고 자신을 그 토끼와 동일시하는데, 그 관계는 너무 깊이 박혀 옴짝달싹 못하게 그녀를 옥죄고 있다. 그 관계의 팽팽함은 "덫의 둥근 고리가 은밀히 미끄러지며 순식간에 닫혀버리듯" 그녀의 마음을 점점 누르고 조여온다. 이것은 살해의 압박감이다.

「토끼 사냥꾼」은 로렌스(D. H. Lawrence)의 시 「농장의 사랑」("Love on the Farm")의 이미지를 교묘히 뒤집은 작품으로 평가된다(Perloff 299). 두 편의 시 모두에서 여성은 남편이 죽인 토끼와 자신의 정체성을 동일시한다. 그러나 로렌스의 시에서는 "아직도 토끼의 털의/음울한 냄새가 나는 손가락으로 애무하는"(the caress of his fingers that still smell grim/Of the rabbit's fur) 등의 표현에서 날것 그대로의 성적인 표현이 농후하지만 플라스의 시에서 남편의 손가락은 단지 무생물체인 머그잔만 만질 뿐이다. 여기에서 플라스는 시의 화자를 평범한 여성이 아니라 여성 시인으로 대치시키고 오롯이 죽음만을 주시하면서 거기에 집중하고 있는 데 뛰어남이 있다. 마키는 이 "토끼 사냥꾼"은 이전 「동물원 관리인의 아내」("Zoo keeper's Wife" *CP* 154)의 "동물원 관리인"이 성장한 모습이라고 생각한다(12). 「동물원 관리인의 아내」에서 그 동물원에 거주하는 아내는 자신의 남편에 의해 밀실에 갇힌 채 공포와 폭력에 시달린다. 그녀는 "땀으로 젖은 시트 안에 엉킨 채/피범벅이 된 닭들과 네 동강 난 토끼들의 기억"(Tangled in the sweet-wet sheets/I remember the bloodied chicks and the quartered rabbits.) 때문에 악몽에 시달린다. 그 동물원 관리인은 "불에 그슬린 갈고리에 걸린/늑대 머리를 한 큰 과일박쥐들로 아내를 구애했으며"(You wooed me with the wolf-headed fruit bats/Hanging from their scorched hooks) 보아뱀과 놀자고 아내를 데려간다 (You took me to play/With the boa constrictor). 여기서 플라스는 기독교 성서의 에덴동산에서 뱀의 유혹에 넘어가 아담을 타락시키는 이브 이야기의 전형을 뒤집는 기발함을 보여준다. 동시에 동물원 관리인의 모습에서 휴즈가 플라스를 숲으로 데려가 동물들의 세계를 보여주며 유혹했던 일화를 상기시킨다. 특히 휴즈 시의 중심 주제인 강한 동물의 폭력성과 힘을 도덕적으로 공격한다. 여기서 동물원 관리인의 실체는 겉으로는 동물의 보호자 혹은 대변자로 보이지만 실상은 피범벅이 된 작은 동물을 큰 동물들의 먹잇감으로 준비하는 잔인한 자이다.

이 동물원 관리인, 토끼 사냥꾼처럼 「교도소장」(*CP* 226-227)에서도 또 다른 여성을 구속하는 남성상이 제시된다. "교도소장"은 여성 화자 "나"를 "마취하고 강간하는 존재"(I have been drugged and raped.)이고 "거짓말과 미소"(Lies and smiles)로 "속임수의 갑옷을 입고/상처를 주는 자"

(Hurts me, he/With his armor of fakery)이다. 「교도소장」이 쓰인 1962년 10월이라는 시기는 매우 중요하다. 이 시기에 쓰인 시들은 "시월 시"(October Poems)라고 일컬어지며 많은 주목을 받아왔다. 같은 10월, 플라스는 「아빠」, 「메두사」를 쓴 다음날에 이 시를 완성하는데, 그녀는 「아빠」, 「메두사」에서 아버지와 어머니의 형상이 자신의 내면을 지배하는 힘을 다루고 난 후 이와 동등한 힘으로 자신을 억누르고 지배하는 자로 남편 휴즈를 탐구한다. 시 「교도소장」에서는 「아빠」, 「메두사」에서 사용된 "괴기한 느낌이 드는 동요의 운율"(the spooky nursery-rhyme)이 다시 등장한다. 이는 앞 시들과 동일한 "광란적 과잉 살상에 대한 공격"(a similar extreme attack of frenetic overkill)을 여실히 보여주는 것이며, 앞으로 휴즈가 어떤 공격을 가하든 사정을 두지 않고 분노의 힘으로 이에 맞설 것이라는 의지의 표명이기도 하다(Stevenson 268).

플라스의 후기 시에 이르면 초기 시의 믿음직한 힘을 지닌 거대한 남성 신의 긍정적 이미지가 사라지고 메마른 감정의 잔혹하고 이기적인 남성상이 등장한다. 이런 이미지는 외면적으로는 거대하고 권위적인 힘의 아름다움으로 위장하고 있으나 내면에는 폭력과 추악함을 숨기고 있는 거짓된 이중적인 존재이다. 곧 남성은 "신-야수-남성"으로 폭력적이고 지배적이고 전능하며 성적인 매력의 소유자로 그려지지만 감성적으로는 고정된 질서의식과 이성의 한계에 갇힌 "무미건조한 형상"(flat figures)으로 제시된다(Connell e-book 747/2260). 켄달은 이 "무미건조함"(Flatness)은 플라스의 작품 여러 곳에서 창조성과 생명력의 결여를 연상시키는 용어로 사용되고 있다고 지적한다(16). 마키는 위험하고 가학적인 환경 속에서 남성이 작은 먹잇감을 잔인하게 강타해서 유혈

이 낭자한 죽음으로 내몰고 자신은 이를 기반으로 번성하고 있다고 지적한다. 그리고 플라스가 이런 남성의 무분별한 폭력과 파괴성을 남녀 관계의 필연적 몰락의 원인으로 규명하고 있다고 말한다(12). 켄달은 「토끼 사냥꾼」에서 "신화적 원형의 존재인 이러한 야만적이고 권위적인 남성상"(an early prototype of the brutal and authoritative male)을 찾을 수 있다고 지적했다(105). 로즈 역시 이 시에서 "남성 로고스의 파괴적인 힘의 인유"(an allusion for the destruction powers of the male logos)를 찾아볼 수 있다고 지적했으며 나아가 이 시는 플라스가 가부장제 권력에 대해 정치적인 분석을 제공하고 있는 좋은 예라고 호평했다(141).

그녀가 예감하고 있던 사랑의 종말은 우연히 불륜의 전화 통화를 엿듣게 되면서 표면화된다. 「우연히 수화기 너머로 엿들은 말」("Words heard, by accident, over the phone")은 이런 삶의 고백적인 면이 강하게 드러나 있는 시이다.

> 오 진흙이여, 진흙이여, 얼마나 부드럽게 흐르는지!
> 외국산 커피처럼 진하고, 느린 진동으로.
> 말하라, 말하라, 누구지?
> 그 사람은 창자의 박동 소리, 소화가 잘되는 것을 애호하는 이이다.
> 이러한 음절을 획득한 사람은 바로 그다.
>
> 이런 말들은, 이런 말들은 무엇이지?
> 그 말들이 수화기에서 퐁퐁 솟아나고 있다.
> 오 맙소사, 어떻게 내가 전화 탁자를 청소할까?
> 말들은 구멍이 많이 나 있는 수화기에서 짜나오며,

전화 받을 사람을 찾고 있다.
그가 여기 있나?

이제 방은 쉿 소리가 난다. 전화기는
촉수를 철회한다.
하지만 알들의 덩어리가 내 심장에 퍼진다. 그들은 번식력이 풍부하다.
오물 깔때기, 오물 깔때기.
너는 너무 크구나. 그들은 너를 다시 받아들여야 한다.

O mud, mud, how fluid!—
Thick as foreign coffee, and with a sluggy pulse.
Speak, speak! Who is it?
It is the bowl-pulse, lover of digestibles.
It is he who has achieved these syllables.

What are these words, these words?
They are plopping like mud.
O god, how shall I ever clean the phone table?
They are pressing out of the many-holed earpiece, they are looking
for a listener.
Is he here?

Now the room is a hiss. The instrument
Withdraw its tentacle.
but the spawn percolate in my heart. They are fertile.
Muck funnel, muck funnel—
You are too big. They must take you back! (*CP* 202-203)

그녀가 엿들은 통화의 말들은 "진흙처럼 부드럽고 외국산 커피처럼 진하게 느린 진동"으로 귀에 흘러들어온다. 은밀한 그들의 대화 속에 등장하는 이름은 "창자의 박동 소리" 곧 불륜녀 아씨아 굿맨(Assia Gutman)의 이름 "Gut…"의 소리다. 그런 음절을 발음한 이는 "그", 바로 남편 휴즈이다. 그들의 대화는 "구멍 많이 나 있는 수화기로부터 마치 살아있는 알 덩어리처럼 흘러나오고" 그런 다음에 "예민한 촉수로 위험을 감지하고 철회한다." 게다가 이 알 덩어리는 "엄청난 번식력으로 그녀의 심장에 퍼지"는 추악한 "오물"이다. 그녀의 심장은 그 오물을 걸러내는 "깔때기" 같이 그 말들을 걸러내고 있지만 깔때기가 너무 커서 제대로 기능을 못하는 탓에 그 말들, 곧 말의 발화자들은 너를 다시 받아들여야만 한다.

그리고 2연 3행의 충격적인 상황 속에서 이 오물로 더럽혀진 전화기 탁자를 어떻게 청소할지 걱정하는 화자의 모습에서 플라스의 의도성이 엿보인다. 플라스는 집안 청소처럼 하찮은 일에 봉사해왔던 자신의 모습을 반추한다. 그녀는 셰익스피어의 극 『템페스트』에서 프로스페로의 잡다한 일을 묵묵히 수행했던 에어리얼처럼 가정의 아내로서 소소하고 지루한 일상에 성실히 임했던 자신을 배신한 이 사건에 분노한다. 스티븐슨은 이 전화사건이 있은 직후 플라스가 분노를 폭발하면서 전화선을 잡아 뽑은 일화를 기록하고 있다(251). 켄달은 전화 사건 이후 완성한 이 시와 「타자」("The Other")를 비교하면서 스티븐슨의 언급처럼 "아직 정제가 다 되지 못한 사건"(undigested event)이며 "원재료인 사건의 찌꺼기가 예술로 제대로 재현되지 못한 시"(art does not manage to alchemise the dross of its raw material)이기에 실패했다고 지적한다. 또한 이 시는 제목부터 플라스답지 못하다고 폄하한다(96). 그러나 이들의 평가를 또 다른 시각에서 본다면 이 시는 여성으로서 겪은 정제될 수 없을 정도로 고통스러운 경험이 농축된 진솔한 시라고도 할 수 있다. 그리고 다음의 시들에서 플라스가 그 힘들고 고통스러운 시기에 어떻게 맞서서 결국 이를 딛고 일어섰는지 살펴볼 수 있다.

그 뒤 거의 연이어 쓴 「7월의 양귀비꽃」("Poppies in July")에서 그 상황이 그녀에게 준 것은 "상처"(a hurt)이며 상처를 입었음에도 불구하고 그녀는 "피를 흘릴 수도 잠을 잘 수도 없는 상황"에 빠져있다고 묘사한다. 그녀는 고통으로 피를 흘리거나 아니면 양귀비꽃의 마취제로 잠을 잘 수 있기를 열렬히 갈망한다.

> 지옥의 자그마한 불꽃같은, 작은 양귀비꽃,
> 너희는 아무런 해를 끼치지 않니?
>
> 너희가 흔들린다. 나는 너희를 만질 수 없다.
> 나는 불길 속에 손을 집어넣는다. 아무것도 타지 않는다.
>
> 그리고 그렇게 흔들리며, 입술처럼 주름 잡힌 진홍색
> 너희를 바라보면 피곤해진다.
>
> 이제 막 피로 물든 입.
> 작은 피투성이 치마!
>
> 내가 만질 수 없는 향기가 있다.
> 너희의 마취제, 속이 메스꺼운 그 홀씨주머니는 어디 있나?

내가 피를 흘릴 수 있거나, 잠잘 수만 있다면!
내 입이 그런 상처와 결혼할 수만 있다면!

혹은 이 유리 캡슐 속의 너의 액즙이 나에게로 스며들어,
나를 무감각하고 침착하게 만들 수 있다면.

단지 무색(無色)일 뿐, 무색.

Little poppies, little hell flames,
Do you do no harm?

You flicker. I cannot touch you.
I put my hands among the flames. Nothing burns.

And it exhausts me to watch you
Flickering like that, wrinkly and clear red, like the skin of a mouth.

A mouth just bloodied.
Little bloody skirts!

There are fumes that I cannot touch.
Where are your opiates, your nauseous capsules?

If I could bleed, or sleep!—
If my mouth could marry a hurt like that!

or your liquors seep to me, in this glass capsule,

Dulling and stilling.

But colorless. Colorless. (*CP* 203)

붉은 양귀비꽃은 "작은 지옥의 불길"처럼 보인다. 화자는 지독한 고통을 입은 후였기에 "너희는 아무런 해를 끼치지 않니?"라고 물음을 던진다. 흔들리는 꽃들은 마치 화장한 젊은 여성의 주름진 입술 같아서 이를 지켜보는 마음이 편치 않다. 꽃들은 이제 물들기 시작한 어린 꽃이며 그 꽃잎은 "이제 막 피로 물들은 입"이며 "피투성이 치마"이다. 이런 표현은 입술을 막 화장하기 시작한, 갓 생리를 시작한 어린 여성을 비유한 것으로 여기서 양귀비꽃은 여성성의 존재를 나타낸다. 여성 화자는 잠을 이룰 수도 고통을 느낄 수도 없는 어려운 심경에 있다. 결국 그녀는 잠이 들 수 없다면 차라리 고통과 결혼하길 염원한다. 여기에서 "고통은 살아남음과 생명력을 다시 얻는 증거"(a pain serves as proof of survival and vitality)와도 같다(Kendal 102). 고통은 무딘 정신이나 감각 없는 신경보다 더 진실한 것으로, 종국에는 자유를 얻게 해줄 통로로 여겨진다. 상처는 심지어 환희를 대변하면서 지속적인 존재를 의미한다. 양귀비꽃은 "작은 지옥의 불꽃"이지만 이 붉은 지옥의 불은 "뜨겁지 않다." 화자는 「편지를 불태우며」에서도 그랬듯이 자신의 "손을 집어넣어 태우려" 하지만 "불꽃은 아무것도 태우지 않음"으로써 화자를 실망시킨다. 자신의 손가락을 넣어 태우려는 행위는 화장(火葬)을 의미하며 화자는 죽음 뒤에 찾아올 안식을 염원한다. 이 시의 결구는 화자가 현실의 지독한 고통을 벗어나 "죽음과도 같은 키츠적인 잠으로의 도피"(the alternative escape into the deathly Keatsian sleep)를 상상하고 있음을 보여준다(Kendal 102).

「벌침」("Stings")에 이르러 상실되었던 여성 자아는 마침내 회복된다. 그 회복된 자아의 모습은 "사자-여왕"(the lion-queen)이며 그것이 자신의 감춰진 실체라고 호기 있게 천명한다. 이 시에서 여성 화자는 남편으로 보이는 한 남성과 함께 꿀을 생산할 벌집을 분양받고 있다. 그들은 지금 "여덟 개의 노란 벌집"(Eight combs of yellow cups)을 대면하고 있다. 그녀는 자신을 보며 "순박하게 웃고 있는 남자"(The man in white smiles)에게 그 벌집을 건넨다. 남자는 "맨손"(bare handed)이다. 그녀는 그동안 그 벌집이 가져다줄 달콤함을 기대하면서 벌통에 정성들여 색

칠까지 하면서 준비했지만 막상 받아들은 벌집들의 겉모습은 빛바랜 회색이어서 화자는 안에 있다는 여왕벌의 존재까지 의심하게 된다. "내가 무엇을 구입하고 있지? 혹 썩은 마호가니 나무?"(What am I buying, wormy mahogany?) 하는 의심은 "도대체 이 안에 여왕이 있기는 할까"(Is there any queen at all in it?) 하며

20대 후반의 플라스. 그녀는 휴즈의 외도와 유산으로 인해 심한 고통을 받았다.

여왕벌의 존재성까지 의구심을 갖게 된다. 그리고 설사 그 속에 여왕벌이 있다고 하더라도 "늙고, 그 몸은 플러쉬 천으로 문지른 듯 초라하게 헐벗었으며, 여왕답지 못하고 심지어 수치스러운 모습"(If there is, she is old,/her long body/Rubbed of its plush―/Poor and bare and unqueenly and even shameful)을 하고 있을 것 같다고 예상한다. 게다가 "오래되어 찢긴 숄 같은 날개"(Her wings torn shawls)를 가지고 있어서 비행도 하지 못할 여왕벌일 것이라는 불길한 예감에 사로잡힌다.

시의 4연에 들어서 화자는 본인을 벌의 위치에 놓고 벌과 자신을 동일시한다.

> 날개 달린 하나도 놀랍지 않은 모르는 암컷들,
> 꿀을 찾아 일이나 하는 그 무리들의 종렬 안에.
> 수년간 먼지를 먹으며
> 숱 많은 머리카락으로 접시를 닦았지만
> 나는 일벌이 아니다.
>
> 그리고 나의 기이함이 위험한 피부에서
> 파란 이슬이 되어 증발하는 걸 보아왔다.
> 그들이 나를 미워할까,
> 활짝 핀 벚꽃이나, 활짝 핀 클로버만이 화젯거리인
> 허둥지둥하기만 하는 이 암컷들이?
>
> 거의 끝났다.
> 나는 잘 해낸다.
> 이건 내 꿀 제조기이다.

이건 생각할 것도 없이 잘 해낼 것이다.
봄에, 열면서, 부지런한 처녀처럼,

크림이 쌓여있는 겉껍질을 문질러 닦아내는 처녀처럼,
달이 상아가루를 얻기 위해 바다를 닦아내듯이

Of winged, unmiraculous women,
Honey-drudgers.
I am no drudge
Though for years I have eaten dust
And dried plates with my dense hair.

And seen my strangeness evaporate,
Blue dew from dangerous skin.
Will they hate me,
These women who only scurry,
Whose news is the open cherry, the open clover?

It is almost over.
I am in control.
Here is my honey-machine,
It will work without thinking,
Opening, in spring, like an industrious virgin

To scour the creaming crests
As the moon, for its ivory powders, scours the sea. (*CP* 214-215)

그동안 화자의 삶은 궁핍하고 힘든 삶이었다. 화자는 "꿀이 아닌 먼지"를 먹으며 "숱 많은 자신의 머리카락으로 접시를 닦는" 초라한 삶을 꾸려왔다. 하지만 이처럼 궁핍한 모습 밑에 숨겨진 화자의 진정한 모습은 "꿀 만드는 일만 죽도록 할 일벌"이나 "기적과는 아무 관계없는 하나도 놀랍지 않은 암컷들"이 아닌 "여왕벌"이다. 화자는 그동안 아무리 초라하고 힘든 삶을 지내왔을지언정 꿀을 만드느라 늘 일에 치여 사는 "그저 그런 일벌"은 아니라고 말한다. 왜냐하면 화자 자신이 바로 초라한 모습 밑에 위대한 기적의 비행을 숨기고 있던 여왕벌이었던 것이다. 화자는 "잘 해낼 것이다"라고 호언한다. "달이 상아 가루를 얻기 위해 바다를 닦아내듯" 화자는 자신의 "꿀 제조기"를 잘 닦아 최고의 꿀을 얻을 것이다.

9연 3행에서 시선은 화자 옆에서 "지켜보고 있는 제3자"(A third person is watching)로 향한다. 그는 겁도 없이 맨손으로 벌집을 받아들은 1연의 그 남자이며 화자는 그가 "화자와도 양봉 장수와도 무관한 자"(He has nothing to do with the bee seller or with me)라고 말한다. 양봉용 모자도 쓰지 않은 그는 "네모난 린넨 쪼가리"를 두른 자만심에 찬 무지한 남성이다.

> 그는 가버렸다.
>
> 여덟 번이나 펄쩍 뛰고 난 후, 위대한 희생양.
> 여기 그의 슬리퍼 한 짝이 있고, 여기 또 다른 짝이 있다,
> 그리고 그가 모자 대신에 썼던
> 흰색 사각 린넨이 있다.
> 그는 달콤했고,

그 노력의 땀은
세상이 열매를 맺도록 세게 잡아당기는 비였다.
벌들이 그를 발견했고,
거짓말처럼 그의 입술에 틀을 만들어 넣어
그의 외모를 복잡하게 만들었다.

Now he is gone

In eight great bounds, a great scapegoat.
Here is his slipper, here is another,
And here the square of white linen
He wore instead of a hat.
He was sweet,

The sweat of his efforts a rain
Tugging the world to fruit.
The bees found him out,
Molding onto his lips like lies,
Complicating his features. (*CP* 215)

그의 무지함과 자만은 여지없이 벌들의 공격을 초래하고 그의 "땀" 냄새에 끌려 달려든 벌침의 공격으로 입술은 형편없이 부어올라서 그의 얼굴은 알아볼 수 없는 "복잡한" 모양이 된다. 플라스는 펄쩍펄쩍 뛰며 슬리퍼를 한 짝씩 벗어던지면서 내뺀 그의 초라한 모습을 "위대한 희생양"이라 부르며 조소한다. 이 부분은 실화에 기반을 둔 것으로써 이 남자는 바로 휴즈이며 그는 벌들에게 쏘여 슬리퍼조차 신지 못하고 달아났던 적이 있었다.

> 그들은 죽음이 가치 있다고 생각했지만, 나는
> 여왕이라는, 회복해야 할 자아가 있다.
> 그녀는 죽었나, 잠자고 있나?
> 사자처럼 붉은 몸에 유리 같은 날개를 단
> 그녀는 어디에 다녀왔나?

> 이전보다 훨씬 더 끔찍하게,
> 그녀는 날고 있다
> 하늘의 붉은 흉터, 그녀를 죽인
> 엔진 위를 나는 붉은 유성의 형상으로
> 웅장한 무덤, 밀랍으로 만든 집.

> They thought death was worth it, but I
> Have a self to recover, a queen.
> Is she dead, is she sleeping?
> Where has she been,
> With her lion-red body, her wings of glass?

> Now she is flying
> More terrible than she ever was, red
> Scar in the sky, red comet
> Over the engine that killed her—
> The mausoleum, the wax house. (*CP* 215)

이제 그 초라한 벌집 속에 죽은 듯이 혹은 자는 듯이 숨어있던 여왕벌
이 주변의 생각을 우롱이나 하듯 그 어느 때보다 과감하게 비행한다.
"붉은 사자의 몸"을 하고 빛나는 "유리의 날개"를 단 여왕벌의 출현은
바라보는 모든 자들에게 경이롭다. 여기 "붉은 사자의 몸"은 또 다른
메데이아/클리타임네스트라의 존재성을 상징한다. 빛나는 유리의 날개
를 펼치고 여왕벌은 이제까지 자신을 죽인 "엔진" 위를 넘어 자신을 구
속했던 밀랍 집을 탈출하여 힘차게 날아오른다. 이 비행은 쉽고 안락한

휴즈와의 별거 후 플라스는 런던의 아파트에서 홀로 두 아이의 육아를 책임져야 했다.
플라스는 어머니 오렐리아에게 보내는 편지에서 재정적인 어려움과 함께 육체적으로
많이 힘들다고 토로하고, 재정적인 도움과 함께 육아 도우미를 구해달라고 부탁한다.

것이 아니라 탈출을 위한 것이었기에 하늘 위에 "붉은 흉터"를 남길 "붉은 유성"의 비행이고 죽음의 비행이다. 수벌과의 교미로 생산력을 얻게 될 그녀가 바로 그 수벌을 살해할 존재이다. 화자는 이런 여왕벌에 자신을 투영시키며 주변의 다른 이들이 아무리 "죽음이 가치 있었다고 생각"했더라도 본인은 그에 굴하지 않고 자신의 잃어버린 자아를 회복하리라고 천명한다. 그 자아는 바로 비행하는 여왕벌과 같은 "여왕"이다.

플라스는 10월에 「벌침」을 시작으로 무려 24편이 넘는 시를 완성하면서 창작열을 불태운다. 많은 비평가들은 그 시들을 "시월 시"(October Poems)로 분류하면서 그 시들이 보여주는 놀라운 도약에 주목한다. 시월 시들은 치열하고, 강렬하며, 폭발적인 힘으로 흘러넘친다. 그 중 특히 「베일」, 「103° 고열」, 그리고 「나사로 부인」의 세 편의 시는 "그녀의 신화 세계의 중심인물인 플라스 본인의 무자비하게 투사된 자아" (merciless self-projections of Sylvia, the central figure of her mythic world) (Stevenson 269)를 보여준다. 그녀를 옥죄고 억눌렀던 억압과 폭력에 대해 극도의 분노로 가득 찼던 여성 자아가 드디어 눈을 뜨고 깨어난 것이다. 이 "작은 인형 아내"(the little toy wife)는 클리타임네스트라로 변신한다(Bennet 155). 그리고 이 여성은 복수의 욕망을 채우기 위해 살해할 준비를 갖춘다. 「베일」은 강한 여성 자아의 탄생을 뚜렷이 보여준다.

비취옥.
상당한 크기의 돌,
고통에 찬

풋내기 아담의 옆구리, 나는
다리를 꼰 채로, 미소 짓는다,
불가사의하게

…

이런 실크 칸막이 사이에서,
이런 옷 스치는 소리가 바삭거리는 소모품 사이에서,
나는 숨을 쉰다.

입의 베일은 그 커튼을 약간 움직인다
내 눈가의
베일은

무지개의 연결.
나는 그의 것.
그가 없을 때조차도,

나는
불가능의 덮개 안에서
돌고 돈다.

Jade—

stone of the side,

The agonized

Side of green Adam, I

Smile, cross-legged

Enigmatical,

...

In among these silk
Screens, these rusting appurtenances.
I breathe, and the mouth

Veil stirs its curtain
My eye
Veil is

A concatenation of rainbows.
I am his.
Even in his

Absence, I
Revolve in my
Sheath of impossibles, (*CP* 242-243)

여성 화자 "나"는 "아담의 고통에 찬 옆구리인 거대한 비취옥"에 자신을 비유한다. 기독교 신화의 전형인 아담의 옆구리로서의 여성은 "고통으로 가득 차"있으나 "거대한 보석"이다. 또한 여기서 남성은 과거에 화자가 의지하고 숭앙했던 거대한 역사를 지닌 석상도 아니며 권력을 지닌 남성 신은 더더욱 아니다. 그는 겉모습만 당당한 "풋내기 아담"일 뿐이다. 이제 그녀는 조숙하고 순종적인 빅토리아적 여성의 태도를 버리고 난해한 "수수께끼의 모습으로 다리를 꼬고 남성을 응시한다." 여성인 화자는 그동안 그의 소유물, "그의 것"이었다. 심지어 그가 자리를 비울 때조차 벗어버리고 싶은 그 베일에 덮여있는 화자의 얼굴은 입을 달싹거려 베일을 살짝 움직일 수 있을 뿐, 그녀는 그저 "이 불가능한 덮개 안에서 돌고 또 돌 뿐이었다."[41] 그러나 마침내 이 시의 마지막 세 개의 연에서 플라스의 자아가 투사된 여성화자는 앞부분의 목소리에서 급변하여 강력한 의지가 담긴 목소리로 선언한다.

---

41) 이 베일은 시 「생일선물」("A Birthday Present")에서 이미 등장한 바 있다.

　…
　베일이 어떻게 나의 일상을 죽이는지 네가 알아만 준다면
　너에게 그 베일들은 단지 투명하고, 맑은 공기이겠지만.
　…
　너는 죽일 수 있는 것은 다 죽여야만 하나?
　오늘 내가 원한 건 이것뿐, 너만이 그걸 줄 수 있어
　…
　베일을 내려만 줘, 베일을, 베일을, 베일을.
　만약 그것이 죽음이라면

　If you only knew how the veils were killing my days.
　To you they are only transparencies, clear air.
　…
　Must you kill what you can?
　there is this one thing I want today, and only you can give it to me
　…
　Only let down the veil, the veil, the veil.
　If it were death. (*CP* 207-208, 19연, 24연, 28연)

이처럼 베일은 남성인 "너"는 투명하여 느낄 수 없으나 여성 화자를 억압하는 존재이며 죽음이다. 화자는 가학적인 태도를 취하며 그 죽음을 기꺼이 받기를 원한다. 이는 죽음이 필연이라면 받아들이겠다는 의지이며 또한 그 죽음의 권력을 힘입어 내 속의 억압을 끊어버리겠다는 의지의 표명도 내포한 복합적인 태도이다.

시종들!
그리고 그의 다음 발걸음에
나는 풀어헤치리라

나는 풀어헤치리라—
그가 심장처럼 보호한,
보석이 박힌 작은 인형으로부터—

암사자,
욕조 안에서의 비명 소리,
구멍 난 외투를

Attendants!
And at his next step
I shall unloose

I shall unloose—
From the small jeweled
Doll he guards like a heart—

The lioness,
The shriek in the bath,
The cloak of holes. (*CP* 244)

여성 화자는 이렇듯 급변한 어조로 거칠고 과감하게 자신을 덮고 있
던 베일을 벗어던진다. 그녀는 더 이상 남성의 노리개인 "보석이 박힌

작은 인형"이 아니라 남편 그리고 남성 아가멤논을 욕조에서 살해한 클리타임네스트라이고 "암사자"이다. "욕조 속 비명"과 아가멤논의 칼에 찔려 "구멍 난 외투"라는 이미지는 명징하고 충격적이다. 크롤(Judith Kroll)은 「베일」의 마지막 3행은 클리타임네스트라가 아가멤논을 살해한 것을 인유하고 있으며 아이스킬로스(Aeschylus)의 『아가멤논』(*Agamemnon*, 1.1218)[42]에서 카산드라(Cassandra)가 클리타임네스트라를 "두 다리의 암사자"(two-footed lioness)라고 호칭한 것과 플라스의 신화가 절묘하게 들어맞는다고 호평했다(164).

그 어느 시도 「베일」보다 더 극명하게 플라스 내면의 양면성, 그리고 그녀가 그간 써온 두 개의 목소리 사이의 관계를 보여주지 못한다. 시인의 두 자아 사이의 원인-결과의 관계는 이 시에서 선명해진다. "플라스의 암사자는 격렬하면서도 자율적인 여성 시인의 자아"(Plath's lioness, her violent, autonomous woman poet)로서 "작은 장신구를 걸친 인형"의 자아에서 풀려난 존재, 그동안 자신의 삶과 예술을 억눌러야 했

---

42) 아이스킬로스의 『아가멤논』에서 카산드라는 이렇게 예언의 독백을 한다.

"아아, 슬프도다.
어찌 이리 맹렬한 불길이 나를 엄습하는가!
아아, 아아,
뤼키오스의 아폴론이여. 아아, 가련한 내 운명이여!
그녀는 고귀한 수사자가 집을 비운 사이
늑대와 잠자리를 같이 한 **두 발 달린 암사자**이거늘.
그녀가 이제 이 가련한 여인을 죽이려 해요. 그리고 약을
조제하는 이처럼 제가 만든 독약에 내 몫까지 첨가할 거예요.
그녀는 남편에게 칼을 갈면서 나를 데려온 것에
죽음의 복수를 하겠노라 큰소리를 치고 있어요."
(천병희 옮김 79)

기에 진실한 감정을 드러낼 수도 없었던 존재, 그 감정을 글로 쓸 수 없게 만들었던 사회적, 감정적 규제로부터 탈출한 존재이다(Bennet 155).

이 시의 암사자는 그리스 신화의 메데이아와 클리타임네스트라의 또 다른 이름이다.43) 연약한 여성인 딸 이피게니아의 희생적 죽음에 대해 복수하는 어머니 클리타임네스트라이며 자신의 헌신을 배신한 이아손에게 "흉악한 암사자"로 대응한 메데이아인 존재이다. 이에서 더 나아가 플라스의 메데이아와 클리타임네스트라는 여성이자 시인인 그녀의 자아를 억눌러온 존재를 똑바로 직시하고 그에 맞서는 존재이다. 그리고 이 여성시인이 분노에 가득 차서 폭력적인 살해의 시를 쓰는 것은 개인적 복수의 수단일 뿐만 아니라 상실했던 시인으로서의 자아를 다시 창조하는 방법이고, 오래된 자아가 갈취당했던 힘은 그렇게 해서 온전하게 복원된다는 것이다. 그리고 이렇게 획득한 자율을 근간으로 분노는 구원이 되고 그녀 속에 존재하던 오래된 모든 것들이 정화된다(Bennet 155). "인형"은 "암사자"가, 그리고 "엘렉트라"는 "클리타임네스트라"가 되는 것이다(House 47). 또한 이 "암사자"의 이미지는 「에어리얼」의 "신의 암사자"(God's lioness)(CP 487)에 연이어 재등장한 것이다. 힘을 획득한 이 여성은 신의를 저버린 부정한 남편을 응징하려는 "메데이아와 같은 복수자(復讐者)"(a Medea-like avenger)(Wagner-Martin 220)이며 그 어조는 「베일」과 거의 같은 시기에 완성된 「나사로 부인」(CP 497-502)보다도 더 악의에 차 있고 더 성적(性的)이다.

---

43) 앞서 에우리피데스의 『메데이아』, 아이스킬로스의 『아가멤논』에서 메데이아와 클리타임네스트라를 "잔혹한 암사자", "두 발 달린 암사자" 등으로 지칭했음을 지적한 바 있다.

이와 마찬가지로 「103° 고열」에서도 오랫동안 착용해온 창녀의 페티코트는 이제 무용지물이 되고 그동안 그토록 버리기 힘들었던 플라스의 '종속적인 허구적 자아'도 떨어져나간다. 그리고 순수한 아세틸렌의 처녀가 되어 위로, 또 위로 끊임없이 상승한다.

내 열이 너를 놀라게 하지 않았나, 그리고 내 빛도.
나는 스스로 왈칵왈칵 붉어지며, 불타오르고 나타났다가 사라지는
거대한 카멜리아다.

나는 내가 위로 날아오른다고 생각한다,
나는 승천하는지도 모른다고 생각한다―
뜨거운 금속 땀방울이 날아간다.

그리고 나는, 사랑하는 이여, 나는

순수한 아세틸렌 가스의
숫처녀다. 장미에 둘러싸인,

입맞춤과 아기 천사들에 둘러싸인,
이러한 분홍색이 의미하는 모든 것에 둘러싸인
너도 아니고, 그도 아닌

그도 아니고, 그 역시도 아니고
(늙은 매춘부의 페티코트처럼, 소멸되는 내 자아)―
낙원으로.

Does not my heat around you. And my light.
All by myself I am a huge camellia
Glowing and coming and going, flush on flush.

I think I am going up,
I think I may rise——
The beads of hot metal fly, and I, love, I

Am a pure acetylene
Virgin
Attended by roses

By kisses, by cherubim,
By whatever these pink things mean.
Not you, nor him

Not him, nor him
(My selves dissolving, old whore petticoats)——
To Paradise. (*CP* 232)

지독한 고열의 고통을 겪으며 시인은 이제까지 경험하지 못했던 무아
의 경지에 이른다. 신열 때문에 그녀의 몸은 "왈칵왈칵 붉어지는 붉은
카멜리아 꽃"이 된다. 「메두사」에서 "푸크시아의 붉은 꽃에서 코브라의
빛"을 쥐어짜듯이 그녀의 몸은 "붉은 카멜리아 꽃"에서 마침내 "내 빛"
을 발한다. 이 붉은 꽃이 바로 강력한 여성성의 상징이다. 이윽고 그녀

의 몸은 승천할 예감을 띤다. 그녀의 몸에 흐르는 땀은 "뜨거운 금속성의 땀"이며, "위로 날아가는 존재"다. 이제 그녀는 오염되었던 과거의 몸을 벗어버리고 사랑스럽고 부드러운 "분홍색의 장미, 입맞춤, 아기 천사들"에게 둘러싸인다. 이처럼 "장미"와 "아기 천사"는 플라스의 시에서 자녀를 상징하거나 새로운 생명을 의미한다.44) 마치 자신이 죽은 후 세상에 남겨진 사랑하는 이들의 입맞춤을 받으며 이별을 고하듯 그녀는 일종의 죽음을 겪고 있는 것이다. 그리고 "이 분홍색이 의미하는 것이 무엇이든지" 그것은 "너"도 "그"도 아니다. 이 "너"와 "그"는 분명 남편이자 아버지 남성이다. 그녀가 꿈꿨던 낭만적 사랑의 이상이 단지 "여성의 감정을 하찮게 여기고 그들을 무력하게 만드는 하나의 신화에 불과함"(a myth which trivialized women's feelings and rendered them powerless)을 깨닫게 되자 이성애의 관계는 종지부를 찍는다(Markey 17). 이제 그녀는 더 이상 그들과 얽이지 않고 스스로 "순수한 아세틸렌 가스의 처녀"로 탈바꿈한다. 아세틸렌은 고열의 불을 일으켜 불순물을 태우는 물질이자 폭발성을 띠는 상당히 불완전한 위험물질로, 여기 화자 여성으로 하여금 불의 고통을 겪으며 순수를 획득하게 하는 상징물이다. 이제 그녀는 종속적이고 모멸스러웠던 "오래된 창녀의 더러운 페티코트인 자아"를 홀홀 벗어던지고 염원해오던 "낙원"을 얻는다.

---

44) 「겨울나기」("Wintering" CP 219)에서 긴 겨울 뒤 도래할 새로운 생명의 상징을 "크리스마스 장미"(the Christmas roses)로 표현하고 그것이 "봄"(the spring)이라고 말한다. 또 「가장자리」("The Edge" CP 273)에서는 "죽은 아이들"(Each dead child)을 "닫힌 장미 꽃잎"(the folded petals of a rose)으로 표현했다.

「에어리얼」은 플라스의 클리타임네스트라 신화 시들에서 중심적인 작품이다. 제목에는 여러 가지 의미가 복합적으로 응축되어있는데, 이는 플라스의 실제 애마의 이름이면서 동시에 메데이아이며 클리타임네스트라로서의 여성 자아인 복수의 힘을 쟁취한 히브리어 "아리엘"로 "신의 암사자"이기도 하며, 셰익스피어 후기 로맨스 극인 『템페스트』에 등장하는 요정이기도 하다.[45] 「에어리얼」에서 플라스는 동명의 애마를 타고 질주했을 때 경험했던 희열을 찬찬히 들여다본다.

〈에어리얼〉(1915), 모드 틴달 아트킨손(Maud Tindal Atkinson), 개인소장(fairies 도판 39)

---

45) 셰익스피어 극 『템페스트』속 에어리얼은 종이면서도 아름답고 선한 존재이다. 그녀는 나무에 갇힌 자신을 구출해준 프로스페로의 명령을 따라야만 했다. 그와 그녀의 관계는 지배-피지배의 것임이 틀림없지만 프로스페로는 극 중 또 다른 종 캘리반(Caliban)과는 달리 에어리얼을 사랑한다고 말한다. 그리고 종국에는 에어리얼의 주장에 따라 그녀를 종의 신분에서 해방시켜준다. 플라스는 일기에서 『템페스트』를 언급하면서 캘리반을 "선천적인 야만성의 투사 그 자체"(the natural bestial projection)로 비난하고 에어리얼을 "에어리얼이야말로 창조적 상상력의 화신"(Ariel, the creative imaginative)이라고 감탄한다(/ 180). "에어리얼"은 플라스가 오랫동안 사고하고 발전시켜온 주제이다. 그러기에 많은 비평가들은 플라스 특유의 강력하고 창조적인 시들을 "에어리얼 시"(Ariel Poems)라고 통칭한다. 그리고 시인 플라스의 별칭으로 "에어리얼"을 사용하기도 한다.

암흑 속에서의 정지.
그때 바위산과 노정(路程)의
실체 없는 파란 유출.

신의 암사자,
뒷발굽과 무릎의 회전축!
이렇게 우리는 하나가 된다. 내가 붙잡을 수 없는

목덜미의 갈색 활 모양 같은
밭고랑이
갈라지며 빠르게 지나간다.

검정 눈의
열매들이 어두운 갈고리를
내던진다.

입안 가득히 느껴지는 까맣고 달콤한 피,
그림자들,
무언가 다른 것이

나를 공기 속으로 끌고 간다.
넓적다리, 머리카락.
내 뒷발굽에서 떨어지는 얇은 조각들.

Stasis in darkness.
Then the substanceless blue
Pour of tor and distances.

God's lioness,

How one we grow,

Pivot of heels and knees!─The furrow

Splits and passes, sister to

The brown are

Of the neck I cannot catch,

Nigger-eye

Berries cast dark

Hooks─

Black sweet blood mouthfuls,

Shadows,

Something else

Hauls me through air─

Thighs, hair;

Flakes from my heels. (*CP* 239)

애마를 탄 화자가 어두움 속에 있다. 그곳에서 화자는 바위산과 "확실히 알 수 없는 파란 빛의 무언가"와 대면한다. 그녀는 용기 있게 말을 타고 질주한다. 이미 혼연일체로 한 몸이 된 그녀와 애마는 "신의 암사자" 곧 "아리엘"이다. 그리고 에우리피데스의 『메데이아』에서 메데이아를 지칭한 그 암사자(67, 71)이며 아이스킬로스의 『아가멤논』에서 아가멤논을 살해한 클리타임네스트라의 "두 발을 한 암사자"(two-footed lioness)(79)

이다(Kroll 164). 질주하는 그들의 속도는 점점 빨라지고 그들을 저지하는 "검정 눈의 열매들이 던지는 갈고리들"을 뒤로하면서 거침없이 나아간다. 이는 앞서 다룬 「튤립」의 "갈고리 같은 가족의 미소"처럼 '사랑', '결혼', 혹은 '의무'라는 이름으로 그동안 여성 화자를 억누르고 구속해왔던 수많은 갈고리 같은 존재들이다. 이 질주는 "피"의 대가를 치르게 하지만 그 피조차 "달콤함"으로 다가온다. 그때 이제까지 만나지 못한 "무언가 다른 것"이 그녀를 공기 속으로 끌어당기면서 그녀의 몸에서, 그녀와 일체인 애마의 뒷발굽에서, 에워싸고 있던 "얇은 조각들"을 "벗어버린다."

〈레이디 고다이바〉(1898), 존 콜리에(John Collier), 에어리얼을 타고 달리는 고다이바처럼, 플라스는 절망적인 상황에서 모든 것을 벗어버리고 내달리는 자유를 갈망했다.

이 벗어버림은 「베일」에서의 "풀어헤침"과 「103° 고열」의 오래된 창녀의 페티코트를 "소멸해버림"과 동일하며, 「에어리얼」에서는 직접적인 표현으로 "과거의 유물과 과거의 핍박을 하얀 고다이바처럼 벗어버린다"[46]고 천명한다.

하얀
고다이바처럼, 나는 벗어버린다.
과거의 유물과 과거의 핍박을.

그리고 이제 나는
바다의 광채 같은 밀밭을 휘젓는다.
어린아이의 울음소리가

벽에서 녹아내린다.
그러면 나는
화살이고,

새빨간 눈,
아침의 큰 솥 안으로
자살하듯 돌진해서 뛰어드는

---

46) 고다이바 부인은 11세기 잉글랜드 코벤트리 영주의 아내였다. 발가벗은 채 백마를 타고 거리를 지나가면 주민에게 무거운 세금을 면해주겠다는 남편의 약속에 따라 그렇게 실행했다고 한다(박주영 700). 그때 그 지역의 주민들은 아무도 그녀의 몸을 훔쳐보지 않았고 그녀의 고귀한 정신을 칭송했다고 알려진다. 그녀는 가난한 주민에 내한 사랑과 자비가 넘치던 여인이었고 그 시대가 요구했던 여성에 대한 구속을 용기 있게 벗어던진 여인의 표상이다.

이슬이다.

White
Godiva, I unpeel—
Dead hands, dead stringencies

And now I
Foam to wheat, a glitter of seas.
The child's cry

Melts in the wall.
And I
Am the arrow,

The dew that flies
Suicidal, at one with the drive
Into the red

Eye, the cauldron of morning. (*CP* 239-240)

"나"는 마침내 자신을 억눌러온 억압을 "과거의 것"으로 벗어버린다. 그
러자 나는 "바다의 광채 같은 밀밭을 휘젓게 되고" 갈고리 중의 하나였
던 자신을 가슴 아프게 구속하던 "아이의 울음소리조차 녹아내린다."
스미스(Dave Smith)는 여기서 플라스가 보편적 삶의 덧없음, 그 이상의
것을 추구하고 있다고 말한다. 그녀는 불꽃이어야 했고, 광휘여야 했으
며, "전기 말"(electrical horse)의 존재였던 것이다(274). 이제 그녀는 남성

의 전유물이었던 힘, 즉 "화살"이 되고, 어두운 밤이 지나고 맞이하는 "새빨간 눈이며 아침의 큰 솥인" 태양 속으로 자살하듯 돌진하여 사그라지는 "이슬"이 된다. 플라스는 이렇듯 인생을 여행의 이미저리로 나타내고 있으며 여기서 "화살"은 남성성을 상징한다. 그녀는 용감하게 그리고 기꺼이 '남성 신 태양'을 향해 "자살하듯 돌진하여 소멸하는 이슬"이 된다.

그러나 이런 여성의 승리가 낙관적인 것만은 아니다. 길버트는 이 승리의 비행이 행복을 찾기 위한 완벽한 것은 아니라고 말한다. 이 비행은 끔찍하기도 했으니 그 이유는 바로 이것이 탈출이면서 동시에 죽음의 여행이기 때문이다(63). 이는 "자살하듯 돌진하는 이슬의 비행"이며, 수벌과의 교미로 수벌을 살해하지만 본인도 종국에는 생산 뒤에 죽음을 맞게 될 "여왕벌의 비행"이고, 고열에 시달리는 큰 고통 끝에 죽음을 맞아야 하는 "상승"이기 때문이다.

플라스가 사망하기 전 마지막 순간에 완성한 「가장자리」에서는 복수를 다 마친 여인의 모습이 그려진다.

여인은 완성되었다.
그녀의 죽은

육체는 성취의 미소를 띤다.
그리스적 필연성의 환상이

그녀가 걸친 토가의 소용돌이무늬 안으로 흐른다.
그녀의 맨발은

이렇게 말하는듯하다.
우리가 여기까지 왔지만, 이젠 다 끝났다.

The woman is perfected.
Her dead

Body wears the smile of accomplishment,
The illusion of a Greek necessity

flows in the scrolls of her toga,
Her bare

Feet seem to be saying:
We have come so far, it is over. (*CP* 272)

이제 화자는 다 완성되었다고 말한다. 「가장자리」에서 화자는 시 속에
등장한 여인자신이 아니다. 화자는 3인칭 전지적 관찰자 시점으로 상황
을 묘사하고 설명한다. 여기 죽은 여인의 모습이 있다. 그 죽음은 "완
성"을 이루는 존재로서 여인은 "죽음으로 완성되었다"고 설명한다. 죽
은 여인은 죽음의 고통이 아닌 "성취의 미소"를 띠고 있다. 그리스 여신
의 토가를 걸치고 있는 그녀의 모습은 "그리스적 필연성"을 보여주고
있다. 그 몸의 "완성"된 상태를 보여주는 옷은 다양한 의미를 함축한다.
이 죽은 여인이 걸친 토가는 '여신'의 옷이며 플라스가 그녀에게 입힌
수의(壽衣)이다. 그리고 옷의 표면에 시인의 글이 적혀있는 것처럼 "글의
두루마리 모양의 무늬"(scrolls)로 묘사한다. "성취", "완성", "죽음", 이 모

든 것은 고대 그리스 신화와 연결된다(House 49). 모든 것을 벗어버린 "맨발"의 그녀는 여기까지 힘들게 왔으며 "이젠 다 끝났다"고 말한다.

흰 뱀처럼, 죽은 아이마다 똬리를 틀었다.
지금은 텅 비어있는

각자의 작은 우유 주전자에,
장미 꽃잎이 닫히듯이

그녀는 아이들을 다시 자기 몸속으로
접어 넣었다

정원이 완고해지고
밤에 피는 꽃의 달콤하고 깊은 개구부에서 향기가 흘러나올 때.

뼈로 만든 두건을 바라보며,
달은 슬퍼할 것이 없다.

그녀는 이런 일에 익숙하다.
그녀의 검은 옷은 탁탁 소리를 내며 질질 끌린다.

Each dead child coiled, a white serpent,
One at each little

Pitcher of milk, now empty.
She has folded

Them back into her body as petals
Of a rose close when the garden

Stiffens and odors bleed
From the sweet, deep throats of the night flower.

The moon has nothing to be sad about,
Staring from her hood of bone.

She is used to this sort of thing.
Her blacks crackle and drag. (*CP* 272-273)

여성 화자, 그녀는 "닫힌 장미 꽃잎"의 모습으로 "자신의 죽은 아이들도 고이 접어 몸속에 지니고 있다." 이는 이아손의 약혼녀를 살해한 후 남편에게 완벽한 복수를 감행하기 위해 자신의 아이들을 죽이고 본인도 자살한 바로 그 메데이아의 모습이기도 하다. 주변의 자연 경관은 부드럽지도, 자애롭지도 않은 "완고함"이며, 플라스 시에서 죽음의 상징적 존재인 "달은 조금도 슬퍼하지 않고" 그저 냉담하게 그녀의 죽음을 바라볼 뿐이다. 달은 이런 죽음에 너무나 익숙한 존재로서 이런 죽음을 직접 실행하는 자인 까닭이다. "하얀 뼈로 만든 달의 두건"은 달빛을 연상시키고 "검은 옷"과 함께 달이 죽음과 밀접하게 연결되어있음을 암시한다.

이 달빛을 받아 하얗게 빛나는 죽은 여인의 모습은 플라스의 대표적 주제인 '하얀 여신'을 상기시킨다. 플라스는 그레이브즈의 『하얀 여신』을 읽고 많은 영향을 받았다.[47] 이 하얀 여신은 모든 삶과 시의 원천이 되는 "숭고한 뮤즈"(the sublime muse)이며 "이성주의와 기독교의 남성적 신"(the male, fatherly God of Christianity and rationalism)과 대비되는 존재로 제시된다(Bassnet 58). 이 상징적 여신의 이미지는 종종 달과 연결되면서 여성의 성장 단계를 보여준다. 플라스는 이 하얀 여신의 모습을 통해 가부장 사회에서 여성이 직면할 수밖에 없는 문제에 대한 복합적 해결책을 시 속에 녹여내려 했다. 변모하는 달의 모습을 통해 여성의 존재성을 다양하고 복합적으로 제시했는데, 달이 지닌 이런 신비한 힘은 남성이 이해할 수 없는 매우 강력한 것이다. 또한 플라스는 가부장제에 대항하여 권력을 쟁취하는 것을 죽음과의 고통스러운 싸움 끝에 죽음을 완성하는 것과 동일하게 진행시킨다. 그 이유는 죽음 뒤에 예견되는 다른 삶으로의 재생을 열망했기 때문이다. 「가장자리」에서처럼 "죽음으로 완성된 하얀 여신"은 그리스 신화의 원형적 구조의 필연성을 이룬다. 시인은 "이제 다 끝났다"고 말했지만 만일 플라스가 살아남아 더 많은 시를 쓸 수 있었다면, 죽음으로 끝나지 않고 자신을 딛고 일어선 재생의 시들을 더 많이 보여주었을 것이라고 비평가들은 못내 아쉬워한다(House 49). 다음 장에서는 플라스가 이런 죽음과 재생의 신화를 어떻게 보여주었는지에 천착하고자 한다.

---

47) 플라스는 많은 시는 물론 신화, 민담, 인류학, 프로이트 심리학, 역사를 탐독했으며 특히 그레이브즈의 『하얀 여신』을 읽고 감동받았음을 일기에 토로한 바 있다(J 307, 377). 크롤은 "하얀 여신"의 주제가 플라스의 신화 세계에 지대한 영향을 끼쳤다고 지적했다. 또한 플라스가 다수의 시에서 달과 하얀 여신을 복합적으로 연결하면서 그리스 신화와 켈트 신화를 융합하여 독특한 신화 세계를 창조하였다고 주장하였다(61-65).

플라스가 1962년 시월에 쓴 시부터 마지막 죽음의 순간까지 집필한 4개월 동안의 시들은 그녀의 시와 시학의 근간이 되어준 그간 숨겨져 있던 "신화의 근간"(the mythic backbone)을 여실히 보여준다. 이 신화적 구조는 당시 플라스를 곤혹스럽게 만든 딜레마를 해결할 일관적이고 지속적이며 논리적인 단초를 제공한다. 여성을 지칭하는 플라스 시의 독특한 표현들, 즉 "여성 살해범", "처녀", "고다이바 부인", "여왕", "부인", "암사자" 등은 "자율성을 획득한 혹은 스스로의 권력을 얻은 여성으로서의 자아에 대한 새로운 정의"(a new definition of self as autonomous or self-empowered women)이다(Bennet 156). 이 새로운 정의는 플라스가 얼마나 신화에 몰입했는지를 보여준다. 「에어리얼」의 "날개 돋친 암사자", 「벌침」의 "여왕벌", 「103° 고열」의 "아세틸렌 처녀", 그리고 「가장자리」의 "하얀 여신" 등은 여성으로서 권력을 쟁취한 여성 시인의 자율적 자아들이며 비행이 가능한 존재들이다.

　　플라스는 실제로는 아이들을 걱정해서 가스가 새어 들어가지 못하도록 빈틈없이 꼼꼼하게 막은 어머니였지만 시 속 자아가 투영된 그녀는 성취의 미소를 띤 그리스 여신으로서 똬리를 튼 뱀의 형상으로 닫힌 장미 꽃잎의 자녀들을 속에 지닌 완성된 자아이다. 플라스는 이렇듯 그 시대의 여성으로는 결코 벗어날 수 없었던 한계와 질곡의 삶을 자기만의 강한 시로써 뛰어넘은 현대의 메데이아이며 클리타임네스트라였다.

황금 아기 신화의 시: 순수한 재생으로의 열망

앞 장에서는 엘렉트라 신화를 초기 시에 녹여내었던 플라스가 더욱 발전된 양상을 보여준 후기 시를 통해 기혼여성이 겪는 다면적 딜레마를 메데이아와 클리타임네스트라 신화를 통해 극복해가는 과정을 탐구했다. 이번 장에서는 평생 그녀의 뇌리를 떠나지 않았던 죽음과 재생의 신화를 탐구하고자 한다.

뭇 여성과 마찬가지로 플라스 역시 결혼과 출산이 여성에게 가하는 삶의 무게를 견뎌내야 했고 게다가 이러한 현실의 벽에 부딪혀 시인으로서의 자신의 이상이 좌절되는 모습을 목도하면서 고통스러워했다. 기혼여성이라는 굴레는 늘 시인 플라스를 억압하면서 그녀의 글쓰기에 지대한 영향을 미치게 된다. 당대 사회가 요구하는 이상적 여성상에 부응하면서 동시에 시인으로서의 이상도 이루고자 했던 플라스는 그 과정에서 시대가 요구하는 여성상 자체가 가부장적 체제의 기존 권력층의 이익에 맞춰 만들어졌고 이후 오랜 시간을 거치면서 단단하게 응축된 이기적이고 그릇된 산물이라고 자각하게 된 것이다. 그래서 그녀는 자신의 삶을 깊이 들여다보면서 자신의 내면 깊숙한 곳에 존재하는 여성 시인으로서의 진정한 자아를 찾고자 분투하게 된다. 따라서 플라스의 시 속 페르소나들이 희생자, 엘렉트라에서 복수자, 메데이아이며 클리타임네스트라 같은 존재로 변화하게 되는 이유는 바로 여기에 있다. 시인 플라스는 성적으로 불공정한 사회를 몸소 체험하면서 점진적으로 그런 사회에 대한 분노를 증폭시켜갔다. 결국 그녀는 자신이 처한 상황이 메데이아와 클리타임네스트라의 그것과 별반 다를 게 없다는 사실을 깨닫게 되었고 이런 각성은 그녀로 하여금 기존의 낡아빠진 자아를 벗어버리고 새롭고 강력한 자아를 성취하려는 방향으로 나아가게 만든다. 그녀는 시 속의 여러 페르소나들을 통해 비행하는 여성 살해범인 여왕벌, 구속의 베일을 벗어 던지는 암사자, 상승하는 순수한 아세틸렌 처녀, 날아가는 화살이 되었고 종국에는 그리스적 필연성을 이룬 하얀 여신으로 완성되기에 이른다. 결국 그녀는 "모든 것을 내어주고 희생하였으나 종국에는 배신당하고 마는 분노에 찬 아내, 곧 현대의 메데이아가 된 것이다."(She becomes the outraged wife, a modern Medea who gave everything and was nevertheless betrayed)(Perloff 303) 이렇듯 독특하고 강렬한 여러 시들을 통해 플라스의 "분노의 시학"(poetics of rage)(House xxii)은 완성된다.

플라스는 살아있던 내내 자신이 갇혀있던 불가해한 사회에서 그 사회가 규정한 억압을 풀고 강력한 자아를 새롭게 획득할 수 있기를 열망했다. 이는 그녀의 존재 자체가 모순된 억압 원리에 강요당해 원치 않는 삶의 양식을 수용하면서 왜곡되었다는 인식에 따른 것이었다. 그리고 이러한 인식은 자신의 진정한 정체성이 이런 상황에 짓눌린 채 무의미하게 거짓 삶을 꾸려가고 있다는 자각으로 이어졌으며, 이로 인해 이모든 허위와 위선을 떨쳐낼 수 있을 궁극적인 방식, 즉 죽음을 염원하게 만든다. 결국 플라스에게는 죽음만이 무의미하고 고통스러운 현실을 벗어날 수 있는 유일한 출구였던 것이다. 그러기에 플라스는 오랫동안 죽음을 깊이 사유하였고, 이에서 더 나아가 죽음 너머의 또 다른 생의 가능성을 끊임없이 타진했다. 이때의 죽음은 실재적 육체의 죽음일 수도 혹은 죽음과도 같은 지독한 고통일 수도 있었다. 플라스가 줄곧 집착했던 주제는 바로 죽음이었다고 많은 비평가들도 말하고 있는데, 그중 알바레즈(Alfred Alvarez)는 『자살의 연구』(The Savage God: A Study of Suicide)[48]에서 죽음이 플라스의 "오랜 강박적 주제"(obsessive theme of death)였음을 지적하면서 마치 플라스는 시 속에서 죽음을 연습하고 거듭 재연함으로써 죽음을 "몰아내려"(exorcise) 한 것 같다고 추정한다(36). 그는 또한 「아빠」에 대한 BBC인터뷰에서 플라스가 "그녀는 이로부터 자유로워지기 전에 그 끔찍하고 작은 알레고리를 다시 한 번 실연(實演)해야만 했어요"(she has to act out the awful little allegory once over before she is free of it)(CP 293)라고 언급했던 부분에 주목하면서 여러 시들에서 반복적으로 나타나는 죽음의 알레고리는 내부에 갇힌 죽음을 구체화시

---

48) 알바레즈는 저명한 문학 비평가이자 플라스 부부의 오랜 지기였다. 플라스는 사망 직전까지 알바레즈에게 자신의 시를 들려주며 논평과 조언을 의뢰했다. 알바레즈는 그 기억을 토대로 『자살의 연구』(Savage God)를 저술하였으며 그 외 다수의 플라스 비평문을 썼다.

켜 외부로 드러낸 것이라고 지적한다(*Savage God* 37). 또 다른 논평에서 알바레즈는 플라스가 후기 시로 갈수록 자신의 사적인 면을 지나치리만치 고의적으로 표출하고 있는데 그 중심 주제는 바로 죽음이라고 지적하면서 이 시들을 "죽음의 경계에 선 시"(poetry in extremis)라고 칭한다. 플라스는 "살아남을 수 있는 가능함과 불가능함 사이의 좁고도 폭력적인 영역을 체계적으로 탐구하고 있었던"(she was probing that narrow, violent area between the viable and the impossible)("Poetry in Extremis" 55) 것이다.

플라스는 어린 나이에 겪었던 아버지의 죽음이라는 정신적 상흔으로 인해 평생 죽음에 대해 많은 생각을 했다. 그녀의 일기에는 죽음을 여러 상황에 빗대어 표현한 비유들이 빈번하게 등장한다. 1953년 1월 10일자 일기에는 자신의 사진을 붙여놓고 그 옆에 "저 흉측한 죽음의 가면을 보라. 그리고 이것을 잊지 마라. 그것은 그 뒤에 죽음의 천사처럼 죽은 메마른 독을 품고 있는 백색 가면이다."(Look at that ugly dead mask here and do not forget it. It is a chalk mask with dead dry poison behind it, like the death angel.)라고 적어놓았다(*J* 155). 그녀는 자신의 외형적 모습 뒤에 가려져 보이지 않는 피할 수 없는 죽음의 존재를 이토록 강렬하게 인식하고 있었던 것이다. 이어 1953년 5월 14일자 일기에도 "내일은 죽음으로 향한 또 하나의 하루이다."(Tomorrow is another day toward death.)라고 적었고 죽음이란 이렇게 인간의 유한성을 상징하는 두려운 존재임을 피력하고 있다(*J* 185). 플라스에게 현실의 자아는 이렇듯 하얀 가면을 쓴 모습이지만 그 뒤에 숨겨진 죽음은 불가피한 그래서 더욱 무서운 존재이다. 1952년 11월 14일의 일기에 그녀는 이렇게 썼다.

너는 스무 살이다. 너는 죽었음에도 불구하고 죽지 않았다. 그 죽은 소녀. 그리고 부활했다. 어린아이들. 마녀들. 마법. 상징들. 기억하라 이 비논리적인 판타지.

You are twenty. You are not dead, although you were dead. The girl who died. And was resurrected. Children, Witches. Magic. Symbols. Remember the illogic of the fantasy. (*J* 154)

플라스는 본인이 처음 자살을 시도했던 1953년 그 이전부터 이미 정신적인 죽음과 그에 따른 부활을 상상하고 이를 비논리적인 판타지, 즉 신화로 나타내고자 했다. 그녀는 이 당시부터 "우울과 회복의 느낌을 표현하기 위해 죽음과 재생에 대한 신화적 언어"(the mythic language of death and rebirth to express her feelings of depression and recovery)를 사용해왔다(Kirsch 256).

죽음과 재생의 주제는 여러 초기 습작 시들을 거쳐 연작시 「생일을 위한 시」("Poem for a Birthday")의 5편 「갈대 연못에서 들려오는 플루트 소리」("Flute Notes from a Reedy Pond")와 마지막 7편 「돌」("The Stone")에서 오롯이 제시된다. 먼저 「갈대 연못에서 들려오는 플루트 소리」를 보자.

이제 추위가 체에 걸러져, 한 켜 한 켜,
백합의 뿌리가 있는 우리의 정자 그늘로 떨어지네.
머리 위에선 여름의 낡은 우산이
골격 없는 손처럼 시드네. 쉴 그늘은 거의 없네.

...

광대의 줄에서 풀려난 꼭두각시는
뿔 모양의 가면을 쓰고 잠자리에 들지.
이건 죽음이 아니라, 그보다 안전한 것.
날개 달린 신화는 더 이상 우릴 확 잡아당기지 않지.

골고다의 물 위의 갈대 끝에서 노래하는
벗겨진 허물은 혀가 없고
아기의 손가락처럼 가냘픈 신은
몸을 드러내고 공기 속으로 나아가겠지.

Now coldness comes sifting down, layer after layer,
To our bower at the lily root.
Overhead the old umbrellas of summer
Wither like pithless hands. There is little shelter.
...
Puppets, loosed from the strings of puppet-master,
Wear masks of horn to bed.
This is not death, it is something safer.
The wingy myths won't tug at us any more:

The molts are tongueless that sang from above the water
Of golgotha at the tip of a reed,
And how a god flimsy as a baby's finger
Shall unhusk himself and steer into the air. (*CP* 134-135)

이 시는 연못 근처에 거주하는 한 관찰자의 시점을 따라간다. 무성했던 한여름의 갈대들은 겨울을 앞둔 지금 "골격 없는 손"처럼 흐물흐물 시들어간다. 자연의 여러 다른 물상들 역시 겨울을 맞아 잠이 들려고 하고 이런 시간의 유한성에 체념한 화자의 어조는 그래서 그지없이 구슬프기만 하다. 허나 이 "갈대들"과 "곤충들" 사이에서 일고 있는 죽음의 과정은 단순한 죽음이 아니다. "이것은 죽음이 아니라, 그보다 더 안전한 것"이다.

"꼭두각시"인 자연의 물상들은 그들을 지배하는 거대한 힘에서 풀려나 이제 다시 태어날 풍요의 "뿔"을 쓰고 잠이 든다. "날개 달린 신화"는 1962년에 쓴 에세이 「바다 1212-서쪽」("Ocean 1212-W")의 "아름답고, 닿을 수 없고, 진부한, 멋들어진 하얀 비행의 신화."(beautiful, inaccessible, obsolete, a fine, white flying myth.)를 상기시킨다(*Johnny Panic and the Bible of Dreams* 26). 이 신화는 9살에 돌아가신 아버지에서 비롯된 죽음의 기억이 마치 병 속에 갇혀있는 배처럼 자신의 내면에 봉인된 것이다. 이런 "날개 달린", "비행의" 신화는 이제 더 이상 "우리를" 아버지의 죽음이라는 세계로 끌어당기질 못한다. 여기 연못의 물은 바로 죽음의 골짜기인 "골고다의 물"이고, 그 물에서 태어난 재생의 모습은 "아기의 손가락처럼 가냘픈 신"이며 그는 죽음을 지나 자신의 오래된 몸을 마치 허물처럼 벗고 공기 속으로 나아간다. "골고다"는 예수가 십자가형에 처해진 그 죽음의 상징인 "해골"의 언덕을 암유하며[49] "아기의 손가락처럼

---

49) 골고다(Golgotha)는 아람어로 "해골"의 뜻을 가지고 있으며 예수가 십자가형에 처해진 장소이다. 두개골 모양의 바위가 그곳에 있었기 때문에 붙여진 이름이라고 전해진다. 또 전승하는 바에 따르면 그곳이 인류의 원조인 아담의 묘소가 있는 곳이라고 한다. 곧 고통과 죽음의 상징과 같은 곳이다.

가냘픈 신"은 부활의 상징인 아기 예수 그리스도가 함축된 이미지로 아직은 무력하고 연약한 신이다. 이렇듯 봄의 재생은 그리스도의 부활과 겹쳐진다. 여기에서 화자는 "우리"라는 호칭을 사용하면서 자연의 생명체들과 자신을 함께 아우르고 있으며, 자연의 물상들이 겨울에서 봄으로 회귀하는 순환의 과정을 통해서 죽음과 재생을 긍정적으로 해석한다. 미성숙한 기독교 '아기 신'의 이미지는 후기 시에 이르러 "순수한 황금 아기"(The pure gold baby)(「나사로 부인」 *CP* 246), "헛간의 갓난아기"(the baby in the barn)(「닉과 촛대」("Nick and Candle Stick") *CP* 242), "레테의 강을 건너온 순수한 아기의 몸"(Step to you from the black car of Lethe, Pure as a baby)(「도착」("Getting There") *CP* 249) 등으로 발전되는 플라스만의 독특한 재생의 상징인 황금 아기신이다.

『거상』에 마지막으로 수록된 연작시 「생일을 위한 시」는 『거상』의 앞부분의 시에서는 볼 수 없는 "에어리얼의 목소리"(Ariel voice)가 처음으로 등장한다는 점에서 중요한 의미를 갖는다(Connors 65). 이 시들은 앞으로 등장할 에어리얼의 강한 목소리들을 예상케 하는데, 이는 죽은 아버지 신상의 여사제로서 그를 숭배하고 제식을 행하는 신실한 엘렉트라의 모습을 벗어던지고 이전의 모습이 아닌 잘리고 변형된 자신의 모습을 보여주면서 이를 통해 마치 나무속에 갇혀있던 에어리얼이 해방되어 자신의 목소리를 찾듯 해방된 진정한 자아가 쟁취한 새로운 목소리이다. 여기 「생일을 위한 시」에서 플라스는 "일련의 죽음과 같은 변형들"(a series of deathlike transformations)을 상상하면서 생일을 축하하고 있다(Rogenblatt 83). 그리고 이 일련의 과정은 이후 재생으로 변환된다.

「생일을 위한 시」의 마지막 편인 「돌」은 기괴한 "병원의 도시"(her hospital city)를 소개한다. 그곳은 사람이 다시 만들어지는 공장이며, 돌들의 파편더미 속에서 새로운 자아가 만들어지는 장소이다(Hughes "Sylvia Plath and Her Journals" 157). 이 시의 배경은 사람들이 치료되는 곳, 곧 병원이다. 그러나 플라스는 이를 돌들이 나뒹구는 채석장에 빗대어 묘사하고 있다. 시의 첫 행에서 화자인 "나"는 "이곳은 사람들이 수리되고 있는 도시"(This is the city where men are mended.)라고 설명한다. 그 "침묵의 채석장"(In a quarry of silences)에서 돌인 사람들은 "사냥되고" 이곳에 데려와 마치 공장에서처럼 치료가 아닌 "수리"되고 있다. 병원 침대는 "모루"(a great anvil)이고 "나"는 그 위에 누워있다.

이런 병원의 묘사는 「튤립」("Tulips" CP 160-162)을 환기시킨다. 「튤립」의 화자가 주사를 맞고 죽음 같은 하얀 병실에서 의식을 잃는 것을 "바닷속의 평온한 조약돌이 된다"(My body is a pebble to them, they tend it as a water)고 말하였듯이, 여기 「돌」의 3연에서도 화자는 "냉담한 절굿공이의 어머니에게 두들겨져 존재를 상실했고,/뱃속의 평온한 조약돌이 되었다./그리고 뱃속의 돌들은 평화로웠다"(The mother of pestles diminished me./I became a still pebble./The stones of the belly were peaceable,)고 말한다. 「튤립」에서 화자가 이름과 주소 등을 다 내어놓고 "무명인"(nobody)이 되듯 여기에서는 화자는 더 나아가 인간성마저 상실해버린 고장 난 '물건'이 된다. 이 채석장 병원에서 "펜치를 달구고, 섬세한 해머를 들어올리고,/전류는 전선을 흘러, 전압에 전압을 상승시키고,/장선에 전류가 흐르며, 화자의 몸의 균열된 틈을 꿰매어"(Heating the pincers, hoisting the delicate hammers,/A current agitates the wires/Volts upon volt. Catgut stitches my fissures.) 수리한다. 완전히 수동적 존재, 즉 수리품이 바로 화자이다.

냉담한 "절굿공이의 어머니"는 초기 시 「마음을 어지럽히는 뮤즈」의 "입도 없고, 눈도 없는 바늘로 꿰맨 대머리"를 딸의 병원 침상으로 부른 그 냉담하고 무심한 어머니가 증폭된 모습이다. 어머니는 자신의 논리에 그녀를 억지로 꿰맞추고 절굿공이로 납작하게 두드려서 뱃속에 가두어버린다. 그리고 그녀는 그곳에서 평온하게 침묵의 존재가 된다. 게다가 이 "침묵의 채석장에는/날카로운 소리로 울어대는/성가신 귀뚜라미의 입-구멍"(Only the mouth-hole piped out./Importunate cricket/In a quarry of silences)도 존재하고, 한편 "그 고통의 소리를 찾아다니며/그 돌들을 사냥하는 도시의 사람들"(The people of the city heard it./They hunted the stones)도 있다. 치료되어 침묵하는 납작한 돌인 자신과 고통으로 울어대는 입-구멍은 서로 상반된 듯 보이나 동일한 아픔의 존재들이다. 이곳에서는 이미 죽은 사람들의 눈도 또 다른 예비 부품이 된다. 그러기에 여기는 성치 못한 부품들이 서로 추려지고, 꿰맞춰지길 수동적으로 대기하고 있는 괴기한 "예비 부품의 도시"(This is the city of spare parts)이다.

시의 후반에 이르러 화자가 그 수리 끝에 얻은 결과물을 제시한다.

붕대로 감싼 내 팔다리는 고무처럼 달콤한 냄새가 나지.
여기선 머리건 팔다리건 다 수리할 수 있지.
금요일마다 어린아이들은

자기 갈고리를 손으로 바꾸러 오고.
죽은 사람들은 다른 사람들에게 눈을 남기지.
사랑은 내 대머리 간호사의 제복.

사랑은 내 저주의 뼈와 살.
다시 만들어진 꽃병은
손에 잡히지 않는 장미를 간직하고.

열 손가락은 그림자를 담을 그릇 모양을 만들지.
수선한 곳들이 가렵네. 할 수 있는 일이라곤 아무것도 없어.
나는 새것처럼 좋아지겠지.

My swaddled legs and arms smell sweet as rubber.
Here they can doctor heads, or any limb.
On Fridays the little children come

To trade their hooks for hands.
Dead men leave eyes for others.
Love is the uniform of my bald nurse.

Love is the bone and sinew of my curse.
The vase, reconstructed, houses
The elusive rose.

Ten fingers shape a bowl for shadows.
My mendings itch. There is nothing to do.
I shall be good as new. (*CP* 136-137)

화자는 상처 입은 팔다리를 수리하고 마치 공장에서 새로 출시된 고무 제품처럼 새로이 태어난다. 이는 "붕대로 감싸지고 고무처럼 달콤한 냄새가 나는", "새것"이다. 결론을 내리듯 등장하는 "금요일의 아이들"의 심상은 복합적이다. 기독교의 마지막 성만찬 금요일을 환기시키는 이곳에서 아이들은 불완전한 현실의 몸, 곧 갈고리의 팔을 지닌 존재다. 그러나 이들은 앞으로 자신의 갈고리를 수리된 팔로 갈아 끼우고 새로운 모습으로 거듭나게 될 재생의 존재들이다.

마지막 세 개의 연에서 그 어느 때보다 명료하게 정의를 내린다. 화자의 사랑의 대상은 냉담하고, 거친 "제복을 입은 대머리 간호사"이며, 화자의 사랑은 "그녀의 저주를 이루는 뼈와 살"이다. 다시 지어진 화자의 새 집이자 몸인 "꽃병"은 "손에 잡히지 않는 장미", 잡힐 듯 잡히지 않는 "그림자" 같은 그녀의 문학, 시를 담을 곳이다. 수리를 끝낸 화자의 몸은 후유증으로 온몸이 가렵지만 딱히 그녀가 할 수 있는 일은 없다. 종국에 화자는 새것처럼 좋아질 것이기 때문이다.

휴즈는 「돌」에서 「거상」과 동일한 돌의 성질을 지닌 "말 없는 채석장"을 배경으로 플라스 신화가 새로이 탄생한다고 말한다.

1959년 말에 플라스는 하나의 꿈을 가지고 있었다. 그 당시 그녀에게 시각적 영향을 끼친 그 꿈은 하나의 거대하고, 흩어져버린 돌로 된 거상을 재조립하고자 하는 것이었다. 플라스의 개인적 신화에 비춰볼 때 우리는 이 꿈이 중요한 의미를 갖는다는 것을 알 수 있다. 그리고 플라스는 이 폐허를 "아버지"로 노래하는 시를 지었다. 그 시점에는 플라스는 그 시를 자신의 획기적인 역작으로 여겼다. 그러나 그 꿈의 진정한 중요성은 몇 년이 지난 후 비로소 드러났다. 이는 「돌」에서 신인동형

설의 폐허더미로 가득 찬 채석장이 재등장할 때이다. 이 두 번째 시에서 폐허들은 다름 아닌 플라스의 병원도시이며, 사람이 다시 만들어지는 공장이다. 그곳에서, 그 파편더미에서 새로운 자아가 조립되었다. 혹은 오래되어 흩어져버렸던 자아가, 곧 폭력에 의해서 가장 중요한 중심점으로 축소되었던 자아가 수리되고 또 다시 생명을 얻어 태어난다. 그리고 무엇보다도 중요한 것은 새로운 목소리를 획득하고, 그 목소리로 말한다는 것이다.

Late in 1959 Plath had a dream, which at the time made a visionary impact on her, in which she was trying to reassemble a giant, shattered, stone Colossus. In the light of her private mythology, we can see this dream was momentous, and she versified it, addressing the ruins as "Father", in a poem which she regarded, at the time, as a breakthrough. But the real significance of the dream emerges, perhaps, a few years later, when the quarry of an anthropomorphic ruins reappears, in a poem titled "The stones." In this second poem, the ruins are none other than her hospital city, the factory where men are remade, and where, among the fragments, a new self has been put together. Or rather an old shattered self, reduced by violence to its essential core, has been repaired and renovated and born again, and—most significant of all—speaks with a new voice. ("Sylvia Plath and Her Journals" 157).

휴즈는 「거상」에서 이루었다고 생각했던 그녀의 꿈은 「돌」에 이르러서 비로소 실현되었으며, 이 폐허인 채석장의 병원도시에서 그녀는 새로운 목소리를 얻으면서 거듭 태어났다고 언급한다. 그동안 오래되어 흩어지고 버려졌던 신화의 존재, 거상이 모루 위에서 두드려지고 수리되는 돌의 존재가 되고, 폭력으로 축소되어 목소리를 잃었던 낡은 자아가 "새로운 목소리"를 얻은 자아로 다시 태어나는 것이다. 이 "태어남"이 바로 지난 6년간의 그녀의 '드라마'에서 정점을 이루게 된다. 이는 "태어남/다시 태어남"(birth/rebirth)(Hughes 1985, 158)이며, 곧 이어 크게 부흥할 "새로운 목소리"의 태어남이며 과거의 죽음을 상쇄하는 "다시 태어남"이다.

「생일을 위한 시」는 신체 변화의 요약들과 같다. 이 시는 이전 시들에서 죽음에 대해 사용하였던 모든 요소들을 집합하여 보여준다. 그것들은 "돌", "두더지", "자궁", "물", "엄마", "아빠", "개구리" 그 밖의 작은 동물들이다. 이전 시들에서 플라스의 시각은 이런 자연 물상들 밖에서 그것들을 대면하고 있던 위치에 있었던 것과는 달리 이 시에서는 자신이 직접 그 물상들이 되어 죽음을 체험한다(Rosenblatt 83). 휴즈는 이 시를 "새로운 질서"를 위해 "구질서"가 몰락되는 비가(悲歌)로 본다. 이때 플라스는 "폭정"(tyranny), "고정된 관점"(the fixed focus), 그리고 마치 표준처럼 쓰였던 "공적인 페르소나"(public persona)를 애써 파괴하려고 했다(Hughes 1971, 191). 플라스에게 죽음이란 이렇듯 육체적이고 물리적인 차원에 머무는 것이 아니라 죽음처럼 고통스러운 그 무엇이다. 그리고 그 무엇이란 바로 억압적인 폭정이며 고착된 사고, 감수성이 부재한 메마름, 그리고 짓밟는 폭력의 틀이다.

로젠블랏은 플라스 시에 나타난 죽음은 단순한 육체의 소멸인 죽음이 아닌 종교 역사학자인 엘리아데(Mircea Eliade)가 언급한 신화의 "입문으로서의 죽음"(initiatory death)이라고 말한다. 고대인들은 여러 제식에서 '가상의 죽음'을 실행하고 체험해왔다. 그들은 이렇게 입회식이나

성인식 같은 제식을 통해 여러 차례 가상의 죽음을 치르는 과정에서 죽음의 긍정적 가치를 찾을 수 있고 결국 죽음의 공포에서 벗어날 수 있다고 생각했다. 이런 죽음의 의식에는 어두움, 우주의 밤, 혹은 지구의 자궁이나 작은 오두막, 괴물의 뱃속 등의 상징이 포함되어있었다. 엘리아데의 제식으로서의 죽음은 플라스에게 적절하게 적용될 수 있는데, 후기 시로 발전하면서 플라스는 죽음을 "자살을 통한 끝"(a suicidal ending)이 아니라 "하나의 변형된 정체성"(a transformed identity)으로 인식하게 되었기 때문이다(26). 그동안 그녀가 여러 시에서 반복적으로 실험해온 죽음의 의식이 녹아들자 비로소 죽음에서 자유로워지며 또 다른 자아를 형성하는 단계로 나아갈 수 있게 된 것이다. 플라스 시에 지배적으로 나타난 패턴은 어두운 한 장소로 나아가는 여행이다. 그 여행이 목적지인 어두움의 구심점에 이르면 모든 상응하는 것들이 비로소 하나로 융합된다. 그리고 그 극점에서 그동안 응축되었던 내재된 것들이 터지면서 창작의 커다란 발화로 이어진다. 다시 말해 그녀의 시는 "어두움으로 들어가는 시작"(entry into darkness)에서 출발하여 "의식적인 죽음"(ritual death)을 거치게 되고 마침내 "재생"(rebirth)으로 이어진다. 이것이 신화의 기본적 구조이다(Rogenblatt 27).

1961년 10월, 후기 시로 넘어가는 중요 시기의 대표적 작품인 「달과 주목나무」("The Moon and the Yew Tree" *CP* 172-173)에서 어두운 밤 시인은 자신이 바라보고 있는 풍경에서 차갑고 소외된 어떤 죽음의 존재와 맞닥뜨린다.

이것은 차갑고 행성 같은 마음의 빛이다.

마음의 나무는 검은 색이다. 빛은 푸른 색.

내 발목을 껄끄럽게 간질이며, 그들의 겸손함을 중얼거리며,

풀잎은 내가 신이라도 되는 듯이 내 발위에 슬픔을 풀어놓는다.

즐비한 묘비로 내 집과 분리된 채,

연기같이 순수한 안개가 이곳에 가득하다.

나는 단지 어디로 가야 할지 알 수 없다.

달은 문이 아니다. 달의 얼굴 그 자체는

손목마디처럼 하얗고 매우 화난 표정,

어두운 범죄처럼 바다를 뒤에 질질 끌고 다닌다; 달은 조용하다.

완전한 절망감으로 O 모양으로 입을 크게 벌린 채. 나는 이곳에 살고 있다.

일요일에 두 번씩 울리는 종소리가 하늘을 놀라게 한다.

여덟 개의 거대한 혀는 예수 부활을 단언한다.

마지막에 가서, 그들은 자신들의 이름을 엄숙하게 당당하게 말하며 울린다.

This is the light of the mind, cold and planetary.

The trees of the mind are black. The light is blue.

The grasses unload their griefs on my feet as if I were God,

Prickling my ankles and murmuring of their humility.

Fumy, spiritous mists inhabit this place

Seperated from my house by a row of headstones.

I simply cannot see where there is to get to.

The moon is no door. It is a face in its own right,

White as a knuckle and terribly upset.

It drags the sea after it like a dark crime; it is quiet

With the O-gape of complete despair. I live here.

Twice on Sunday, the bells startle the sky—

Eight great tongues affirming the Resurrection.

At the end, they soberly bong out their names. (*CP* 172-173)

시 속 화자는 한밤중에 무언가에 이끌리듯 홀연히 풀밭으로 나간다. 오롯이 빛을 뿜어내는 달빛 아래 커다란 주목나무가 서 있다. "달빛은 푸르고", "주목나무는 검다." 이때의 달빛은 실재의 빛이 아니라 "마음의 빛"이며 "차갑고 행성 같은" 속성을 지닌다. 또한 자연의 물상인 "풀잎들"은 화자가 마치 "신"(God)인 양 "맨 발인 그의 발목을 간지럽히고" 신에게 믿음의 겸손함을 고백하듯 그의 발 위로 "그들의 슬픔을 풀어놓는다." 그곳은 신비로운 영적인 연기로 가득 차 있고 묘비가 즐비하게 늘어선 묘지이다. "맨발"인 그녀의 모습을 이교도적인 제식의 장소에서 마주칠 수 있는 "마녀와 같다"(witch-like)(Markey 62). 이렇듯 그녀는 이교도적 "신"의 모습으로 자연과 밀착되어있지만 어떤 높은 존재와의 교통은 완벽하게 부재하다. 그래서 그녀-화자는 그곳에서 어디로 가야 할지 몰라 혼란스러워한다.

　　하늘에서 길을 가르쳐주어야 할 "달은 문이 아니다," 어떤 출구도 제공하지 않는다. 상냥하지 않은 표정을 짓고 있는 달은 하얗고 보기에도 끔찍하다. 만월인 "달은" 무언가 어두운 범죄에 연루된 듯 "바다를 질질 끌고 다닌다." 여기 절망감에 푹 빠져있는 화자는 입을 "O 모양"으로 벌리고 있다.50) 그것은 벗어날 수 없는 이 절망적이고 끔찍한 장소가 바로 본인의 거주지이기 때문이다. 이곳은 또한 죽음과 관련된 종교 의식의 장소이기도 하다. "일요일이면 누군가의 죽음을 알리는 교회의 조종(甲鐘)이 두 번 울리고", 그 종을 울리는 "혀"들은 "그리스도적 부활을 확신한다."

1연에서 화자는 스케치를 하듯 달과 나무, 그리고 묘지를 묘사한다. 그리고 "나는 단지 어디로 가야 할지 알 수 없다"고 한탄한다. 또한 2연의 앞부분에서 달의 모습을 묘사한 화자는 이어 "나는 이곳에 산다"고 고백한다. 그리고 이 짧고 명징한 세 마디의 고백 뒤에는 '기독교와 성모마리아' 그리고 '이교도적인 자연과 달 어머니'가 함축된 일련의 이미지들이 뒤따른다.

주목나무는 하늘을 향해있다. 그것은 음산한 형상이다.
나무를 따라가다 치켜뜨면 달을 만난다.
달은 나의 어머니다. 성모마리아처럼 상냥하지 않다.
그녀의 푸른 망토는 작은 박쥐와 올빼미를 풀어놓는다.
얼마나 내가 상냥함의 존재를 믿고 싶어 하는가.
양초의 빛으로 부드럽게 된 조상(彫像)의 얼굴,
온화한 눈동자를 가지고 특별히 나를 향해 구부리고 있는.

---

50) 헬렌 벤들러(Helen Vendler)는 이 "O 모양의 절망의 입 모양"은 존 키츠(John Keats)의 「엔디미온」("Endymion")에 등장하는 니오베(Niobe)가 자신의 자녀들을 아폴론(Apollon)과 아르테미스(Artemis)의 화살에 잃고 비통하며 애도하는 부분의 묘사를 차용한 것이라고 지적했다("An Intractable Metal" 6-7). 곧 플라스에게 공포로 다가오는 존재는 죽음이며, 특히 여성적 경험 속의 죽음이다. 그리고 가장 극도의 슬픔과 절망의 죽음은 사산이나 자녀의 죽음으로 제시된다.

나는 먼 길을 떨어져 왔다. 구름은 별들의 얼굴 위로
파랗고 신비로운 꽃을 피운다.
차가운 교회 의자 위로 그들의 온유한 다리는 둥둥 떠 있고,
그들의 손과 얼굴은 신성함으로 경직되었다.
달은 이런 것에는 아무것도 보지 않는다. 그녀는 대담하고 거칠다.
그렇게 주목이 전하는 말은 암흑이다. 암흑과 침묵.

The yew tree points up. It has a Gothic shape.
The eyes lift after it and find the moon.
The moon is my mother. She is not sweet like Mary.
Her blue garments unloose small bats and owls.
How I would like to believe in tenderness—
The face of the effigy, gentled by candles,
Bending, on me in particular, its mild eyes.

I have fallen a long way. Clouds are flowering
Blue and mystical over the face of the stars.
Floating on their delicate feet over the cold pews,
Their hands and faces stiff with holiness.
The moon sees nothing of this. She is bald and wild.
And the message of the yew tree is blackness—blackness and silence.
(*CP* 173)

3연에 들어서 주목나무와 달의 역할이 더욱 명백히 밝혀진다. 전통적
으로 죽음을 상징하던 음산한 주목나무는 "하늘을 향해 곧게 뻗어" 달
을 가리키고 있다. 이어서 달의 존재성이 밝혀지는데 달은 2연에 언급

된 성모마리아처럼 자애로운 어머니가 아니라 "상냥하지 않은 나의 어머니"이고 그녀의 "푸른 달빛의 망토 속에서 박쥐나 올빼미 같은 밤의 존재들을 품었다가 풀어내어 놓는" 음울한 존재이다. 묘지에 서 있는 "온화한 눈동자의 성모마리아상이 유독 그를 향해 몸을 구부리고 있다." 화자는 그동안 자신이 이 성모마리아 같은 상냥한 존재를 얼마나 믿고 싶었는가 한탄한다.

마지막 연에 이르면 기독교적인 존재와 이교도적인 자연 물상의 대립이 더욱 확연해진다. 별들은 "교회당 의자 위에 다리를 띄운 채 앉아 있는 성도들의 얼굴"에 비유되고 그 얼굴들 위로 드리우는 구름의 빛은 "푸르고 신비하며" 성스럽기까지 하다. 마지막 두 행의 결구에서 화자는 이 모든 것들의 존재성을 확실하게 밝힌다. 달은 그런 기독교적인 성스러움과는 전혀 관련이 없으며 "달은 대담하고 거친" 속성을 지니고 있다. 그리고 주목나무가 전하는 메시지 역시 "암흑이고 침묵"이며 그러기에 여기에는 부활의 여지가 보이지 않는 절대적인 죽음이 있을 뿐이다. 서로 대비되는 이 두 존재는 기독교적인 존재와 이교도적이면서 고딕적인 존재로, 기독교적 신성함과 구원의 상징은 푸른색으로 자연 물상이 제시하는 죽음은 검정색으로 표현되어 극명한 대비를 보여준다.

「달과 주목나무」는 기독교성을 고딕적인 요소와 연합하여 보여준다. 플라스는 우선 기독교적인 것과 이교도적인 것을 뚜렷이 이분법으로 구분하여 제시하고 그리고 더 나아가 이 둘을 연합시킨다. 플라스는 두 가지 대립되는 "정신적 이미지들"(mental images)을 제시함으로써 자신이 처해있는 상황을 보여준다. 그 중 하나는 이교도적인 자연의 이미지들이고 다른 하나는 기독교 신앙의 이미지들이다. 기독교적인 것에는 기독교의 부활에 대한 믿음과 "신의 어머니 곧 성모마리아의 조상"(Christian effigies of the mother of God)이 포함된다(Bassnet 55). 이렇게 플라스는 이 시에서 상반된 두 정신세계를 제시하고자 했다. 여기 화자는 기독교적 부활의 세계를 진정으로 믿고 체험하기를 갈망하고 있지만 그 세계와 떨어져 있던 시간은 너무 길었고, 지금 화자는 그와는 대립되는 "달과 주목나무"의 세계에 "맨발"로 서 있다. 이곳의 자연 물상들은 그녀에게 아무런 구원의 처방도 주지 않고 그저 달은 "대담하고 거칠며" 주목나무는 "암흑이고 침묵"인 죽음에 불과하다.

또한 플라스는 이 시에서 두 종류의 어머니를 등장시킨다. 이교도적인 "밤의 세계의 원시적인 어머니의 전형"(the primitive mother of night)이 그 하나이고 또 다른 하나는 "기독교의 동정녀 성모마리아"(the virginal mother of Christianity)이다. 시인이 갈망하는 것은 후자인 성모마리아의 온유한 사랑이지만 지금 이 순간 그녀에게 강력하게 권리를 주장하는 것은 전자의 어머니이다. 이곳에서의 기독교적인 구원은 역동적으로 살아있는 것이 아니라 무언의 차가운 조상(effigy)이며 범접할수 없는 신비한 푸른빛의 존재이다. 그러기에 화자는 자신을 사로잡은 자연의 가혹한 세계에서 벗어나지 못하고 애통할 뿐이다. "달은 성스러움의 세계에 대해서는 아무것도 보지 못하고", 단지 "대담하고 거칠며", 주목나무의 메시지는 "암흑 그리고 침묵"이라는 결연한 마지막 결구는 이 시의 주제가 "잃어버린 구원에 대한 애통함"(lament for lost salvation)임을 명징하게 확인시켜준다(Bassnet 56). 이 시에서 시인은 구원을 간절하게 열망했으나 멀리 떨어져 지낸 오랜 세월 탓에 그 구원은 상실했지만 잃어버린 구원에 대한 아쉬움, 미련, 그리고 애통함에 여전히 젖어있다. 하지만 동시에 시인 자신이 열망해온 구원의 진정한 존재성도 확신하지 못하고 있다는 것을 스스로 드러낸다. 그 이유는 그동안 그에게 비춰진 구원의 모습은 자애롭지만 차갑게 침묵하는 생명이 부재한 조상에 불과했기 때문이다. 여기 지금 시인은 홀로 "출구도 없는" 공간에서 어디로 가야 할지조차 알 수 없어 혼란스럽다. 엄혹하기만 한 달은 이후 그녀의 시에서 여러 가지 양상으로 등장하면서 그녀에게 강력한 힘을 부여해줄 존재가 된다. 달의 속성은 바다이고 "바다를 질질 끄는", 다시 말해 바다의 조수를 통제하는 강력한 힘을 지닌 존재이다.

크롤(Judith Kroll)은 "달은 플라스의 신화 체계에서 가장 강력한 요소"라고 지적하고, 달은 "플라스의 시에서 상징적 시신(詩神) 즉 '달-시신'(Moon-muse)으로서 역할을 한다"(The moon in Plath's poetry functions as her emblematic muse—her Moon-muse)고 주장한다(22). 크롤의 주장처럼 달은 플라스 시의 가장 깊은 원천이자 시적 비전의 영감을 돋우는 존재이다. 그뿐 아니라 달은 플라스에게 여성 시인이 지녀야 할 강력한 힘을 상징하는 존재이다. 플라스는 자신이 여성으로서 겪어야만 했던 사회의 강퍅한 현실 속에서 초승달에서 만월에 이르고 또 다시 여위어 그믐달이 되며 다양한 모습으로 변이하는 신비하고, 괴기하고, "대담하고 거친" 달의 모습을 자신의 분신으로 제시하고자 했다. 휴즈는 "하얗고, 대담하고, 거칠며, 음산한 이 특이한 달-시신은 그녀의 뼈로 된 두건을 쓰고 원시시대의 그림에서나 마주칠 타오르듯 빛나는 파라다이스와 같은 풍경 위를 떠돈다. 그리고 이 파라다이스는 또한 기괴하고 두려운 곳이며, 벗어날 수 없는 죽음의 비전을 보여주는 장소이다"(a strange muse, bald, white and wild, in her 'hood of bone', floating over a landscape loke that of the Primitive Painters, a burningly luninous vision of a Paradise. A Paradise which is at the same time eerily frightening, an unalterably spot-lit vision of death)고 표현했다(Hughes, Kroll 22 재인용).51) 이렇듯 플라스의 '달-시신'은 바다를, 아니 '죽음'을 질질 끌고 다니는 강력하고 원시적인 힘의 존재이다.

역시 달과 대비되는 존재인 주목나무는 전통적으로 죽음을 상징해 왔다.52) 주목나무의 속살은 피처럼 붉고 맹독성의 그 붉은 열매는 죽음을 불러온다. 주목나무의 질긴 생명력은 오랜 세월을 버텨내고 설혹 죽을지라도 그 커다란 뿌리는 깊게 박혀 파헤쳐지지도 않는다. 이 주목나무는 달의 여성성에 대비되는 '남성성의 상징'(phallic symbol)이기도 하다. 플라스는 자신의 에세이 「비교」("A Comparison")에서 그녀의 작품 속 주목나무의 상징성을 이렇게 설명한다.

주목나무는 강력한 에고티즘으로 모든 것들을 장악하고 명령하길 시작 했죠. 그 나무는 단지 어느 여인이 살고 있었던 주택을 지나는 길가 교 회 옆에 서 있던 그저 그런 나무가 아니에요... 아마 소설 속에 있었을 지도 모르는 그런 나무이죠. 오, 아니에요. 그 나무는 바로 내 시의 중 심에 똑바로 서 있었죠. 나무가 드리운 어두운 그림자, 교회 앞마당이

---

51) 바다를 또는 죽음을 질질 끄는 시신으로서의 달의 모습은 플라스 시의 여러 곳에 서 등장한다. 플라스 마지막 시인 「가장자리」에서는 「달과 주목나무」의 이미지가 더욱 공고해져서 "뼈로 된 하얀 두건"을 쓴 달이 "죽음의 검은 옷"을 질질 끌고 움 직이고 있다. 달은 이런 일, 곧 죽음이 그녀의 일상인 듯 슬퍼하지도 놀라지도 않 고 자신의 일을 계속할 뿐이다. 이것은 완성이고 성취이다(CP 272-273).
52) 그레이브즈(Robert Graves)는 플라스가 많은 영향을 받은 그의 저서 『하얀 여신』(The White Goddess)에서 주목나무는 모든 유럽의 나라에서 죽음의 나무(the death-tree) 로 여겨진다고 언급했다(193).

전하는 목소리, 구름들, 새들, 내가 그 부드러운 우울함으로 관조했던 — 그 모든 것들이요! 나는 그것을 가라앉힐 수 없었어요. 그리고 종국에는 내 시는 주목나무에 대한 시였죠. 그 주목나무는 너무 자부심이 커서 그저 어떤 소설 속에 스쳐지나가는 어두운 상징일 수만은 없는 그런 존재죠.

And that yew tree began, with astounding egotism, to manage and order the whole affair. It was not a yew tree by a church on a road past a house in a town where a certain woman lived... and so on, as it might have been, in a novel. Oh no. It stood squarely in the middle of my poem, manipulating its dark shades, the voices in the church yard, the clouds, the birds, the tender melancholy with which I contemplated it—everything! I couldn't subdue it. And, in the end, my poem was a poem about a yew tree. That yew tree was just too proud to be a passing black mark in a novel. (*Johnny Panic and the Bible of Dreams* 62-65)

「달과 주목나무」는 플라스 시 세계의 중심을 이루는 두 존재, 즉 여성-뮤즈인 달과 "남성성의 상징"(phallic symbol)인 주목나무를 극명하게 대비시킨다. 이 둘은 서로 조화를 이루고 있다기보다 적대자적인 관계에 있다(Bassnet 87). 플라스는 이 시에서 달뿐만 아니라 주목나무도 실재가 아니라 "문학적 존재"이며 "소설 속 좁은 의미의 상징을 넘어선 존재"라고도 말한다. 이 복합적 죽음의 존재를 플라스는 부드러운 우울함으로 오랫동안 관조해왔고 "자신의 시의 중심"에 놓고 보여주고자 했던 것이다. 여기에서 주목나무는 강한 에고티즘을 품은 남성성이고 일방적인 독단으로 여성의 모든 것을 지배하고 명령을 내리는 존재이다. 그러기에 주목나무가 주는 죽음은 권력으로 여성을 억누르면서 자율성을 억압하려는 자부심 강한 남성성이 요구하는 죽음과도 같은 삶이다. 곧 남성성 밑에서 억압당한 채 모든 것에 명령을 받으며 '수동적으로 굴복하는 삶', 그것이 바로 '죽음'인 것이다. "살아있는 것이 죽음인 삶"(death in life)이며, 결국 플라스는 늘 죽음인 그 삶을 벗어나 "죽음 속의 재생 혹은 생명인 죽음"(rebirth or life in death)(Kroll 18)을 꿈꾼다.

이 주목나무는 1963년 1월, 자살 바로 직전에 쓴 「뮌헨의 마네킹」("The Munich Mannequins")에서 그 상징성이 배가된다.

완벽함은 끔찍하다. 그것은 아이를 가질 수 없다.
흰 눈의 숨결처럼 차가워서, 자궁을 흙으로 틀어막는다.

자궁에서 주목은 히드라처럼 입김을 분다.
생명의 나무와 생명의 나무는

달마다, 아무런 이유 없이 자신들의 달을 풀어 헤친다.
피의 홍수는 사랑의 홍수다,

완벽한 희생.

Perfection is terrible, it cannot have children.
Cold as snow breach, it tamps the womb

Where the yew trees blow like hydras,
The tree of life and tree of life

Unloosing their moons, month after month, to no purpose

The blood flood is flood of love,

The absolute sacrifice. (*CP* 262-263)

플라스의 "완벽"은 끔찍하다. 그것은 추운 겨울의 뮌헨의 마네킹처럼 아이를 가질 수 없는 까닭이다. 주헤즈(Suzanne Juhasz)는 플라스가 살았던 당시 남성은 가족을 부양하고 여성은 자녀를 낳아 양육하는 것으로 성역할이 고착되었고, 그래서 여성 시인은 여성의 의무에 시인이고자 하는 열망이 보태져서 "이중의 구속"(the double bind of the woman poet) 상태에 있었다고 말한다(3). "완벽한" 시인이 된다는 것은 아이를 갖는 것과 충돌했고 그러기에 "아이를 가질 수 없다"고 말한다. 이때의 "완벽"은 "자궁을 차가운 눈의 숨결로 동결"시켜서 흙으로 틀어막는 것이다. 이는 자궁의 죽음이고, 곧 여인의 죽음이다. 죽음의 존재인 "주목"이 자궁에 거주하면서 매달 그 자궁은 사랑의 결실을 맺지 못하고 생리혈을 달로 풀어낸다. 여기 주목나무는 그리스 신화의 "히드라"(Hydra)와도 같아서 아무리 잘라내도 살아남는 끈질긴 생명력을 지녔고 치명적인 독을 뿜어내는 무서운 존재이다.53) 이 불모는 죽음이고 곧 "완벽을

---

53) 히드라는 고대 그리스어로 물뱀을 뜻하며 그리스 신화에 등장하는 세 개 이상의 흔히 아홉 개의 뱀의 머리를 가진 괴물이다. 히드라는 티폰(Typhon)과 에키드나(Echidna) 사이에 태어났으며 지옥을 지키는 세 개의 머리를 가진 개, 케르베로스(kerberos)의 형제이다. 그의 머리 중 여덟 개는 잘라내서 불로 지져 죽일 수 있으나 남은 머리 하나는 불멸이라 죽일 수 없다. 그리스 신화 속 영웅의 전형인 헤라클레스의 위업 중 하나가 이 히드라를 죽인 것이었는데 그는 히드라의 머리 여덟 개를 잘라 불로 지져 죽이고 나머지 하나는 큰 바위 밑에 가둬버린다. 히드라의 독은

이루는 희생"이다. 여기에서 죽음은 "순수, 텅 빔, 무색, 처녀성, 별들, 달, 눈, 완벽" 등의 상징들로 제시된다(Death: purity, emptiness, colorless, virginity, stars, moon, snow, perfection.)(Juhasz 106). 「가장자리」에 이르러 완벽을 위해 결국 죽음을 선택할 수밖에 없었던 여인은 죽은 아이들을 닫힌 꽃잎의 모양으로 자신의 속에 넣고서야 "완성되었다"(The woman is perfected)고 말한다(*CP* 271).

1962년 가을 소위 "시월 시"(October Poems)를 기점으로 플라스 개인의 삶과 예술적 경험은 하나로 융합된다(Wagner 9). 휴즈와의 별거로 독립하게 된 플라스는 자신이 존경하던 예이츠가 거주했던 아파트로 이사 가게 되고 경제적으로도 어린 두 아이의 양육만으로도 곤궁할 수밖

에 없는 상태에 처하지만, 바로 그 순간 그녀의 시적 창조력은 활활 타오르기 시작한다. 드디어 시인 플라스는 오랫동안의 사투를 거쳐 비로소 광범위한 감정들을 표현해줄 시적 목소리를 창조할 능력을 성취했던 것이다.

11월 초에 쓰인 「도착」

플라스

매우 강력해서 헤라클레스는 그 독을 채취해 자신의 화살에 묻혀 많은 이들을 살상하는 데 사용했다. 그러나 헤라클레스 본인도 이 독이 묻은 옷을 입었다가 온몸이 뜯겨나가면서 죽음에 이르게 된다. 플라스 시에서 이 히드라는 메두사와 동일한 치명적 괴물이고 주목나무가 품고 있는 죽음의 존재이다.

("Getting There")에서 「달과 주목나무」에서 어디로 가야 할지 모르겠다며 막막해 하던 그녀는 드디어 목적지에 도착했다고 말한다. 「도착」은 각 33행의 긴 1, 2연과 2행의 짧은 결연인 총 3연으로 구성되어있다. 앞의 긴 두 연들은 마치 화자가 타고 있는 기차의 기다란 객차의 모습과 그 기차가 끊임없이 움직이며 가고 있는 끝없이 길고 먼 여정을 보여 주는듯하다. 1인칭 여성 화자인 "나"(I)는 지금 달리는 기차에 몸을 싣고 있다. 그러나 그녀는 자의가 아니라 타의로 태워진 듯 목적지가 어디이며 도착까지 얼마나 남았는지 알 수 없음에 불안한 모습을 보여준다. 화자는 시의 첫 행부터 "얼마나 멀까?/이제 얼마나 남았나?"(How far is it?/How far is it now?)하며 자신이 예측할 수 없는 미지의 목적지에 대한 불안감을 표출한다. 그녀는 "거대한 고릴라의 뱃속 같은 기차 안에서 기차의 움직임의 진동에 소스라치게 놀란다."(The gigantic gorilla interior/Of the wheels move, they appall me—) 심지어 그 기차는 그냥 평범한 기차가 아니라 세계대전 시 독일의 무기 제조업자였던 크루프 가문과 연관되어있으며, 화자는 이런 시커먼 총구의 위협 아래에서 화자는 자신의 몸을 질질 끌면서 이런 저런 전쟁을 지나 러시아를 뚫고 가야 한다고 말한다.

화자는 막연히 자신이 향하는 목적지를 불길해 한다. 지금은 전시이며 이것은 "유개 화차"(the boxcars), 곧 평범한 객차가 아닌 유대인을 싣고 가던 수송열차이며 화자는 포로수용소로 끌려가는 유대인에 비유된다. 이 기차의 "목적지를 아는 이는 오로지 신들뿐"(All the gods know is destinations.)이다. 마치 화자는 우체통 입구 안으로 떨어져 발송되는 생명이 없는 "편지처럼 쓰인 주소로, 받아볼 누군가의 두 눈동자 앞으로 배달된다."(I am a letter in this slot—/I fly to a name, two eyes.) 기차는 기관사의 조종도 받지 않고 "신처럼 자신의 호에 고정되어있는 스스로의 바퀴"(these wheels/Fixed to their arcs like gods)에 자율적인 의지가 탑재된 것처럼 "거침없이, 자만심에 가득 차서"(Inexorable. And their pride!) 돌진한다. 이 기차에는 화자 이외에도 많은 다른 존재들이 타고 있다. 간호사, 부상병, 다리가 절단되어 피를 콸콸 쏟아내고 있는 존재들이 기차에 가득하다. 여기저기 뒹구는 잘린 팔다리, 비명, 여기는 전쟁의 아수라장이며, "인형들의 병원"(A hospital of dolls)이다. 기차는 쉼 없이 돌아가는 피스톤에 따라 피가 분출하듯 "부러진 화살의 왕조"(Dynasty of broken arrows!) 속으로 돌진한다.

2연에 들어서 화자는 얼마나 남았나 하며 1연과 같은 질문을 던진 후 비로소 자신을 주시한다.

얼마나 남았나?
내 발엔 걸쭉하고 붉은,
그리고 미끌미끌한 진흙이 묻어있다. 내가 일어나 나온 것은
이 땅덩어리, 아담의 옆구리로부터이고, 그리고 나는 고통에 신음한다.
나는 나 자신을 되돌릴 수 없고, 기차는 증기를 내뿜는다.
기차의 톱니바퀴는, 악마의 이빨처럼, 증기를 내뿜으며,
숨을 쉬면서, 굴러갈 준비가 되어있다.
...

How far is it?
There is mud on my feet,

Thick, red and slipping. It is Adam's side,

This earth I rise from, and I in agony.

I cannot undo myself, and the train is steaming.

Steaming and breathing, its teeth

Ready to roll, like a devil's.

... (*CP* 248)

화자는 자신의 모습을 돌아본다. 그녀의 발에 묻은 것은 "걸쭉하고 붉은 그리고 미끈거리는 진흙"이다. 그녀는 고통에 신음하며, 자신이 일어나 나온 곳이 바로 그 진흙이며 그 진흙은 다름 아닌 "아담의 옆구리"임을 깨닫는다. 이 아담의 옆구리는 기독교 사상이 내포하는 여성의 존재성을 함축한다. 그 존재성은 그녀를 얽매어 옴짝달싹하지 못하게 하는 하나의 올무이다. 그녀는 그 진흙에서 일어나 나왔으며, 그 진흙을 온몸에 묻히고 그 고통에 신음한다. 지금 그녀는 이 상황을 되돌릴 수도 탈출할 수도 없다. 기차의 바퀴는 "악마의 이빨"과도 같으며, 기차는 언제든 달릴 준비가 다 되어있다는 듯 증기를 내뿜으면서 살아 숨 쉬고 있다.

이어 화자는 "자신이 가려는 곳은/그저 아주 작은 장소"(It is so small/ The place I am getting to)에 불과하다고 밝힌다. 그곳은 바로 자신의 장례식으로 종교계 사람들과 화환을 든 어린아이들이 애도해줄 곳이다. 그리고 지금 이곳은 천둥 같은 총성과 폭발이 난무하는 전쟁터이자 죽음의 장소이며, "그녀의 몸은/숯덩이 치마를 입고 있고, 이미 죽어 데스마스크를 쓴 존재"(The body of this woman,/Charred skirts and deathmask)와도 같다. 그녀가 탄 "기차는 자신이 가야 할 목적지에 대한 집착으로 가득 찬/광기어린 동물"(An animal/Insane for the destination)과 같고, 그 집착

에 자신의 의지조차 잃은 채 "아무도 건드리지 않고, 건드릴 수도 없는/
공중 한가운데서 돌고 돌며,/그저 질질 끌려가며 비명을 지르고 있다"
(Turning and turning in the middle air,/Untouched and untouchable,/The train is
dragging itself, it is screaming—)고 표현한다. 그리고 이때 드디어 화자는
자신이 할 행동을 천명한다.

> ...
> 나는 번데기처럼 부상자들을 묻게 되리라,
> 나는 죽은 자들을 세고 묻게 되리라,
> 그들의 영혼이 이슬 속에서 몸부림치다가,
> 내 발자취 속에서 분노하게 내버려 두자.
> 철도의 객차가 흔들린다. 그것들은 아기의 요람이다.
> 그리고 나는, 낡은 붕대를 감은 이 살갗,
> 권태, 오래된 얼굴들로부터 걸어 나와,
>
> 레테의 검은 차로부터 걸어 나와 너를 향해 간다,
> 아기처럼 순수한 상태로.
>
> ...
> I shall bury the wounded like pupas,
> I shall count and bury the dead.
> Let their souls writhe in a dew,
> Incense in my track.
> The carriages rock, they are cradles.
> And I, stepping from this skin
> Of old badages, boredoms, old faces

Step to you from the black car of Lethe,

Pure as a baby. (*CP* 249)

화자는 자신이 이 부상당한 자들을 "번데기처럼 묻게 될 것"이며 죽은 자들의 "수를 세고 묻게 되리라"고 말한다. 화자는 이제 "그들의 영혼이 몸부림치며 분노하도록 그대로 내버려 둘 것"이라고 단언한다. 그러자 그때 이전의 덜컹거리던 죽음의 객차들은 홀연히 순수한 "아기 요람"이 되고 화자 "나"는 자신이 매여있던 과거의 "낡은 붕대로 동여매 있던 피부, 권태, 오래된 얼굴들로부터 걸어 나온다." 길고 고통스러웠던 1연과 2연의 기차 여행이 끝나고 2행 결구로 구성된 마지막 3연은 간결하고도 명징하다. 3연에 이르러 마침내 화자가 가고 있던 목적지의 정체가 밝혀진다. 나는 "죽음의 레테의 강"을 건넌 것이며, 그 검은 장례차에서 내린 것은 "순수한 아기의 몸인 나"이며 나는 너에게로 걸어 나올 것이다.

많은 비평가들은 플라스의 시들이 죽음 뒤에 재생의 가능성에 회의적인 태도를 보이고 있다고 생각하는 반면 크롤은 이에 반발하면서 「도착」에서 "화자의 고통 받는 존재는 구속, 혼란, 그리고 괴로움을 수반한 악몽과 같은 죽음의 여행을 지나서 종국에는 재생을 준비하는 순수함에 이르게 된다"고 주장한다(Kroll 165). 크롤의 주장처럼 플라스는 자신의 시에서 다분히 의도적으로 이런 체계적 과정과 결론을 부단히 제시한다. 플라스는 자신의 시 속에서 고통과 전쟁과 같은 극도의 혼란의 상태를 '죽음'으로 제시하고 그 죽음의 단계를 뚫고 지나 얻을 '재생'의 가능성을 '아기와 같은 순수', 혹은 기독교의 '순수한 황금 아기 예수'로 제시한다. 이 '순수한 황금 아기 신'은 플라스가 그토록 염원해왔던 새로운 생명의 존재이다. 그러나 그럼에도 불구하고 플라스의 자살이란 자전적 요소가 많은 비평가들로 하여금 플라스의 시 속에 드러난 재생에 대해 회의적 태도를 갖도록 이끌었다. 그러나 이런 자전적 요소와는 달리 플라스가 자신의 시 속에서 죽음 뒤의 재생의 가능성을 끊임없이 탐구하였으며 연약하고 불완전한 '황금 아기 신'의 형상으로 이를 제시하고자 하였음을 인지하여야 할 것이다.

이 시에 등장하는 죽음의 강, '레테의 이미지'는 플라스가 꾸준히 집중 탐구해온 것이다. 「기억상실증 환자」("Amnesiac" CP 232-233)에서 화자는 "오 누이여, 엄마여, 아내여,/달콤한 레테의 강은 나의 인생이다./나는 집으로 결코, 결코, 결코 돌아오지 않으리!"(O sister, mother, wife,/ Sweet Lethe is my life./ I am never, never, never coming home!)라며 달콤한 레테의 존재가 줄곧 자신의 삶을 이끌어 왔음을 고백한다. 누이로, 아내로, 이에서 더 나아가 엄마로 살았던 시인은 모순되고 그릇된 논리를 내세워 폭정으로 자신을 억압하려는 삶에서 늘 달콤한 레테를 건너 다시는 돌아오지 않기를 염원해왔던 것이다. 아울러 이 표현은 자신의 이름조차 없이 누구의 누이, 엄마, 아내로 이 세상에 존재할 수밖에 없는 동료 여성들을 돈호법으로 불러내면서 그들에게 자신의 심경을 토로하는 고백이기도 하다. 또 그 이전 작품인 「구름 자욱한 전원에서 캠핑하는 두 사람」("Two campers in Cloud Country" CP 144-145)에서는 "우리의 텐트 주변엔 오래된 수수함이/ 안으로 들어오려 애쓰면서, 레테처럼 졸린 듯이 살랑거린다./우리는 새벽녘의 물처럼 맑아진 머리로 일어날 것이다."(around our tent the old simplicities sough/sleepily as Lethe, trying to get in./We'll wake blank-brained as water in the dawn.)라고 표현하고 있다. 도시의 삶을 떠나 구름 자욱한 자연 속에 몰입한 화자는 어느 지친 밤, 자신을 찾아온 오랜 피곤함 탓에 레테와 같은 단잠을 청한다. 그리고 다음날 새벽녘 맑은 물처럼 어지러웠던 머리가 맑게 다시 소생할 수 있길 소원한다. 이 모든 억압과 고통으로 무겁게 짓눌려 지친 삶은 이처럼 레테를 통과하면서 변형될 것이고 그래서 순수한 황금 아기로 상징된 깨끗한 몸으로 새롭게 다시 탄생할 것이다.

「도착」에 이르러 "유개화차에 탄" 곧 "삶 속의 죽음"(Death in Life) 같은 상황은 드디어 변형되었고 유대인 수용소로 향하던 죽음의 열차는 평화로운 요람이 되었고 그리고 피투성이의 그녀는 순수한 아기가 된다. 이 이미지는 전쟁, 기차, 죽음의 수용소, 오래 된 붕대, 권태, 오랜 얼굴들의 "변신이며 역사의 초월"(a transfiguration and transcending of history)(Kroll 167)이다. 켄달(Tim Kendal)은 이 시의 분위기로 볼 때 기차가 역사의 잔혹 행위를 목격할 때 "밀실 공포증에 붙들려있으며, 마치 환각을 보는듯하다"(claustrophobic and hallucinatory)(175)고 언급하면서 이런 비현실적인 상징들이 현실 역사에서 발생한 대학살을 탈출하는 것, 오히려 그것을 뛰어 넘어서 보편적인 "삶을 뚫고 지나가는 하나의 여정"(a journey through life)(176)을 보여준다고 호평한다. 또한 길버트는 「도착」에서 「벌침」이나 「103° 고열」에서처럼 화자는 "날아오르고, 여행하고, '그곳에 도착하며', 승리의 비명을 지르고 있다"(Flying, journeying, "getting there", she shrieks her triumph)(58)고 말한다. 덜컹거리는 기차는 자신을 질질 끌고 달려가면서 소리를 지르고 있다. 기차는 목적지에 광적으로 집착하는 하나의 동물과 같다. 마구 움직이면서 흔들리는 각 객차는 아기의 요람이다. 그리고 나는 오래된 붕대 같은 살갗을 찢고 오랜 권태와 얼굴들을 벗어버리고 아기 같은 순수함으로 등장한다. '아기처럼 순수함', 이는 『벨자』(*The Bell Jar*)의 에스더 그린우드가 스키를 타고 날아올라 "이중성, 웃음들과 협상의 시간을 통과해서"(through year after year of doubleness and smiles and compromise), "우물 밑 조약돌이자, 어머니 뱃속에 부드럽게 안겨있는 하얗고 사랑스러운 아기"(the pebble at the bottom of the well, the white sweet baby cradled in its mother's belly)로 변해 안착한 그 아기와 동일하다(*Bell Jar* 102).

1연에서 "편지"로 비유된 화자는 오직 이 여행을 달성하기 위해 그의 인간성이 완전히 말살되는 것을 보여준다. 화자는 목적지 도착이라는 목표를 달성하기 위한 하나의 수단일 뿐이고 그래서 철저하게 수동적인 존재이다. 그녀는 목적지가 어디인지 얼마나 더 가야 하는지도 모르며, 다만 "신들만이" 그 목적지를 알고 있다. 로즈는 「도착」이 "하나님, 남성, 그리고 로고스의 목적지에 대한 맹목적인 목마름에 대한 고발"(an indictments of God, man, and the logos, the blind thirst for destination of all three)이라고 평한다. 그리고 이런 "목마름"이 인류 역사 속 대학살의 원인이라고도 해석한다. 또한 2연의 "내가 일어나 나온 곳은 이 아담의 옆구리인 흙으로부터이고 나는 고통에 차 있다"는 표현에서도 "가부장적 신화로부터 탈출하려는 시도"(an attempt to get free of patriarchal myth)가 보인다고도 했다(Rose 148). 그녀는 전혀 원치 않는 기차 칸에 갇혀 피를 묻힌 채 온몸을 붕대로 칭칭 감은 미라 같은 모습을 하고 총성과 폭발 때문에 "숯덩어리 치마"를 입고 있다. 이 "숯덩어리 치마의 그녀"는 이전 「후유증」("Aftermath")의 엄마 메데이아의 "숯덩어리가 된 구두"(charred shoes), 「편지를 태우며」("Burning the Letters")의 "숯덩어리 천사"(coal angels)에서 더 나아간 형태이다. 그리고 다음의 「나사로 부인」에서 "비명을 지르고, 뒤집히고, 불태워져"(That melts to a shriek./I turn and burn.), "재로부터 나와 붉은 머리를 하고 솟아오를"(Out of the ash/I rise with my red hair) 존재이기도 하다. 그리고 「도착」에서 낡은 붕대를 풀고 순수한 아기가 되듯 「나사로 부인」에서도 관중 앞에서 "팔과 발에 감겼던 붕대가 풀려나가고 그녀는 대단한 스트립쇼"(Them unwrap me hand and foot/ The big strip tease)를 펼치게 될 것이다.

제7장
Sylvia Plath

나사로 신화의 시: 여성 나사로의 탄생

플라스는 어머니에게 보내는 1956년 4월 29일자 편지에서 그녀의 시를 "강한 목소리로"(in his strong voice) 읽어주는 휴즈는 "나의 최고의 비평가"(my best critic)라고 썼다. 그리고 그녀 자신은 "나사로"(Lazarus)가 되어 이전의 삶과 전혀 다른 새로운 삶을 살고 있고, 자신의 존재는 이제 긍정의 노래가 될 것이며 삶이 지속되는 내내 그를 사랑하리라는 희망에 차 있다(*LH* 243). 그러나 휴즈에 대해 플라스가 품었던 장밋빛 애정은 한낱 물거품이 되고 훗날 그녀는 그와의 7년간의 결혼생활이 마치 죽음과 같았다고 고백하게 된다. 그럼에도 불구하고 플라스는 그 죽음과도 같은 시간의 터널을 통과해서 전통적 의미의 나사로가 아니라 독특한 재생의 존재인 그녀만의 나사로를 제시하기에 이른다. 「나사로 부인」("Lady Lazarus")에서 불사조처럼 재에서 일어나 남자들을 먹어치우면서 승리를 이루는 '여성 나사로'가 바로 그것이다.

〈나사로의 부활〉, 알버트 반 우워터(Albert van Ouwater, 1415-1475)

나사로는 성서에 등장하는 부활의 대표적 상징과도 같은 인물이다. 그는 여동생인 마르다 그리고 마리아와 함께 예수 그리스도를 따르면서 그와 함께 했던 신실한 사람이었다. 성경에 "예수께서 본래 마르다와 그 동생과 나사로를 사랑하시더니"(요한복음 11:5)라고 표현된 것처럼 그는 예수 그리스도가 사랑하던 사람이었다. 그런 그가 병으로 죽자 예수 그리스도는 그가 죽은 지 나흘 만에 "나사로야, 나오라"(요한복음 11:43)는 말로 그를 부활시킨다. 하지만 이미 죽어서 나흘이나 지난 그의 몸은 썩어 냄새가 났고 유대 방식의 장례법에 따라 온몸은 베로 칭칭 동여있었고, 무덤 입구는 큰 돌로 막혀있었다고 성경에는 기록되어 있다. 이 일화에는 죽은 자를 살리신 예수 그리스도의 많은 이적 중 하나라는 것 이외에도 여러 가지 의미가 내포되어있다. 우선 이 이적은 예수의 인간적인 면모를 보여주는데, 성경에는 나사로가 죽었다는 말을 듣고 "예수께서 눈물을 흘리시더라"(요한복음 11:35)고 표현되어있다. 그리고 그가 하나님께 간절히 기도하고 "아버지여 내 말을 들으신 것을 감사하나이다. 항상 내 말을 들으시는 줄을 내가 알았나이다. 그러나 이 말씀하옵는 것은 둘러선 무리를 위함이니 곧 아버지께서 나를 보내신 것을 그들로 믿게 하려 함이니이다."(요한복음 11:41~42)고 고백한다. 이는 나사로의 부활이 단순히 하나의 사건에 그치는 것이 아니라 둘러선 많은 무리에게 예수 그리스도가 오신 의미를 깨닫고 믿게 만들기 위한 증거이며 후에 예수 그리스도 자신의 부활을 미리 예증하기 위함인 것이다. 이렇듯 나사로는 부활의 예시이면서 동시에 확증이라는 중요성을 지니고 있는 인물이다. 많은 문학가들이 나사로의 부활을 자주 작품의 중요 모티브와 상징으로 차용했던 이유는 바로 여기에 있다. 플라스에게 있어서 극단적인 상징과 중요성을 지닌 이 나사로는 그녀의 여러 시에서 온몸을 붕대로 칭칭 감고 갇혀있는 자아로 등장한다. 그리고 나사로의 죽음은 플라스에게 혹독한 삶 그리고 죽음과도 같은 고통의 경지를 대변해준다. 플라스는 자신의 여러 시에서 구속에서 벗어나 해방된 본인의 자아를 나사로의 그리고 여기서 한 걸음 더 나아가 예수 그리스도의 죽음과 부활에 빗대어 그려내려고 했다. 성경에 "큰 소리로 나사로야 나오라 부르시니, 죽은 자가 수족을 베로 동인 채로 나오는데 그 얼굴은 수건에 싸였더라. 예수께서 이르시되 풀어놓아 다니게 하라 하시니라"(요한복음 11:43~44)고 했던 그 이적처럼 그녀는 자신의 묶인 몸을 풀어줄 바로 그런 이적을 소망하고 있었다.

커쉬(Adam Kirsch)는 플라스의 자전적 성장 소설인 『벨자』(*The Bell Jar*)에서 주인공 에스더 그린우드(Esther Greenwood)가 사진을 찍는 장면에

『마드모아젤』(*Madmoiselle*) 지의 대학생 객원 기자로
활동(1953)

주목한다. 에스더가 사진사에게 자신의 꿈이 시인이라고 하자 사진사는 시들을 상징할 적절한 도구로 한 송이의 장미를 들고 찍으라고 제안하는데, 이때 에스더는 시는 장미가 아니라며 곤혹스러워 한다. 커쉬는 플라스의 시, 특히 그녀가 생을 마감하기 1년여 전부터 썼던 위대한 시들에 나타난 뚜렷한 특징은 장미가 상징하는 여성스러운 것이 아닌,

유태인 수용소, 유산된 태아 등의 "고통에 찬 마음의 초현실적 파편 더미"(the surreal detritus of a mind in agony)라고 지적한다. 그리고 그 사진사에게 줄 최고의 답은 「나사로 부인」의 16연의 "나는 그것(죽음)을 지옥처럼 느껴지게 만들어요./나는 그것(죽음)을 현실처럼 느껴지게 만들어요."(I do it feels like hell./ I do it so it feels like real.)라는 부분이라고 주장한다. 해맑게 웃으면서 장미를 들고 있는 미국인 소녀와 그녀의 시에 등장하는 "사납고 맹렬한 신성 모독자"(the ferocious blasphemer) 사이에는 이렇듯 커다란 간극이 존재한다(236). 커쉬의 주장처럼 플라스 시의 중심 주제는 그저 평범한 문학소녀들이 쓰는 피상적인 여성스러움 혹은 아름다움이 아니라 인간에게 있어서 보편적이자 필연적인 명제인

'죽음'이며, 그에 버금가는 '고통'이다. 그리고 그녀는 자신의 시를 현실에서 맞닥뜨릴 수밖에 없는 "죽음"을 "지옥처럼, 현실처럼" 느끼도록 실연해 보일 무대로 제시한다. 많은 시의 무대에서 자신의 자아를 투영한 화자들로 연기하고 그 행위를 통해 지독한 죽음의 고통을 이겨내고 재생에 이르기를 소망한다.

　　　나는 그것을 다시 해냈죠.
　　　십 년에 한 번
　　　나는 그것을 해내죠.

　　　I have done it again.
　　　One year in every ten
　　　I manage it— (*CP* 244)

「나사로 부인」의 첫 행에서 화자 "나"는 "그것"을 해내었다고 호언한다. 그것은 그녀가 늘 십 년마다 한 번씩 해오던 것, 바로 '죽는 것'이다. 그리고 다음 2, 3연에서 그녀는 죽음에서 살아남은 "하나의 걸어 다니는 기적"(A sort of walking miracle)이라고 말한다. 죽음을 이겨내고 부활한 지금, "그녀의 피부는/나치의 램프 갓처럼 밝게 빛나며,/오른발은/ 종잇장처럼 가볍고,/그녀의 얼굴은/흠 하나 없는 유태인의 린넨"(my skin/ Bright as a Nazi lampshade,/My right foot/A paperweight,/My face a featureless, fine/Jew linen)의 신비한 모습이다.

　　폴릿(Katha Pollit)은 후기 시에 속하는 「튤립」의 "병원의 병실", 「도착」의 "죽음의 기차"(the death train), 「103° 고열」의 "고열로 인도된 지옥의 환상"(the fever-induced fantasy of Hades)은 죽음의 세계를 상징하고 있고, 화자는 이러한 제식과도 같은 죽음의 고통을 겪고 다시 태어난다고 말한다(98). 폴릿의 지적대로 플라스는 여러 시에서 '제식과 같은 죽음을 겪고 다시 태어남을 제시'한 후에 「나사로 부인」에서 나사로 부인을 "십 년마다 한 번씩 그 일을 해내는" 일종의 자살 전문가로 묘사하기에 이른다. 플라스 본인의 말처럼 "나사로 부인은 다시 태어나는 것에 엄청나게 끔찍한 재능을 가지고 있다... 그녀는 불사조이고, 당신이 원하는 자유의지론자의 영혼이다."(the great and terrible gift of being reborn... She is the Phoenix, the libertarian spirit, what you will)(CP 294). 이는 나사로 부인이 앞서 다룬 여러 시에서의 죽음과도 같은 고통을 경험한 자들에게 진정한 자유 의지에 대해 알려주고 죽음을 넘어서서 잃어버린 권력과 힘을 회복할 존재이기 때문이다.

9연과 10연에서 독보적이라고도 할 수 있는 독특한 무대를 시 속에 소개한다. 그 무대 위에 공연자인 화자의 몸은 「도착」에서처럼 붕대로 감겨있는데 이는 성경 속 나사로가 장례를 치른 바로 그 유대식 장례법에 따른 모습이다. 이미 장례가 치러진 그녀는 자신의 온몸을 감고 있는 붕대를 홀연히 찢어버리고 "대단한 스트립쇼"(The big strip tease)를 펼친다. 화자 앞의 "많은 관중들은 땅콩이나 씹어대며/수백만 개의 필라멘트로 빛나는 무대 위에서 펼쳐지는 이 진귀한 쇼를 보려고/서로 밀쳐대고 있고"(What a million filaments./The peanut-crunching crowd/Shoves in to see), 그 앞에 선 화자는 세상에 나보다 더 잘하는 자는 없다고 자랑스럽게 말한다. 그녀가 잘하는 것은 바로 "죽는 것"이다.

죽는 것은
기술이죠, 다른 모든 것처럼
나는 그것을 뛰어나게 잘하죠.

나는 그것이 지옥처럼 느껴지게 잘해요.
나는 그것이 현실처럼 느껴지게 잘해요.
내 천직이라 말할 수 있어요.

조그만 방 안에서 그것을 하기는 쉽죠.
그것을 하고 머무를 만큼 쉽죠.
그것은 극적으로

되돌아오는 거죠, 백주대낮에,
똑같은 장소로, 똑같은 얼굴로, 똑같은 야만인에게로
흥분한 외침:

"기적이야!"
저 외침이 나를 황홀하게 만들죠.

Dying

Is an art, like everything else.

I do it exceptionally well.

I do it so it feels like hell.

I do it so it feels like real.

I guess you could say I've a call.

It's easy enough to do it in a cell.

It's easy enough to do it and stay put.

It's the theatrical

Come back in broad day

To the same place, the same face, the same brute

Amused shout:

'A miracle!'

That knocks me out. (*CP* 245-246)

화자는 자신에게 "죽는 것은 모든 다른 것들처럼 하나의 기술"이며, 자신은 그것을 "지옥처럼, 현실처럼 느껴지게 잘한다"고 호언한다. 여기 "기술"(an art)은 여러 의미를 함축하고 있다. '뛰어난 기술'로써 멋지게 행하는 죽음이며 또한 플라스가 자신의 시에서 여러 번 하나의 '예술'로 재연해왔던 '죽음의 행위'이기도 하다. 화자에게 죽는 것은 마치 천직과도 같다. 게다가 이 일은 십 년에 한 번씩 늘 있는 일로 이번이 처음이 아니라 세 번째이며 그녀는 이미 서른 살이다. 4연에서 화자는 "오 나의 적, 내가 당신을 두렵게 하나요?"라며 하실 수 있다면 "나의 얼굴을 가리고 있는 천을 들춰보시게"(Peel off the napkin/O my enemy./ Do I terrify?—) 하며 조롱하기에 이른다. 죽음을 겪고 난 그녀는 이제까지 자신을 두려움에 떨게 하던 그녀의 적에게 오히려 이제는 내가 당신을 두렵게 만들고 있다고 하면서 자못 고소해 한다. 그리고 죽은 송장에서 나는 "이 시큼한 썩는 냄새도/이내 사라질 것이고/곧, 곧 이 육체도/동굴 무덤이 먹어치울 것이며/그러면 죽음도 조만간 편안해질 것" (The sour breath/Will vanish in a day./Soon, soon the flesh/The grave cave ate will be/At home on me)이라고 장담한다.

그러나 이 역시 "지옥처럼, 현실처럼"이란 표현에서 내포하였듯이 현실이 아니다. 이는 하나의 "극"(theatrical)이며 백주대낮에 이 끔찍한 죽음의 상황을 싸구려 공연이나 보듯 땅콩을 씹어가며 지켜보는 호기심에 찬 "적"인 관중 앞에서 행해진다. 그 관중들은 「후유증」에서 화재를 겪은 어머니 메데이아 앞에서 그녀의 참담한 불행을 그저 구경하며 방관하던 그 냉담하고 잔혹한 관중과 똑같다. 여기 나사로 부인은 필연적인 죽음을 겪고 동일한 장소, 동일한 얼굴로 또 여전히 동일한 "야만적인" 그들 앞으로 살아 돌아오는 것이다. 그러자 후연에서 의사, 루시퍼 등으로 호명될 관중들은 연신 "오 기적이야"를 외치며 감탄한다.

그 다음에 화자는 구경꾼을 호객하듯 이름을 부른다. "자, 자, 의사 선생/자, 적 선생."(So, so, Herr Doctor./So, Herr Enemy.) 그리고 자신은 공연되고 있는 "당신들이 만든 하나의 작품이고 재산"(I am your opus,/I am your valuable,)이라고 말한다. 그러나 그럼에도 불구하고 "녹아내리며 비명을 지르는 순금의 갓난아기"(The pure gold baby/That melts to a shriek.)가 바로 자신이라고 주장한다. 화자는 자신을 죽이려는 그 뜨거운 불꽃 속에서 비명을 지르며, "뒹굴고, 불태워진다"(I turn and burn). 그러자 서커스를 보러온 구경꾼들은 이것이 속임수인지 아닌지 살펴보려는 듯 "재투성이인 그녀를/꼬챙이로 찔러보고, 휘저어도 보지만/거기엔 오로지 살과 뼈"(Ash, ash—/You poke and stir./Flesh, bone)만 있을 뿐이다. 그동안의 이생의 결혼생활의 허망함을 꼬집기나 하듯 지금 "비누 한 조

각,/결혼반지,/금으로 된 의치조차/남아있지 않다"(there is nothing there
—/A cake of soap,/A wedding ring,/A gold filling)고 말한다. 처참한 죽음을
겪은 그녀의 몸은 고난 속에 돌아가신 그리스도처럼 "상처"(my scars)가
있고 그 상처를 관람하고 만지고 말을 건네는 데 관람료가 있다고 희
화화시킨다.

　　마지막 결연에 이르자 플라스는 점층법을 한층 더 활용하면서 어조
를 강화시킨다.

　　　　하나님 선생, 악마 선생
　　　　조심하세요,
　　　　조심하세요.

　　　　재 속에서
　　　　나는 빨간 머리를 하고 다시 살아나서
　　　　남자를 공기처럼 먹는답니다.

　　　　Herr God, Herr Lucifer
　　　　Beware
　　　　Beware.

　　　　Out of the ash
　　　　I rise with my red hair
　　　　And I eat men like air. (*CP* 247)

다시 한 번 화자는 앞선 "의사 선생, 적 선생"에서 나아가 "하나님 선생, 악마 선생"을 부르며 조심하라고 경고한다. 왜냐하면 화자는 이제 아무 것도 찾지 못한 그 "재속에서/불꽃같은 붉은 머리카락을 하고 솟아오르는" 불사조이고, 그동안의 희생적 모습을 버리고 이제는 "남자들을 공기처럼 먹어치울" 힘의 존재가 될 것이기 때문이다. 이로써 앞의 연에서 심어 두었던 붕대를 풀어 헤친 '여성 나사로'와 불에 구워져 녹아내린 '황금 아기', 그리고 상처를 고스란히 간직하고 죽음에서 부활한 '예수 그리스도'의 심상에서 마지막 결정체인 다 불타버린 잿더미에서 비상하는 '붉은 머리의 불사조'로 완성된다. 그리고 이 불사조는 「벌침」에서 "자신을 죽인 엔진 위로/하늘에 붉은 유성의 형상으로 상처를 그으며/그 어느 때보다 더 끔찍하게 날아오르는 여왕벌의 비행"(More terrible than she ever was, red/Scar in the sky, red comet/Over the engine that killed her─)(CP 215)과 연결되어있으며, 「양봉 모임」("The Bee Meeting")에서 "자신을 사랑하는 천국으로 향하는 여성 살인범의 고공비행"(The upflight of the murderess into a heaven that loves her.)(CP 212)의 결정체이다.

또한 이 불사조는 「겨울나기」("Wintering" CP 218-219)에서 "무뚝뚝하고, 날렵하지 못해 비틀거리는 촌스러운 수컷들을 제거한"(the long royal lady/They have got rid of the men,/The blunt, clumsy stumblers, the boors) 그 '살해 여왕벌'이기도 하다. 뿐만 아니라 「겨울나기」에서 죽음을 상징하는 그 "겨울은 여성을 위한 계절"(Winter is for women)이며 플라스는 그 겨울에서 "벌통은 살아남을 수 있을까 그리고 지금은 죽은 듯이 보이는 저 글라디올러스 꽃들은 자신의 속에 숨어있는 그들의 불꽃을 지켜낼 수 있을까"(Will the hive survive, will the gladiolas succeed in banking their fires) 하는 질문을 던졌었다. 그리고 이에 대한 답으로 시인은 "그들은 크리스마스 장미를 맛볼 것이며,/벌들은 날고 있고 그들은 봄을 맛본 다"(What will they taste of, the Christmas roses?/The bees are flying. They taste the spring.)라고 제시한다. 플라스는 겨울과 봄, 그리고 죽음과 재생의 물음에 겨울의 죽음 뒤에 봄의 재생의 가능성을 조심스럽게 예측하는 것이다. "크리스마스 장미", 이는 겨울에도 꽃을 피우는 품종으로 그래서 죽음 같은 겨울을 이겨내고 꽃 피울 그리스도의 부활을 상징하는 이름을 지녔다. 이렇듯 여러 시에서 보여주듯이 플라스는 늘 죽음을 사유해왔고 재생의 가능성을 점쳐왔다. 그리고 여기 「나사로 부인」에서 재 속에서 부활하여 승천하는 붉은 머리의 불사조로 그 정점을 이룬다.

밴 다인(Susan Van Dyne)은 「나사로 부인」에서 나사로의 기적, 피닉스의 신화, 서커스의 속임수, 홀로코스트의 공포가 서로 융합적으로 사용되고 있다고 한다(1989, 135). 플라스는 사회에서 희생자가 되어버린 자신의 저급한 현실을 서커스의 저급한 상황에 견주어 설명하면서 나사로의 부활과 피닉스의 신화를 들어 이를 딛고 찬란한 승리를 거둘 거라고 예언한다. 삶에서 홀로코스트의 공포에 버금가는 경험을 겪고 이를 체화한 그녀는 이제 자신이 처한 입지를 뒤집고 남자들을 먹어치울 힘의 존재로 거듭난다. 이렇게 재건된 정체성은 『벨자』의 에스더 그린우드가 언급했던 모습과 같고, 또 다른 10월 시인 「벌침」과 「에어리얼」에서 보여준 "드러나는 여성의 또 다른 자아"(the emerging female alter ego)임을 알 수 있다(Van Dyne 1989, 135). 마키(Janice Markey)는 이 시에서 화자는 땅콩을 씹어대는 냉담한 관중을 위해 서커스를 행하는 사람으로 "제식으로서의 죽음"(a death-ritual)을 겪고 있으며, 「103° 고열」의 순수한 아세틸렌 처녀처럼 "사회에서 버림받아 추방된 위험할 수 있는 존재이자 이 땅을 벗어난 인물"(an outlandish figure, equally outcast and potentially dangerous)이라고 지적한다(84). 또한 여성에게 강요된 갇힌 세계의 패러디를 체계적으로 반복 사용함으로써 점차 왜소해지는 구조를 이루고 있다고도 했다. 이것이 "조롱조의 고딕"(a mock-Gothic)의 창조이다(85). 플라스는 자신이 다루는 논쟁적인 진지한 주제에 교묘하게 유머를 곁들이면서 능숙하게 균형을 유지하고 있다.

특히 이 시에서는 여러 가지 시적 기법이 엿보인다. 우선 돈호법을 사용함으로써 좌중의 눈길을 끌 듯 독자의 시선을 붙든다. 이름이 불리는 관람객은 "의사 선생, 적 선생"에서 "하나님 선생, 악마 선생"으로 점층적으로 그 범위를 확장해간다. 화자는 쇼의 대상이 남성, 전문적 직업의 소유자, 이에서 더 나아가 남성 권력층임을 밝히고 난 후 인간의 삶을 좌우하는 신, 악마로까지 그 대상을 넓혀나간다. 밴 다인은 플라스의 이전 원고에서는 "자, 교수 선생", "자, 의사 선생", "자, 적 선생", "자, 하나님 선생", "자, 악마 선생"으로 되어있었는데 여러 번의 수정을 거쳐 지금에 이르렀다고 지적한다. 이들은 모두 "부러워할만한 힘과 지배력의 상징들"(enviable positions of power and dominance)이며 이런 호명은 그 자체로 여성 주인공에게 박탈되어있는 그 무엇을 명료하게 드러내는 역할을 하고 있다. 이렇게 이 시의 구조적 도구인 "부정적인 정의"(negative definition)의 과정에서 남성 전형들은 권력을 지닌 잔인하고 복합적인 존재로 연상되고, 화자 자신에게는 허락되지 않았기에 상대를 두려워하면서도 그녀가 그토록 갖고 싶어 했던 것의 정체도 복합적으로 투영되어있다(1989, 41).

벤들러는 「나사로 부인」 또한 같은 시기의 작품인 「아빠」 그리고 「에어리얼」과 함께 전혀 양립될 수 없는 기법들의 절묘한 혼합물을 보여주고 있다고 호평한다(1985, 10). 벤들러의 지적처럼 「나사로 부인」은 표면적으로는 하나의 의미 없는 세계를 이루며 각각의 기법이 빛을 발하면서 의미를 담아가고 있다. 이를 살펴보면 "나는 그것을 다시 해냈죠"에서는 "호언장담 조"(bravado)의 사용을 볼 수 있고, "일종의 걸어 다니는 기적이죠"에서는 "속어"(slang)가 사용되었으며, "내 피부는 나치의 램프 갓처럼 밝죠"에서는 "스며드는 양식의 설명"(pervasive fashion commentary)을 볼 수 있다. "내가 두렵나요?"에서는 멜로 드라마적 요소가 감지되고, "고양이처럼 아홉 번 죽지요"에서는 그녀의 위트를 느끼게 한다. "이것이 벌써 세 번째죠"에서는 과장된 어조를 쓰고, "얼마나 많은 쓰레기를/십 년마다 치워야 하나"에서는 자아혐오가 느껴지는 자조적 어조가 들어있다.

또한 "신사, 숙녀 여러분/이들은 내 손이고/내 무릎입니다"라는 부분은 성경 속 본디오 빌라도(Pontius Pilates)[54]가 예수 그리스도를 가리키며 "이 사람을 보라"(라틴어 *ecce homo*, Behold the man)고 한 부분을 환기시키기까지 한다. 여기에서 화자는 예수 그리스도에 의해 새 생명을 얻은 여성 나사로에서 출발하여 여기에 절묘하게 신성모독적인 표현을 입혀 고난의 상처를 입고 부활한 그리스도에 자신을 비유한다. 그

---

54) 빌라도는 "창을 가진 자"라는 이름의 뜻을 가진 이로 예수 그리스도에게 반역죄를 씌워 사형을 언도한 유대 주재 로마 제5대 총독이다. 그는 '예수 그리스도를 처형한 자' '뇌물을 좋아하고 신을 모독하며 사람에게 공평하지 않은 재판을 하고 근거에도 없는 중형을 내리기로 유명한 자'이다.

렇게 그녀는 권력층인 남성의 작품이자 재산이기도 한 "녹아내리며 비명을 지르는/순금의 갓난아기" 곧 아기 예수 본인이 된다.

눈여겨 볼 또 다른 기법은 자신의 피부를 나치의 램프 갓에 비유하고 자신의 얼굴을 유대인의 질 좋은 침대보에 비유한 환유이다. 플라스는 여기서 본인의 개인적 상황을 유태인 및 나치의 역사와 연결시켜 나타내고 있다. 더불어 「아빠」에서는 죽은 아빠를 나치의 "스와스티카 문양"(O You—/Not God but a swastika), "아리안 족의 장갑차 조종사"(Your Arian eye, bright blue/Panzer-man)로, 또한 화자 자신을 "다하우, 아우슈비츠, 벨젠으로 가는 유대인"(A jew to Dachau, Auschwitz, Belsen)으로 비유한다. 케니스톤(Ann Keniston)은 「아빠」와 「나사로 부인」이 분명 가장 대표적인 "홀로코스트 시"(Holocaust poems)라고 말한다. 이 시들은 개인이 처한 극도의 긴장과 핍박의 고통스러운 상황을 지나간 홀로코스트 역사에 비유하여 토로하고 있다(140). 이런 비유는 여러 비평가들의 비난을 불러일으킬 소지가 다분하다고 보이지만, 그럼에도 불구하고 플라스는 서정시라는 장르의 모든 기능을 활용하여 고통스러운 과거의 역사에 개인의 고통을 견주어 토로하는 것에 대한 도덕적 비난이나 시대적으로 늦음으로 인한 어색함을 초월한다. 특히 눈여겨 볼 것은 홀로코스트와 비교하는 문체, 상징, 메타포와 환유법 그리고 돈호법의 명징한 사용이다. 이런 뛰어난 이미저리를 실제 사건인 홀로코스트와 교묘하게 엮어낸 능력은 주목받을만하며, 여기서 더욱 중요한 것은 플라스가 서정시 자체의 기능과 그것이 갖는 한계에 도전하고 있다는 점이다.

플라스는 물론 이 시들을 홀로코스트 사건이 종식된 이후에 썼고, 게다가 그녀는 유태인도 나치도 아니다. 그러나 그녀는 자신의 트라우마를 적극 활용하여 그 사건에 직접적으로 근접하기보다는 적정한 거리를 유지한다. 그녀는 이미 지나간 역사임을 인정함으로써 자신이 활용하는 이 표현이 시대에 뒤늦은 감이 있다는 사실을 되레 강조하기도 하는데 바로 여기에 그녀의 뛰어남이 있다. 트라우마란 그런 증상을 초래한 사건을 겪을 당시 그 감정을 완전히 소진하지 못한 강한 충격 탓에 이후 비슷한 상황에 처할 때마다 그 당시의 고통과 감정이 반복되어 출몰하는 경험이기 때문이며, 이는 자꾸 반복되면서 그 아픔과 충격은 극복될 수 있다. 「아빠」와 「나사로 부인」 또한 파열되고 세분화된 시간의 틀 속에서 진행되면서 탐구가 이루어지고 전통적인 인과관계의 개념은 오히려 파괴되는데, 그중에서도 "죽음이 모든 것의 마지막이라는 가장 근본적인 개념의 파괴"(disrupted the notion that death is final)가 돋보인다(Keniston 141). 「아빠」에서는 이미 죽은 아버지를 계속 현실로 불러내어서 다시 죽이려고까지 고투를 벌이기도 한다. 「나사로 부인」의 경우 한편으로는 「아빠」와 유사하고 다른 한편으로는 정반대인 상황으로 이미 죽은 화자가 죽은 자신을 반복적으로 살려내는 능력이 뛰어남을 과시한다.

플라스는 「나사로 부인」에서 「아빠」와는 달리 자신의 나르시시즘을 인정한다. 그러나 그 나르시시즘은 자신이 그 누구보다도 잘하는 일이 바로 '죽는 일'이라는 아이러니를 창출한다. 그리고 이런 화자의 호언과 동시에 이 나르시시즘은 전복된다. 화자는 무대 위의 나르시시즘의 주인공에서 서커스에서 관중을 끌어 모으는 "호객꾼"(a carnival barker)(Van Dyne 1989, 142)으로 자신을 격하시키고, 의사소통조차 되지 않는 무지하고 냉담한 관중 앞에서 자신을 죽이고 다시 소생시키는 "서커스 사기꾼"(a circus freak)(Kirsch 268)과 같은 모습으로 처절하게 스스로를 격하시킨다. 이런 화자의 모습은 관객이 무대 위 주연배우에게 기대하는 역할이 체계적으로 전복되는 양상을 보여준다. 화자는 끔찍한 자기 폭로를 통해 끊임없이 자신을 압제하려는 세상의 교수, 의사, 적, 하나님, 악마를 공격한다. 본인의 시체를 전시하면서 화자는 예전에 자신을 고문했던 자들에게 그 잔인성의 교훈을 가르칠 것이며, 쓰레기 같았던 과거의 자아를 십 년에 한 번씩 폐기하면서 세상의 의사들에게 그녀 스스로 자신을 치유할 수 있음을 증명하게 될 것이다. 플라스는 나사로 부인을 강박적인 자살자가 아닌 '생존자'로 재건시키기 위해 원고를 여러 번이나 힘들게 수정했고 이윽고 자신의 목소리를 갖게 되면서 그것을 통제하기에 이른다. 그녀는 이렇게 한낱 서커스의 호객꾼이자 자살자에서 "순교하고 부활한 성자"(the recovered suicide as a martyred saint)로 거듭난다(Van Dyne 1989, 142).

홀브룩(D. Holbrook)은 단순히 "끝에 나의 시작이 있다"(in the end is my beginning)라는 플라스의 말을 근거로 플라스가 죽음이 있어야 재생이 있을 수 있기 때문에 자살을 열망했다고 주장했다(Markey 36 재인용). 그러나 그의 주장은 플라스의 자전적 요소에 지나치게 치우친 비평의 면모를 보여준다. 플라스가 비록 자살로 추정되는 죽음으로 삶을 마감했지만 플라스가 그녀의 시에서 보여준 죽음은 그와는 다름을 이해해야 할 것이다. 플라스는 시에서 실재의 죽음이 아닌 하나의 메타포로서의 죽음을 제시하기를 끊임없이 시도해왔으며 재생의 가능성을 염원해 왔다. 그러기에 플라스에게 재생은 신체적 물리적 죽음을 통해서가 아니라 지니고 있던 자아의 한 양상을 버림을 통해 성취된다. 그 양상은 작게는 "얼굴 피부를 한 꺼풀 벗겨내는 것"이고(「얼굴 성형」("Face Lift") *CP* 155) 좀 더 깊은 의미로는 불필요한 자아를 벗어던지는 것이다. 이 불필요한 자아는 굳건한 정체성을 확립하지 못하고 가부장적 맥락에서 요구된 '가정주부' 곧 '가정의 천사'라는 통념에 맞춰 살아오던 갇힌 여성의 자아이다. 그러므로 플라스의 재생은 일반적이고 보편적인 의미의 재생이 아닌 '죽음과 같은 갇힌 상황으로부터의 탈출'이며 강요되어 갇혀있던 자아의 틀을 벗어던짐, 곧 '해방'인 것이다.

플라스의 시의 중심 테마는 "상황 및 정서상 서로 반대급부적인 것들이 충돌하는 양상"((her essential theme, the situation and emotive counters)이다. 그 충돌은 "나약한 빌린 몸에 대한 충돌이며, 또 정신의 불완전하고 고통스러운 부활을 향한 끊임없는 투쟁"(the infirm or rent body, and the imperfect, painful resurrection of the psyche)이었다(Steiner 214). 이렇듯 플라스의 삶과 시는 이런 여러 차례의 신체적, 그리고 정신적 투쟁의 고통으로 점철되어왔고, 그럼에도 불구하고 늘 원치 않는 삶의 자리와 신체적 특성에 따른 자신의 한계로 되돌아와야 했다. 그러기에 가치관이 뒤집힌 이 세계에서 죽음도 다른 것들처럼 가벼운 '공연의 형태'를 가질 수밖에 없는 이유가 바로 거기에 있다.

플라스의 절친한 친구이자 동료 문학가였던 섹스턴(Anne Sexton)은 로월의 시 강의를 같이 들으며 그녀와 나눴던 교제를 추억한다. 그들은 수업 후 동료였던 스타벅(George Starbuck)과 함께 자살 경험에 대해 이야기를 나누었다고 했다. 그들은 죽음에 대해 마치 나방이 전구를 향해 돌진하듯 타오르는 열정으로 토론했었다. 그들의 인생과 시는 죽음에 대한 것이었으며 그것은 동시에 그들의 생존법이었다고 했다(181).

섹스턴의 시에 표현되었듯이 플라스는 삶과 죽음을 "도둑"과 같은 모습으로 지켜냈으며 종국에는 자기 스스로 그 죽음 속으로 기어들어갔다 (183). 왜 죽음을 그토록 열망했느냐고 그들을 책망할 수는 없다. 플라스는 자신의 시들을 통해 통찰력이라는 실을 부여잡고 미노타우루스의 굴 밑바닥까지 따라가는 집념으로 죽음을 탐구했다. 플라스는 BBC 인터뷰에서 죽음에서 자유로워지기 위해서 시 속에서 여러 번 죽음을 실연(實演)해야만 했었다고 했다(Alvarez 37). 시 속에서 행해진 이런 죽음은 "임박한 죽음의 경험"(Near-death experience)이라 할 수 있으며, 이런 극적인 죽음을 경험함으로써 자신의 의식에서 벌어지는 자아의 분리를 경험하게 되고, 분리된 자아가 떨어져 나감과 동시에 남은 의식으로 신체의 재현을 느끼게 되는 것이다. 이는 심리학자 노예스(Russell Noyes)가 언급한 "신비롭고 초월적이고 우주적인 혹은 종교적인 의식의 형태로 나타나는 재생의 경험"(experiences of rebirth in the form of mystical, transcendental, cosmic, or religious consciousness)임이 틀림없다(Kroll 175 재인용). 이 죽음을 겪은 화자들에게 과거는 썩어서 폐기되고 불필요한 것들은 소멸되면서 비로소 그들은 새로 태어난 아기와 같은 존재로 거듭나게 된다. 플라스는 이런 죽음에 가장 가까이 접근하는 순간에 그동안 자신을 억눌러온 억압과 거짓 자아를 벗어던지는 희열을 얻게 되며 그렇게 얻은 "초월적 경지의 성취"(the achievement of a state pf transcendence)(Kroll 179)는 「에어리얼」, 「도착」, 「103° 고열」 그리고 「나사로 부인」에 잘 제시되어있다.

플라스는 자신의 경험을 드러낼 장치로 프로이트적 도식과 그리스 신화, 민속 신화, 동화의 세계 그리고 기독교의 종교적 유추 등을 사용했다. 물론 다른 시인들 역시 이런 신화들을 개인적 상황을 표현하는 데 사용해왔지만, 플라스의 경우 더욱 참신한 통찰력으로 하나의 신화를 또 다른 신화로 대체시켰을 뿐만 아니라 적용시킨 신화에 어울리도록 양식을 다양하게 변용시킨 점에서 그녀만의 독특함이 돋보인다. 초기 시에는 복종적이고 희생적인 여성 자아들의 '죽음의 어조의 시들'(dead-toned poems)이 종종 등장했지만, 「벌침」의 "나는 회복시켜야 할 자아가 있다, 하나의 여왕으로서"(I have a self to recover, a queen)(CP 215)라는 호언처럼 그녀는 쉼 없이 전진해왔다. 「나사로 부인」 등에서 보여준 냉혹하게 통제된 광기의 백미도 존재한다.

플라스가 그녀의 시에서 초월을 제시했는가에 대한 논란은 끊임없이 이어지고 있다. 클뤼세나르(Anne Cluysenarr)는 플라스 시가 보여주는 여러 특징들은 "신체적으로 혹은 정신적으로 죽음의 경험에서 살아남은 자들의 전형적인 심리를 반영하고 있다"고 평했다(219). 또한 스타이너(George steiner) 역시 플라스가 비록 흔들리는 정신의 "불완전하고 고통스러운 부활"(imperfect painful resurrection)일지라도 부활을 제시했다고 평했다(214). 플라스는 비록 자살로 추정되는 죽음으로 짧은 삶을 마감하였지만 그녀가 자신의 시에서 보여주고자 열망한 강력한 죽음과 재생의 신화는 정녕 그 시대의 하나의 초월이고 승리의 고백임에는 틀림이 없다.

에필로그

플라스는 1950년대라는 전후 세대의 고착된 이데올로기 속에서 여성 지성인으로서 살아야 했다. 위대한 시인이 되고자 열망했던 그녀는 자연스레 이전 모더니즘 시대의 강력한 남성 문학가들의 작품을 교과서로 삼게 된다. 당대의 다른 여성 작가들과 마찬가지로 그녀도 권위와 권력을 소지한 남성들을 모방하도록 교육받으면서 그런 전통적 남성 문화가 주입한 기성 여성상을 체화하도록 강요받게 된다.

오스트리커(Alicia Ostriker)는 여성 작가들이 신화를 틀로 삼아 목소리를 낼 때 기존 남성 시각의 신화를 수정할 수밖에 없다고 강력하게 주장한다(House 127 재인용). 플라스 역시 신화를 자신의 시적 구조로 삼을 때에 왜곡된 사고와 폭력적인 권력을 직면하게 된다. 신화란 고정된 서사가 아니라 역사와 문화의 변화에 따른 그 시대의 지배적 사고와 신념이 반영된 것이기 때문이다. 결국 그녀는 기존 신화에 직면하면서 수많은 정서적 혼란을 겪어야 했고 그러한 혼란을 체험하면서 성장하게 되었다.

플라스는 이런 신화를 분석하고 해체하여 자신의 고유한 시각으로 재정립하기에 이른다. 이는 단순히 신화를 다시 쓰는 작업이 아니라 일종의 문화적 변형 작업을 수행하는 것으로써 신화 수정이라고 할 수 있다. 플라스는 이렇게 바뀐 신화를 통해 여성 고유의 강렬한 하지만 때로는 치부와도 같은 자신의 고통스러운 이야기를 심도 있게 펼쳐놓는다. 그리고 그런 과정을 통해 구속적인 가부장제 사회 속에서 잃어버렸던 자아를 모색해나간다. 그녀는 여성이며 시인이라는 이중으로 구속된 위치에서 가질 수 있는 다면적 감정에 집중하면서 현대 여성의 삶과 내면을 깊숙이 사유했다. 플라스는 드디어 신화 수정자로서의 역할을 훌륭히 소화했고 자신만의 목소리로 시인으로서 그리고 한 여성으로서 강력한 정체성을 다져나간다.

플라스는 기존의 오레스테스의 시각에서 제시된 아트레우스의 신화에 등장하는 딸 엘렉트라에 주목하고 이를 자신의 자전적 상황과 엮어 새로운 신화를 창출한다. 그녀는 본인의 사적 서사와 엘렉트라 신화 사이의 상호텍스트성의 망 속에서 평형을 유지하면서 기존의 엘렉트라 신화를 새로운 시각으로 분석하고 해체하여 새로운 엘렉트라 신화를 만들어낸다. 이때의 엘렉트라는 오레스테스에게 종속된 협력자 혹은 죽은 아버지 아가멤논을 애도만 하는 기존의 나약한 딸이 아니라 메데이아나 파이드라처럼 복수심에 타오르는 여성이다.

플라스는 엘렉트라가 되어 여성의 특정 경험들을 주장하고 그 과정에서 여성에게 가해진 가혹한 사실들을 들추어내면서 이 그리스 딸의 분노를 자신과 연결시킨다. 그녀가 딸 엘렉트라로서 아버지를 상실된 힘의 존재로 애도했다면 아버지는 오랫동안 가부장적 존재로서 그녀를 속박해왔던 존재였다. 그리고 어머니 역시 또 다른 의미로 그녀를 옥죄는 존재였다. 이 엘렉트라 신화는 아버지를 잃은 상실감과 더불어 모든 타자적 어머니들이 가하는 압박에 따른 좌절감 그리고 정신과 치료의 끔찍한 경험으로 구성된다.

플라스는 「신탁의 몰락에 관하여」, 「바닷속 깊은 곳에서」, 「진달래 길의 엘렉트라」, 「거상」, 그리고 「아빠」에서 죽은 신-아버지와 여사제-딸의 관계로 신화를 재현하고 종국에는 갇혀있던 자아를 해방시킨다. 또 한편으로는 당대의 주입된 관습과 사고가 체화된 타자적 어머니와 진보적 의식을 지닌 딸의 관계를 「마음을 어지럽히는 뮤즈」, 「누구」, 「마이나드」, 그리고 「메두사」로 풀어냈는데, 플라스는 관습적인 방식에서 급진적이고 독창적인 방식으로 선회함으로써 그런 관계를 벗어나고자 시도한다. 우위적 위치에서 시대의 인습을 고수하던 두 존재인 아버지와 어머니는 그녀에게 있어서 영혼을 옥죄는 굴레일 수밖에 없었다. 그리고 그 굴레에 갇혀있을 수밖에 없던 딸은 마침내 잔혹하리만치 격렬한 공격과 엑소시즘으로 자신을 해방시킨다.

시인 엘렉트라는 결혼과 출산 등을 겪으며 삶의 또 다른 국면을 맞이하게 되는데, 이는 바로 딸 엘렉트라를 넘어서서 아내이자 어머니로서의 삶, 그리고 클리타임네스트라이며 메데이아로서의 삶이다. 플라스는 후기 시에 이르러 비정하게 자신의 아이들을 살해했다고 비난받기도 하는 메데이아 신화를 차용해 변화된 여성관을 보여준다. 플라스는 결혼생활 내내 문인으로서의 자아와 여성으로서의 자아가 상충하는 딜레마에 빠져있었다. 이는 전통적인 여성의 역할을 완벽히 해내려는 그녀의 욕망과 본인의 예술적 잠재력을 실현하지 못하도록 가로막는 사회적 구조에 대한 분노 사이의 동요이다. 플라스의 메데이아/클리타임네스트라는 여성이자 시인인 그녀의 자아를 억눌러온 존재를 똑바로 직시하고 그에 맞서는 존재였다.

그리고 플라스는 분노에 찬 여성의 강렬한 시를 씀으로써 개인적 복수를 넘어서서 시인으로서의 자아를 새롭게 창조하게 된다. 그렇게 해서 자아는 갈취당했던 힘을 온전하게 복원하게 되고 이렇게 획득한 자율을 근간으로 분노는 구원이 된다. 힘을 획득한 이 시들이 구현한 메데이아 같은 여성은 신의를 저버린 부정한 남편을 응징하는 복수자(復讐者)로서 오랫동안 내재하던 억압된 것들을 정화시켜나간다.

플라스가 1962년 10월에 쓴 시부터 마지막 죽음의 순간까지 집필한 4개월 동안의 시들은 그녀의 시와 시학의 근간인 그간 숨겨져 있던 신화의 구조를 여실히 드러낸다. 이 신화적 구조가 바로 당시 플라스를 곤혹스럽게 만들었던 딜레마를 해결해줄 일관적이고 지속적이며 논리적인 단초의 역할을 수행한다. 여성을 지칭하는 플라스 시의 독특한 표현들, 즉 '여성 살해범', '처녀', '고다이바 부인', '여왕', '부인', '암사자' 등은 자아의 권력을 얻은 여성들을 일컫는 새로운 정의이다. 이들은 「에어리얼」의 "날개 돋친 암사자", 「벌침」의 "여왕벌", 「103° 고열」의 "아세틸렌 처녀", 그리고 「가장자리」의 "하얀 여신" 등으로 여성으로서 권력을 쟁취한 여성 시인의 자율적 자아들이며 비행이 가능한 존재들이다.

플라스의 또 다른 오랜 주제는 죽음과 재생이었다. 그녀는 평생 죽음을 깊이 사유했고 이에서 더 나아가 죽음 너머의 또 다른 생의 가능성을 끊임없이 타진했다. 이때의 죽음은 육체의 죽음일 수도 있고 혹은 죽음과도 같은 지독한 고통일 수도 있다. 그녀는 시 속에서 죽음을 연습하고 거듭 재연함으로써 궁극적으로 그 죽음을 몰아내려고 했다. 그녀의 여러 시들에서는 반복적으로 죽음의 알레고리가 드러나는데 이는 내부에 갇힌 죽음을 구체화시켜 외부로 드러내기 위함이다. 죽음과의 경계선에 걸쳐있는 이 시들은 살아남을 수 있는 가능성과 불가능성 사이의 좁고도 폭력적인 영역을 체계적으로 탐구한다.

플라스는 테드 휴즈와의 7년간의 결혼생활이 마치 죽음과 같았다고 고백한다. 그녀는 그 죽음과도 같은 시간의 터널을 통과해서 전통적 의미의 나사로가 아니라 독특한 재생의 존재인 그녀만의 나사로를 제시하기에 이르는데, 불사조처럼 재에서 일어나 남자들을 먹어치우는 여성 나사로가 바로 그것이다. 나사로는 부활의 예시이면서 동시에 확증이라는 중요성을 지닌 성서 속 인물이며 플라스는 이를 새롭게 바꿔서 의사-신화적 존재인 여성 나사로를 만들어낸다.

여성 나사로는 플라스의 여러 시에서 온몸을 붕대로 칭칭 감은 채 죽어 갇혀있는 자아로 등장해왔다. 그리고 그의 죽음은 그녀에게 혹독한 삶, 그리고 죽음과도 같은 고통의 경지를 대변한다. 플라스는 「돌」에서 시작해 「달과 주목나무」에 이어 『에어리얼』의 중심 시인 「도착」에서 죽음의 과정을 철저히 탐구한다. 플라스는 여러 화자를 통해 세밀한 상상력으로 죽음을 체험하고자 시도한다. 그리고 죽음의 체험 후에 만날 재생의 존재를 열망하며 이를 "순수한 황금 아기 신"으로 제시한다. 더 나아가 「나사로 부인」에서는 이런 죽음의 고통을 체험하고 연단시켜 승리하는 과정을 보여준다. 그녀는 이들 시를 통해 구속에서 벗어나 해방된 본인의 자아를 나사로의 그리고 여기서 한 걸음 더 나아가 예수 그리스도의 죽음과 부활로 빗대어 표현한다. 이에 이르러 플라스는 죽음을 자살을 통한 끝이 아니라 하나의 변형된 정체성으로 인식하게 된다. 그동안 그녀가 여러 시에서 반복적으로 실험해온 죽음의 의식이 녹아들자 비로소 죽음에서 자유로워지며 또 다른 자아를 형성하기에 이른 것이다.

플라스는 죽음, 죽음 같은 폭력, 고통에 능숙하게 숙달되었으며 의도적으로 그녀의 시 속에서 그런 죽음의 과정을 반복적으로 행함으로써 기적적인 생존을 추구했다. 이는 궁극적으로 플라스가 물리적인 의미에서나 정신적인 의미에서 죽음을 딛고 생존한 승리자임을 시사한다. 그녀는 비록 자살로 아픈 생을 마감함으로써 비난과 동정이라는 편견 어린 시선을 모두 받아왔지만 시를 통해 그녀가 이룬 승리는 설령 완전하다고는 할 수 없다고 해도 초월을 제시했음이 틀림없다.

신화 짓기가 지닌 힘은 항구적인 신화의 이야기 속에서 끊임없이 이어지는 지속성에 있다. 그런 면에서 플라스가 보여준 신화 수정은 보편적인 지속성은 물론이고 그동안 간과해온 신화의 숨겨진 면을 복원해서 이를 신선하게 재창출시킨 독보적 성과라고 할 수 있다. 참신한 통찰력으로 기존 신화를 재해석한 플라스는 신화의 전통적인 인물은 물론이고 그동안 묻혀있던 신화 속 다양한 여성 인물들을 새로운 시각으로 해석하고 해체하고 재탄생시킴으로써 그녀만의 독특하고 탁월한 신화를 구축하였다.

연보

Sylvia Plath

1932　10월 27일. 독일계 이민 1세 보스턴 대학교 곤충학 교수인 에밀 오토 플라스(Emill Otto Plath)와 오스트리아계 이민 2세 아우렐리아 쇼버 플라스(Aurellia Schober Plath) 사이에서 첫아이로 출생.

1940　10월 12일. 아버지 오토 플라스, 당뇨병 악화로 다리 절단 수술. 11월 5일. 아버지 오토 플라스 사망.

1942　웰레슬리(Wellessley)로 이사, 마셜 페린 그래머 스쿨(Marshall Perrin Grammar Schoo) 입학.

1947　브래드포드 고등학교(Bradford High Schoo) 입학, 이후 상위 20위 내의 학생들만 수강할 수 있는 윌버리 크로켓(Wilbury Crockett) 선생의 문학 강좌 수강.

1949　학교지 『더 브래드포드』(The Bradford) 편집자로 임명, 『더 타운스맨』(The Townsman)에 칼럼 기고.

1950　교내 연극 공연에 참여, 잡지에 단편소설 기고. 『세븐틴』(Seventeen)지에 「그리고 여름은 또 다시 오지 않는다」("And Summer Will not Come again"), 『크리스천 사이언스 모니터』지에 「쓴 딸기」("Bitter Strrawberries").

9월 28일. 스미스 대학(Smith College)에 장학생으로 입학.

1952　8월. 『마드모아젤』(Madmoiselle) 지에 단편소설 「민튼에서의 일요일」("Sunday at Montons")이 실림.

1953	6월.『마드모아젤』지 객원 편집자로 뉴욕에서 한 달 머묾.
	8월 24일. 수면제 복용으로 자살 기도, 이틀 후 발견, 2주 후 매 사추세츠 정신병원에 입원.
	9월. 문학 후견인 프라우티 부인의 도움으로 벨몬트의 맥클린 병원으로 이송, 평생의 의지자가 된 루스 보이셔(Ruth Beuscher) 박사의 치료를 받음.
1954	복학.
1955	6월. 최우등생으로 스미스 대학교 졸업.
	9월. 풀브라이트 장학생으로 케임브리지 대학교 뉴햄 칼리지 입학.
1956	2월 25일. 남편 테드 휴즈(Ted Hughes)를 만남.
	6월 16일. 런던에서 결혼.
1957	9월. 모교 스미스 대학에서 강의 시작.
1958	5월 22일. 스미스 대학에서 마지막 강의, 남편의 외도로 다툼.
1960	4월 1일. 첫 딸 프리다(Prida) 출산.
	10월. 첫 시집『거상』(The Colossus and Other Poems) 출판.
1961	1월. 소설『벨자』(The Bell Jar) 집필 시작.
	2월. 두 번째 유산.
	3월. 맹장수술.
1962	1월 17일. 아들 니콜라스(Nicholas) 출산.
	4월. 집중적으로 시작에 몰두.
	6월. 자동차 사고, 자살 미수로도 추정.
	7월. 아씨아 웨빌(Assia Wevill)과 남편의 외도를 명확히 알게 됨.
	9월. 별거 시작.
	10월. 한 달 동안 무려 26편의 시를 씀.
	12월. 41편 이상의 시작으로 차기 시집 출간 준비 완료.
1963	1월. 빅토리아 루카스(Victoria Lucas)란 필명으로『벨자』출간.
	2월 11일. 자살.

1965	플라스의 41편 이상의 시 중 단 21편만 남편 테드 휴즈의 선별로 영국에서 유고 시집 『에어리얼』(*Ariel*) 출간.
1966	『에어리얼』 미국 출간.
1967	아씨아 웨빌, 딸 슈라(Shura) 출산.
1969	아씨아 웨빌, 딸과 함께 동반 자살.
1970	미완성 소설 『증발』(*Double Exposure*) 출간.
1971	『에어리얼』에 못 실렸던 시들을 테드 휴즈의 편집으로 시집 『겨울나무』(*Winter Trees*), 『바다를 건너며』(*Crossing the Water*)로 출간.
1975	실비아 플라스가 집으로 보냈던 편지들이 어머니 아우렐리아 쇼버 플라스에 의해 편집, 주석되어 『집으로의 편지』(*Letters Home*) 출판.
1977	테드 휴즈의 편집으로 단편소설과 산문 모음인 『조니 패닉과 꿈의 성서』(*Johnny Panic and the Bible of dreams*) 출판.
1981	테드 휴즈의 편집으로 『시 모음집』(*Collected Poems*) 출판. 『시 모음집』(*Collected Poems*) 퓰리처 상 수상.
1982	맥컬로우(McCullough)가 편집하고 테드 휴즈가 자문한 『실비아 플라스의 일기』(*The Journals of Sylvia Plath*)가 미국에서 출판.
2000	카렌 쿠킬(Karen Kukil)의 편집으로 『무삭제판 실비아 플라스의 일기』(*The Unabridged Journals of Sylvia Plath*) 출판.
2004	『에어리얼: 복원판』(*Ariel: The Restored Edition*) 출판. 이후 계속 실비아 플라스에 관한 서적들은 출간되고 있음.
2009	아들 니콜라스 휴즈 역시 47세를 일기로 자살함으로써 세계에 큰 충격을 줌.

▌참고문헌

1. Primary Sources

Plath, Sylvia. 『실비아 플라스 시 전집』. 박주영 역. 서울: 마음산책, 2013.

_____. 『실비아 플라스의 일기』. 김선형 역. 서울: 문예출판사, 2014.

_____. *The Colossus*. New York: Vintage, 1957.

_____. *The Bell Jar*. London: Faber & Faber, 1963.

_____. *Ariel*. New York: Harper & Row, 1965.

_____. *Crossing the Water*. London: Faber & Faber, 1971.

_____. *Winter Tree*. New York: Harper & Row, 1972.

_____. *Letters Home: Correspondence between 1950-1963*. Ed. Aurelia Schober Plath, New York: Harper & Row, 1976.

_____. *Johnny Panic and the Bible of Dreams: Short Stories, Prose and Diary Excerpts*. New York: Buccaneer Books, 1979.

_____. *The Collected Poems of Sylvia Plath*. Ed. Ted Hughes. New York: Harper & Row, 1981.

_____. *The Journals of Sylvia Plath*. Ed. Ted Hughes. New York: Anchor Books, 1982.

_____. *The Unabridged Journals of Sylvia Plath*. Ed. Karen V. Kukil. New York: Anchor Books, 2000.

_____. *Ariel: The Restored Edition*. London: Harper Collins, 2004.

2. Secondary Sources

그리말, 피에르. 최애리 대표 옮김. 『그리스로마신화 사전』. 서울: 열린책들, 2003.

소포클레스. 천병희 옮김. 『소포클레스 비극』. 서울: 단국대학교출판부, 1998.

아이스킬로스. 천병희 옮김. 『아이스킬로스 비극 전집』. 서울: 도서출판 숲, 2008.

안중은. 『T. S. 엘리엇의 시와 비평』. 서울: 브레인하우스, 2000.

에우리피데스. 천병희 옮김. 『에우리피데스 비극』. 서울: 단국대학교출판부, 1999.

장영란. 『신화 속의 여성, 여성 속의 신화』. 서울: 문예출판사, 2001.

천병희. 『그리스 비극의 이해』. 서울: 문예출판사, 1966.

Alexander, Paul, ed. *Ariel Ascending: Writings about Sylvia Plath*. New York: Harper&Row, 1985.

Alvarez, Alfred. *The Savage God: A Study of Suicide*. New York: Bantam, 1972.

_____. "Sylvia Plath," *The Art of Sylvia Plath*. Ed. Charles Newman. Bloomington: Indiana UP, 1971. 56-68.

_____. "Poetry in Extremis." *Sylvia Plath: The CritHeritage*. Ed. Linda Wagner. London: Routledge, 1988. 55-57.

Annas, Pamela. *A Disturbance in Mirrors: the Poetry of Sylvia Plath*. New York: Greenwood, 1988.

Axelrod, Steven. *Sylvia Plath: the Wound and the Cure of Words*. Baltimore: Johns Hopkins UP, 1990.

Janet, Badia. "The 'Priestess' and Her 'Cult': Plath's Confessional Poetics and the Mythology of Women Readers." *The Unraveling Archive: Essays on Sylvia Plath*. Ed. Anita Helle. Michigan: U of Michigan, 2007.

Bassnett, Susan. *Sylvia Plath: an Introduction to the Poetry*. 2nd Ed. New York: Palgrave Macmillan, 2005.

Bennett, Paula, *My Life A Loaded Gun: Dickinson, Plath, Rich, Female Creativity*. Urbana: U of Illinois, 1990.

Boland, Eavan. *A Journey with Two Maps: Becoming a Woman Poet.* New York: W. W. Norton, 2011.

Brain, Tracy. *The Other Sylvia Plath.* New York: Longman, 2001.

Britzolakis, Christina. *Sylvia Plath and the Theatre of Mourning.* Oxford: Clarendon, 1999.

Bundtzen, Lynda K. "Poetic Arson and Sylvia Plath's 'Burning the Letters'." *The Unravelling Archive: Essays on Sylvia Plath.* Ed. Anita Helle. Michigan: U of Michigan, 2007.

Butscher, Edward. *Sylvia Plath: Method and Madness.* Tucson: Schaffner, 2003.

Bush, Douglas. *Mythology and The Romantic Tradition in English Poetry.* New York: W. W. Norton, 1963.

Cleverdon, Douglas. "On Three Women." *The Art of Sylvia Plath.* Ed. Charles Newman. Bloomington: Indiana UP, 1971. 227-229.

Connell, Elaine. *Sylvia Plath: Killing the Angel in the House.* e-Book edition. Yorkshire Pennines: Pennine Pens, 2012.

Cluysenarr, Anne. "Post-culture: Pre-culture?" *British Poetry Since 1960: A Critical Survey.* Ed. Michael Schmidt & Grevel Lindop. Oxford: Carcanet, 1972.

Curry, Renee R. *White Woman Writing White: H. D. , Elizabeth Bishop, Sylvia Plath, and Whiteness.* London: Greenwood, 2000.

Dyson, A. E. "On Sylvia Plath." *The Art of Sylvia Plath.* Ed. Charles Newman. Bloomington: Indiana UP, 1971. 204-210.

Gilbert, Sandra M. "A Fine White Flying Myth: Confessions of a Plath Addict." *Modern Critical Views: Sylvia Plath.* Ed. Harold Bloom. New York: Chelsea House, 1989. 49-66.

Graves, Robert. *The White Goddess: A Historical Grammar of Poetic Myth.* New York: Farrr, Straus and Giroux, 1975.

Helle, Anita Ed. *The Unravelling Archive: Essays on Sylvia Plath.* Michigan: U of

Michigan, 2007.

Hill, Douglas. "Living and Dying." *Sylvia Plath: The Critical Heritage*. Ed. Linda
Wagner. London: Routledge, 1988. 234-237.

Holbrook, D. *Sylvia Plath: Poetry and Existence*. London: Athlone, 1976.

House, Veronica. *Medea's Chorus: Myth and Women's Poetry Since 1950*. New
York: Peter Lang, 2014.

Howard, Richard. "Sylvia Plath: 'And I Have No Face, I Have Wanted to Efface
Myself....'." *The Art of Sylvia Plath*, Ed. Charles Newman. Bloomington:
Indiana UP, 1971. 77-88.

Howe, I. "Sylvia Plath: a partial disagreement." *Harper's Magazine* 244, No. 1460
(Jan. 1972): 88-91.

Hughes, Ted. *Selected Poems: 1957-1967*. London: Faber, 1979.

_____. "The Chronological Order of Sylvia Plath's Poems." *The Art of Sylvia
Plath*. Ed. Charles Newman. Bloomington: Indiana UP, 1971. 187-195.

_____. "Sylvia Plath and Her journals." *Ariel Ascending: Writings about Sylvia
Plath*, Ed. Paul Alexander. New York: Harper&Row, 1985. 152-164.

Hulme, T. E. *Speculations: Essays on Humanism and the Philosophy of Art*.
London: Routledge & Kegan Paul, 1960.

Jones, A. R. "On 'Daddy'." *The Art of Sylvia Plath*. Ed. Charles Newman.
Bloomington: Indiana UP, 1971. 230-236.

Juhasz, S. *Naked and Fiery Forms: Modern American Poetry by Women: A New
Tradition*. New York: Harper Colophon, 1976.

Jung-Kerényi. *Essays on a Science of Mythology*. Trans. by F. C. Hull. Princeton,
N. J.: Princeton UP, 1969.

Kendall, Tim. *Sylvia Plath: A Critical Study*. London: Faber & Faber, 2001.

Keniston, Ann. "The Holocaust Again: Sylvia Plath, Belatedness, The Limits Of
Lyric Figure." *The Unravelling Archive: Essays on Sylvia Plath*. Ed. Anita

Helle. Ann Arbor, Michigan: U. of Michigan, 2007. 139-158.

Kenner, Hugh. "Arts and the Age, On *Ariel.*" *Sylvia Plath: The Critical Heritage.* Ed. Linda Wagner. London: Routledge, 1988. 33-34.

Kim, Dal-Yong. "Sylvia Plath's Occultism: 'A Piranha Religion'." *English Language and Literature* 50.4 (2004): 13-30.

Kirsch, Adam. *The Wounded Surgeon: Confession and Transformation in six American poets: Robert Lowell, Elizabeth Bishop, John Berryman, Randall Jarrell, Delmore Schwartz, and Sylvia Plath.* 1st Ed. New York: W. W. Norton, 2005.

Kroll, Judith. *Chapters in a Mythology: The Poetry of Sylvia Plath.* 2th Ed. Sutton Publishing Ltd, 2007.

Markey, Janice. *A Journey into the Red Eye: The Poetry of Sylvia Plath-a Critique.* London: The Women's Press Ltd, 1993.

Melander, Ingrid. "Moderna Sprak." *Sylvia Plath: The Critical Heritage.* Ed. Linda Wagner. London: Routledge, 1988. 184-187.

Narbeshuber, Lisa. *Confessing Cultures: Politics and the Self in the Poetry of Sylvia Plath.* Victoria, BC: ELS Editions, 2009.

Newman, Charles, ed. *The Art of Sylvia Plath.* Bloomington: Indiana UP, 1971.

Nims, John Frederick. "The Poetry of Sylvia Plath." *The Art of Sylvia Plath* Ed. Charles Newman. Bloomington: Indiana UP, 1971. 136-152.

Perloff, Majorie. "'Sylvia Plath's Collected Poems,' Resources for American Literary Study." *Sylvia Plath: The Critical Heritage.* Ed. Linda Wagner. London: Routledge, 1988. 293-304.

Pollitt, Katha. "A Note of Triumph." *Ariel Ascending: Writings about Sylvia Plath.* Ed. Paul Alexander. New York: Harper&Row Publishers, 1985. 94-99.

Rose, Jacqueline. *The Haunting of Sylvia Plath.* Cambridge, Massachusetts: Harvard UP, 1993.

Rosenbaum, Susan B. *Professing Sincerity: Modern Lyric Poetry, Commercial Culture, and the Crisis in Reading.* Charlottesville: U of Virginia, 2007.

Rosenblatt, Jon. *Sylvia Plath: The Poetry of Initiation.* Chapel Hill: U of North Carolina, 1979.

Rosenthal, M. L. *New Poets American and British Poetry Since World War II.* New York: Oxford UP, 1967.

_____. "Sylvia Plath and Confessional Poetry." *The Art of Sylvia Plath.* Ed. Charles Newman. Bloomington: Indiana UP, 1971. 69-76.

_____. "Poets of the Dangerous Way." *Sylvia Plath: The Critical Heritage.* London: Routledge. 1988, 60-62.

Schmidt, Michael & Lindop, Grevel, Ed. *British Poetry Since 1960: A Critical Survey.* Oxford: Carcanet Press, 1972.

Scott, Jill. *Electra after Freud: myth and culture.* Ithaca: Cornell UP, 2005.

Sexton, Anne. "'The Barfly' Ought to Sing." *Ariel Ascending: Writings about Sylvia Plath.* Ed. Paul Alexander. New York: Harper & Row, 1985. 178-184.

Shakespeare, William. *The Tempest.* Ed. Robert Langbaum. New York: New American Library, 1987.

Smith, Dave. "Sylvia Plath: the Electric Horse." *Sylvia Plath: The Critical Heritage.* Ed. Linda Wagner. London: Routledge, 1988. 268-276.

Spender, Stephen. "Warning from the Grave." *The Art of Sylvia Plath.* Ed. Charles Newman. Bloomington: Indiana UP, 1971. 199-203.

Steiner, George. "Dying is an Art." *The Art of Sylvia Plath.* Ed. Charle Newman. Bloomington: Indiana UP, 1971. 211-218.

Stevenson, Anne. *Bitter Fame: A Life Of Sylvia Plath.* Boston: A Peter Davison Book, 1989.

Van Dyne, Susan R. *Revising Life: Sylvia Plath's Ariel Poems.* Chapel Hill: U of North Carolina, 1993.

_____. "Fueling the Phoenix Fire: The Manuscripts of Sylvia Plath's Lady Lazarus." _Modern Critical Views: Sylvia Plath_. Ed. Harold Bloom. New York: Chelsea House, 1989. 133-147.

Vendler, Helen. _Last looks, Last Books: Stevens, Plath, Lowell, Bishop, Merrill_. Princeton: Princeton UP, 2010.

_____. "An Intractable Metal." _Ariel Ascending: Writings about Sylvia Plath_. Ed. Paul Alexander. New York: Harper & Row, 1985. 1-12.

Wagner, Linda W., ed. _Sylvia Plath: The Critical Heritage_. London: Routledge, 1988.

Wagner-Martin, Linda W. _Sylvia Plath: A Biography_. London: Sphere, 1991.

Woolf, Virginia. "Professions for Women." _Crowded Dance of Modern Life: Selected Essays; Vol. 2_. Ed. Rachael Bowlby. New York: Penguin, 1993. 101-106.

찾아보기

| ㅈ |

ㅎ